K. L. Slater est une figure incontournable du suspense psychologique en Angleterre. Comparée à Paula Hawkins (*La Fille du train*) et à B. A. Paris (*Derrière les portes*), elle a écrit six romans, dont *Evie* est le premier à paraître en France. Elle vit à Nottingham, où est situé le roman.

(2) ... Slater est une figure méconnue ... de la pensée
psychologique en Angleterre. Comparer à Emil
Kraepelin, *La folie maniaco-*... G. A. Paris (Payot),
in-8 ... ... littéraire en France, Ehc. ..., Nathan ..., etc.
... 1969, le 25 cm.

EVIE

K. L. Slater

EVIE

Traduit de l'anglais (Grande-Bretagne)
par Benoît Domis

ÉDITIONS FRANCE LOISIRS

Titre original : *Blink*
Première édition parue chez Bookouture

Édition du Club France Loisirs,
avec l'autorisation des Éditions Bragelonne

Éditions France Loisirs,
31, rue du Val de Marne, Paris
www.franceloisirs.com

© K. L. Slater, 2017
© Bragelonne 2018, pour la présente traduction

ISBN : 978-2-298-15238-8

À maman,
qui a toujours cru en moi.

Avant

Tu l'ignores, mais je te regarde. Je te regarde beaucoup.

Et quand on passe énormément de temps à observer une personne, on regrette souvent de ne pas pouvoir lui donner de conseils, lui dire ce qu'elle fait de travers.

Malheureusement, tu es du genre à toujours tout savoir mieux que les autres.

Du genre à poursuivre ton petit bonhomme de chemin, jour après jour, inconsciente du danger qui est juste sous ton nez.

Malgré cela, j'aimerais vraiment beaucoup partager quelque chose avec toi – comme le ferait une amie, en quelque sorte. Même si, je l'admets, tu n'as pas idée qu'on puisse souffrir à ce point... pour l'instant.

Voici ce que je voudrais te dire – c'est simple.

Quand tu t'apercevras que ton enfant a disparu, tu croiras connaître le pire.

Très vite viendra ce sentiment insidieux, comme si tu te vidais de ton sang, que tu n'y peux rien, absolument rien.

Tu le sentiras s'écouler, et rien ne peut l'arrêter. Mais, à ce stade, tu te fiches pas mal de ce qui peut t'arriver.

Tu ne penses qu'à elle, ton bébé.

Quarante-huit heures. C'est la durée approximative où tu chancelleras au bord de la folie, t'entêtant à croire que les choses peuvent redevenir comme avant.

Tu resteras sans dormir pendant des jours, jusqu'à ce que l'on te donne des sédatifs. Chaque fois que tu émergeras de ton sommeil chimique, il se passera une seconde – une seule – où tu ouvriras les yeux en pensant que tout est rentré dans l'ordre. Une seconde où tu croiras avoir tout imaginé.

Ensuite, tu te diras que rien ne peut être pire que *ça*.

C'est précisément à ce moment-là, ou presque, que l'espoir commence à s'effondrer.

D'abord, il glisse légèrement, puis il prend de la vitesse et, soudain, il s'éloigne à toute allure. Si l'espoir est comme la neige la plus douce, l'effroi qui le remplace est la glace, tranchante comme le rasoir, qui va taillader ton âme et la réduire en lambeaux.

Et tout le monde, toutes les personnes que tu connais te disent la même chose : « Quoi qu'il arrive, tu ne dois jamais perdre espoir. »

Mais ces paroles édifiantes viennent trop tard, parce que l'espoir n'est *déjà plus là*. Il a complètement disparu.

Alors, tu penses avoir touché le fond. Pourtant, tu te trompes – lourdement.

Parce qu'un jour, très bientôt, tu vas te réveiller et comprendre que l'horreur ne fait que commencer.

PARTIE I

PARTIE I

1

Tic tac, tic tac.

La pendule murale se trouve juste à la périphérie de ma vision.

De l'autre côté de mon lit, un rond de lumière marque l'emplacement de la fenêtre. Je discerne là une masse tamisée, sourde. Peut-être de couleur verte. Elle effleure la vitre en bruissant, quand tout le reste dans la petite chambre blanche est immobile et silencieux.

J'entends des voix, des pas. Derrière la porte.

Les deux médecins entrent et je m'efforce de distinguer leurs mouvements dans une confusion de blanc. Ils viennent tous les jours, à peu près à la même heure, quand la lumière se fait légèrement plus douce. C'est ma façon de savoir qu'on est l'après-midi.

Mon cœur bat plus vite. S'apercevront-ils cette fois que, derrière cette cloison insonorisée qui me sépare du réel, je suis toujours là ?

Pour eux, je suis dans un *état végétatif*, figée sur ce lit étroit, les yeux grands ouverts. Aussi immobile qu'un cadavre.

13

Mais, dans ma tête, je me tiens bien droite, frappant la cloison imaginaire de mes paumes aux doigts écartés. Hurlant pour qu'on me laisse sortir.

Regardez-moi, je crie. *Regardez-moi !*

Mais tout le monde m'ignore. Certes, on parle de moi, on m'observe de loin, mais on ne me touche pas, on ne me regarde pas dans les yeux.

Si un médecin ou une infirmière s'en donnait la peine, il pourrait voir le battement infime d'un cil, le tremblement imperceptible d'une phalange. Bon sang, même la fille de salle pourrait déceler un signe de vie, s'il lui arrivait de me *prêter attention*.

— Elle a l'air si vivante, dit doucement la femme médecin en faisant un pas vers mon lit.

Je suis en vie, crié-je. *Je SUIS en vie !*

Je fais appel à toute l'énergie et à toute la détermination que j'ai en moi pour les transmettre à la main immobile posée sur la pâle couverture bleue. La gauche. Celle qui se trouve juste devant leurs visages si peu observateurs.

Je n'ai qu'à bouger un doigt, à déplacer ma paume. Un mouvement d'un millimètre, une simple contraction suffirait. À condition qu'ils s'en aperçoivent.

N'importe quoi susceptible de leur prouver que je suis toujours là, et bien là. Prisonnière de mon propre corps.

— Elle n'est plus là, ce n'est plus qu'une coquille vide, répond son confrère avec une tranquille assurance. Elle est dans cet état depuis le jour de son attaque.

— Je ne t'envie pas, soupire l'autre. Tu vas bientôt devoir parler à la famille.

— Il n'y a personne. On ignore toujours qui elle est.

La porte s'ouvre de nouveau, puis se referme.

Les pas s'éloignent et le silence retombe sur la chambre.

À présent, le seul son dans la pièce est le souffle rauque du respirateur qui me maintient en vie.

Je ne peux pas respirer sans une machine. Je ne peux pas avaler sans une autre machine.

Respire, me dis-je. *Ce n'est pas réel. C'est un cauchemar.*

Et pourtant si. Je ne rêve pas.

C'est bien réel.

Mais je reste capable de penser. Et de me rappeler. En fait, je me souviens du passé beaucoup plus clairement qu'avant.

Mais mon instinct me souffle que si j'accède à trop de choses, trop tôt, je ne supporterai pas la souffrance, et que je baisserai le rideau pour de bon. Et alors, qu'arrivera-t-il à ma si jolie petite fille ?

Tout le monde a perdu depuis longtemps l'espoir de retrouver Evie. Officiellement, la police n'a pas clos l'enquête et toute information sera exploitée, mais je sais qu'ils n'explorent pas de nouvelles pistes, parce qu'ils n'en ont aucune.

Ni indice ni signalement. Rien.

Après les événements, j'ai scrupuleusement lu pendant des mois tous les commentaires que les gens postaient en ligne sous les dépêches ou les articles. Ils parlaient comme s'ils connaissaient personnellement la « mère terriblement négligente » d'Evie et sa « malheureuse famille ».

D'autres s'étonnaient ouvertement qu'Evie puisse simplement se volatiliser de cette façon. Tout à coup, tout un chacun devenait un expert.

Réseaux pédophiles européens, tueur en série d'enfants, Roms de passage – autant d'hypothèses terribles pour expliquer la disparition d'Evie. Je les avais toutes entendues.

Et toutes, sans exception, tenaient Evie pour morte.

Pas moi. J'ai décidé de croire qu'Evie est toujours en vie ; que, quelque part, elle vit et respire. Je dois me raccrocher à ça.

Pour cette raison, je ne dois pas paniquer. Bien que je ne sois pas capable de bouger un muscle ou d'émettre un son, il y a forcément un moyen pour moi de les aider à la trouver, à la sauver, tant que je me souviens encore de tout aussi clairement.

Je ne vois qu'une solution : revenir en arrière, au tout début.

Même avant ce qui s'est passé.

2

TONI

Trois ans plus tôt

Les murs nus de la nouvelle maison étaient lisses et froids. En l'absence de meubles, les pièces encore vides manquaient totalement de caractère. Et la peinture coquille d'œuf ne contribuait pas à réchauffer l'atmosphère.

Oui, c'était propre et fonctionnel, mais j'avais toujours aimé la *couleur*.

Je me rappelai notre ancien salon, si spacieux, avec le bow-window et le mur d'accent au papier peint à motifs cachemire turquoise et noir – j'avais mis plus d'une semaine à choisir parmi les échantillons scotchés au manteau de la cheminée. Nous avions tous les trois pu exprimer nos opinions, avant de tomber d'accord.

Je jetai un coup d'œil aux murs, aux plinthes, au minuscule vestibule et aux poignées ouvrant sur des chambres guère plus grandes. Comme si j'allais subitement trouver du charme à l'endroit.

J'avais le sentiment qu'on venait d'enlever couleur et texture à ma vie, que mon âme elle-même avait été trempée dans cet insipide magnolia.

Je me retournai vers la petite fenêtre donnant sur le carré humide de pelouse fatiguée. L'agent immobilier avait eu l'audace d'appeler ça un « jardin ». Quelle blague.

Des mauvaises herbes étouffaient les bordures et des pissenlits poussaient çà et là entre les dalles, tanguant comme des marins ivres sous la brise légère.

J'embrassai de nouveau la pièce du regard.

Dans un coin s'empilaient cartons et sacs-poubelle pleins. Le résumé des huit dernières années de notre vie.

Tous les bons et tous les mauvais moments étaient consignés dans ces sacs : objets sentimentaux et souvenirs, mélangés et entassés, serrés pour que rien ne bouge, pour que rien ne s'échappe.

Un éclat de rire, des visages réjouis et des moments passés en famille m'emplirent la tête avant de disparaître brusquement, telle la brève et soudaine lueur que produit un film en celluloïd avant de mourir. Peut-être parviendrais-je un jour à y voir plus clair, à comprendre pourquoi ce cauchemar nous est arrivé à *nous*.

Et peut-être, alors, retrouverais-je le sommeil.

Un bruit à la porte me fit sursauter, mais ce n'était que maman – son visage las et ridé, son corps maigre et nerveux, trop raide et crispé. Je lui enviais son énergie et sa volonté de faire avancer les choses ; mais, pour l'heure, elle m'irritait comme une aiguille émoussée qui serait plantée dans mon flanc, me rappelant constamment mes propres insuffisances.

Elle me regarda en fronçant les sourcils. Impossible de lui cacher la vérité : elle possédait ces yeux à rayons X dont sont dotées toutes les mères.

— Tu n'as pas oublié ce qu'on a dit ? Alors, cesse de te morfondre.

Elle frappa dans ses mains, et j'eus tout à coup de nouveau dix ans, quand elle me disait de me dépêcher de m'habiller si je ne voulais pas manquer le bus du ramassage scolaire.

Si seulement c'était aussi simple, je me transporterais volontiers à cette époque. Je donnerais tout pour recommencer ma vie – et, cette fois, prendre de meilleures décisions.

— Tu veux une tasse de thé ?

Je hochai la tête alors qu'elle se dirigeait vers les cartons, dont elle déchiffra les étiquettes manuscrites.

Mon sac à main était posé au sol, à l'endroit où je l'avais laissé pendant que je vidais le coffre de la voiture. J'avançai, tendant le bras devant maman pour le ramasser.

— C'est juste pour voir si j'ai des messages, marmonnai-je alors qu'elle se tournait vers moi.

Je restai clouée sur place, serrant mon sac comme un trésor sur ma poitrine, au lieu de fouiller dedans à la recherche de mon portable.

Elle me considéra longuement.

— Quoi ? fis-je sur un ton de défi.

Elle détourna les yeux, poussa un soupir et ouvrit un des cartons pour en extraire la bouilloire et deux tasses qu'elle avait emballées dans du papier bulle.

— Le thé, annonça-t-elle en disparaissant dans la cuisine.

Je détestais mentir à maman. En même temps, c'était un bien grand mot. Ce que je faisais ne l'affectait en rien. Simplement, je ne lui disais pas tout.

Après tout, à trente-cinq ans, j'avais bien le droit de mener ma vie comme je l'entendais. C'était du moins ainsi que je me justifiais.

Il est vrai que je lui devais beaucoup.

Après des mois de réflexions et de tergiversations, elle m'avait persuadée de quitter Hemel Hempstead et de venir m'installer avec Evie à Nottingham, plus près d'elle, pour prendre un nouveau départ.

L'expression « prendre un nouveau départ » m'avait toujours paru galvaudée. Elle donnait l'impression que cela pouvait se faire en claquant des doigts, alors qu'en réalité cela exigeait des mois de préparation. Et on oubliait forcément des choses.

En tout cas, j'avais au moins fait le nécessaire pour inscrire Evie à St Saviour – une école primaire bien cotée – pour la rentrée.

Comme le soulignait maman, il fallait bouleverser le moins possible sa scolarité.

D'une certaine manière, je m'étais débrouillée tant bien que mal, tâchant de faire de mon mieux pour ma fille. Pour notre famille moins que parfaite.

— Evie est très impatiente de connaître sa nouvelle école, me dit maman depuis la cuisine. Elle m'en parlait ce matin, avant que je la dépose à la garderie.

J'eus un accès de mauvaise conscience à l'idée que je n'avais toujours pas eu une conversation sérieuse avec Evie pour lui expliquer tout ce qui allait changer. Entre la vente de la maison et la recherche d'une location, plus la préparation du déménagement, sans compter la question des frais médicaux d'Andrew à régler avec la compagnie d'assurances, je n'avais pas eu un moment à moi. Un véritable cauchemar.

Mais j'étais contente d'apprendre par maman qu'Evie se réjouissait d'aller en classe.

— J'ai prévu de visiter l'école avec Evie demain à 14 heures, lui répondis-je. Tu peux nous accompagner, si ça te dit.

Elle grogna.

— J'ai rendez-vous chez mon ostéopathe. Souviens-toi, j'ai déjà dû annuler une première fois, la semaine dernière, pour récupérer tes clés. (Message reçu cinq sur cinq.) Je crois qu'il n'apprécierait pas si je changeais de nouveau de date. Mais, quand vous serez rentrées, je veux tout savoir.

Bien que maman ne se prive pas de me rappeler combien elle nous a aidées, Evie et moi, je ne sais honnêtement pas comment je m'en serais sortie sans elle. Comment j'aurais tenu le coup, après la mort d'Andrew.

Dix-huit mois plus tôt, ils l'avaient renvoyé en Afghanistan pour une mission urgente. Une « opération spéciale », avait précisé son sergent, comme si ces quelques mots vides de sens conféraient une sorte de prestige et qu'Andrew devait se sentir reconnaissant – honoré, même.

Et c'était bien ainsi qu'il avait pris la chose.

De mon côté, j'avais désespérément souhaité que cette fois, par je ne sais quel miracle, il ne nous laisse pas, Evie et moi. Mais, dès que j'avais abordé le sujet, Andrew avait simplement répondu : « C'est mon devoir. »

Autrement dit : fin de la discussion.

J'ignorais alors, tout comme lui, qu'avec ces mots il s'était irrémédiablement condamné, scellant notre sort à tous par la même occasion.

Andrew nous aimait, mais il aimait aussi son travail. Et, quand son pays faisait appel à lui, Evie et moi passions après.

Quand je fis sa connaissance, Andrew s'était déjà brouillé avec le reste de sa famille – une dispute terrible qui remontait à loin, mais dont les effets continuaient à se faire sentir. J'avais tenté d'entrer en contact avec son père et son frère après l'accident, leur proposant de venir les voir à Liverpool avec Evie, qu'ils n'avaient jamais rencontrée. Je n'avais pas reçu de réponse.

Après l'accident, maman nous avait aidées financièrement, même si elle-même ne roulait pas sur l'or depuis la mort de son compagnon, Brian, trois ans plus tôt. Les problèmes cardiaques de papa nous avaient fait vivre un enfer pendant des années, avant son décès. Deux ans plus tard, maman avait rencontré Brian, qui fréquentait le même club de randonnée qu'elle, et nous pensions qu'elle avait une nouvelle chance d'être heureuse. Mais, dans les six mois, on avait diagnostiqué à Brian un cancer en phase terminale et maman avait dû revivre le même enfer.

Parfois, on avait vraiment du mal à ne pas se dire que la vie était moche.

3

Je fixe le plafond blanc, momentanément absorbée par la façon dont la peinture coquille d'œuf bon marché reflète les éclats de lumière décochés depuis la fenêtre et les transforme en rayons laser.

C'est la même vue, vingt-quatre heures sur vingt-quatre, sept jours sur sept, sauf si quelqu'un ou quelque chose décide de la changer. Hier, une mouche noire a traversé le vaste espace vierge au-dessus de moi. Elle s'est arrêtée en plein dans ma ligne de mire et s'est mise à nettoyer ses pattes avant.

Plus je la regardais, plus elle me semblait proche, grossissant au point que j'étais convaincue de distinguer clairement ses yeux à facettes irisés et ses pièces buccales en train de sucer.

Ce spectacle me soulevait le cœur ; pourtant, j'étais incapable de détourner les yeux de cette créature inutile. Puis je me suis rappelé que, de nous deux, elle n'était pas la plus désarmée.

Pas de mouche, aujourd'hui ; elle a dû s'envoler ailleurs. Vers la liberté. Mon impuissance a dû l'ennuyer.

Contrairement à mon corps, ma mémoire est alerte. Mes souvenirs sont bien là : je les sens, à ma portée.

Ç'avait été une soirée ordinaire, à la maison. Je me rappelle avoir regardé la télévision, puis être allée à la cuisine pour me préparer une boisson chaude.

Je pensais probablement à ce que je devais faire avant de me coucher – remplir le lave-vaisselle, éteindre les lumières, choisir les habits d'Evie pour le lendemain matin –, quand la bouilloire m'a échappé.

L'eau bouillante m'a éclaboussé le bras et j'ai hurlé.

Tout m'a paru si bruyant. Le son de la télévision et le fracas de la bouilloire sur le sol m'ont fait l'effet de coups de cymbale répétés, résonnant à mes oreilles.

Aucun rideau de ténèbres n'est tombé. Ni rêve troublant, ni lumière vive. Je n'ai pas flotté jusqu'au plafond, d'où j'aurais observé mon propre corps.

Juste le néant. Un grand vide à l'endroit où je me trouvais.

Je me suis réveillée ici.

J'avais fait un AVC, les ai-je entendus dire, alors qu'ils gribouillaient sur leurs porte-blocs. Quelque chose de sérieux. Beaucoup de choses peuvent survenir après une attaque. J'en avais vu la liste sur les affiches de prévention des cabinets médicaux. Ici, les médecins connaissaient bien le sujet.

Il y a pourtant une chose qu'ils ignorent.

C'est ce qui m'est arrivé : je suis prise au piège à l'intérieur de moi-même, comme un insecte dans de l'ambre.

24

J'ai un tube qui m'entre par le nez et descend dans ma gorge. Il m'alimente. J'en ai un autre, au côté, qui évacue les déchets.

Je peux faire plein de choses, en fait, mais seulement dans ma tête.

Pendule sur le mur,
Remuer, c'est dur, dur.

Je sais que je suis toujours en vie, parce que je reste capable de faire des rimes idiotes, surtout à propos de la pendule. Je me rappelle clairement le rire tintinnabulant d'Evie, les courbes douces de son visage.

Voilà quelque chose que la machine ne sait pas faire.

La pendule est pratiquement la seule chose qui change, ici. Et, la plupart du temps, c'est également la seule forme floue que je voie.

Mon cœur bat plus vite, pompe plus fort. Ça aussi, ce n'est pas la machine, mais les pensées dans ma tête qui sont à l'œuvre.

Parce que je suis vivante.

Je suis vivante.

JE SUIS VIVANTE !

Je crie ces mots encore et encore, mais le silence autour de moi demeure.

4

TONI

Trois ans plus tôt

— Tes meubles seront là à 13 heures, me lança maman depuis la pièce d'à côté. Tu peux commencer à déballer les cartons, si tu veux.

Je n'en avais aucune envie. Pas plus que d'une autre activité physique, d'ailleurs. Je n'étais même pas d'humeur à aller chercher Evie à la minable garderie municipale. Notre Fiat Punto, âgée de dix ans, avait désespérément besoin d'un nouveau pot d'échappement depuis plus d'un mois ; en attendant que je réunisse l'argent nécessaire, elle continuait à relâcher des nuages toxiques dans l'atmosphère.

Mais je n'avais pas le choix.

— Je pars chercher Evie, dis-je à maman en attrapant mes clés de voiture au passage.

Je n'attendis pas sa réponse. Soudain, il fallait que je sorte, au moins pour un moment.

Dehors, une radio déversait de la musique pop dans la rue, volume à fond. J'aperçus la coupable perchée sur le rebord d'une fenêtre laissée ouverte au rez-de-chaussée de la maison d'à côté.

Pour couronner le tout, nous allions avoir droit à des voisins asociaux.

Je me dirigeai vers ma voiture qui, en l'absence d'allée ou de garage, dormirait dorénavant dans la rue.

Je venais à peine d'attacher ma ceinture qu'un petit coup contre la vitre me fit sursauter. Une femme filiforme aux cheveux décolorés leva la main et me sourit, révélant l'absence d'une dent de devant.

Je baissai légèrement ma vitre, laissant entrer une odeur de tabac froid.

— Bonjour, voisine.

Malgré mes efforts, j'avais du mal à détacher mes yeux de la brèche dans ses dents de devant.

— Moi, c'est Sal. J'habite à côté, avec mes deux garçons.

Elle fit un signe de la tête en direction de la maison où beuglait la radio. Je baissai un peu plus ma vitre.

— Bonjour. Moi, c'est Toni. (Je souris, sortant maladroitement ma main par l'ouverture.) Je viens d'emménager avec ma fille, Evie. J'allais justement la chercher à la garderie.

Sal ignora ma main, que je retirai.

— Juste vous et la petite, alors ? Pas de mec, comme moi ? On se débrouille très bien sans eux, j'ai pas raison ?

Elle s'exprimait en alignant les questions rhétoriques.

— Oui, juste moi et ma fille, confirmai-je en choisissant l'une de ses questions pour y répondre.

— Les miens sont grands, maintenant. Ste et Col, y s'appellent. Je suis pas une de ces mères qui pensent que le soleil brille par leur derrière, si vous voyez ce que je veux dire. Il peut leur arriver de se conduire comme des

27

sagouins. Alors, si vous avez le moindre problème avec eux, faut pas hésiter à venir me voir *illico*, d'accord ?

— Quel genre de problèmes ?

— Oh, vous savez comment sont les garçons, pas vrai ? Toujours à faire des conneries. Et puis ils sont bruyants, parfois. Not' Colin vient juste d'effectuer un p'tit séjour aux frais de Sa Majesté. Il a fêté ses dix-neuf ans au trou. Il est casse-pieds quand il s'y met, mais je suis contente de l'avoir de nouveau à la maison. Quoi qu'il arrive, ils sont nos bébés, hein, Toni ?

— Il a fait de la *prison* ? demandai-je.

Je tâchai de rester impassible, mais je sentis l'horreur que m'inspiraient ses paroles se peindre sur mon visage, tel un masque.

— C'était pas sa faute, bien sûr. Un simple malentendu avec d'autres jeunes en ville, un soir, comprenez ? Dès qu'il y a du grabuge dans le coin, les flics s'en prennent à not' Colin. C'est plus facile que de chercher les vrais responsables, croyez pas ?

J'avais sorti ma fille d'un quartier respectable pour l'emmener vivre à côté d'un criminel. J'en avais l'estomac retourné. Et, comme si ce que me racontait Sal ne suffisait pas, l'odeur de tabac froid qui flottait autour d'elle me donnait la nausée.

— Bon, je dois y aller, me hâtai-je de marmonner avant qu'elle ne se lance dans une nouvelle histoire inquiétante. Je ne veux pas être en retard.

— D'accord. Mais, une fois que vous serez installées, passez prendre une tasse de thé à la maison. On en profitera pour bavarder.

Sal leva la main pour me faire au revoir et s'écarta de la fenêtre.

Je démarrai rapidement et m'éloignai.

Même si nous n'avions rigoureusement rien en commun, son invitation à venir papoter avait réussi à réveiller mes souvenirs, à sentir le poids de ce qu'était ma vie.

J'appréciais réellement le fait que ma mère et moi soyons proches. Mais ce qui me manquait, c'était une vraie amie à qui parler, quelqu'un d'impartial. Et qui me comprendrait.

Je n'avais plus personne comme ça dans ma vie. Ma meilleure amie, Paula, avait déménagé en Espagne cinq ans plus tôt et, bien que nous ayons d'abord maintenu le contact *via* Skype, nos échanges s'étaient vite résumés à une carte annuelle pour Noël, où chacune écrivait invariablement : « Il faut absolument qu'on se voie bientôt », sachant pertinemment que cela n'arriverait jamais.

Puis il y avait eu Tara. On sortait en couples quand nos hommes étaient là, ou on se faisait une toile toutes les deux et on mangeait sur le pouce, si leur travail les appelait ailleurs.

Son mari, Rob Bowen, avait été de service avec Andrew, le jour fatidique. Il était mort instantanément, sur les lieux.

À l'époque, Tara était enceinte de quatre mois ; on m'avait dit qu'elle avait perdu l'enfant. Au lieu de nous rapprocher, cette épreuve avait apparemment creusé un fossé entre nous.

J'avais envoyé une carte de condoléances alors que je me débattais avec mon propre chagrin, mais à quoi bon ? Je me rappelais ma difficulté à trouver les mots, finissant par me rabattre sur : « Je suis vraiment navrée. » Ça m'avait semblé tellement insuffisant.

Il va sans dire que je n'avais pas l'intention de « faire un saut » chez mes voisins de sitôt. Sal était plutôt sympathique, mais ses écarts de langage étaient terrifiants et je préférais qu'Evie ne les entende pas, même par mégarde. Par ailleurs, si je croyais que tout le monde avait droit à une seconde chance après avoir commis une erreur, ce Colin – son aîné – ne me disait rien qui vaille.

Je rejoignis la file des voitures qui attendaient au rond-point, en haut de Cinderhill Road. À cause du flot lent et continu de véhicules descendant de la M1 vers le centre-ville, je dus patienter près d'une minute avant de m'engager vers Broxtowe Estate.

Je laissai un grand hôtel sur ma gauche, tandis que je faisais le tour du rond-point. Des panneaux d'affichage 4 × 3 annonçaient la tenue d'un salon du mariage à la fin du mois et le concert d'un *tribute band* de Take That le dernier week-end avant Halloween.

M'apercevant trop tard que j'étais dans la mauvaise file, je tentai de me rabattre. La voiture derrière moi klaxonna de façon ininterrompue. Alors que je levais la main en signe d'excuse, un coup d'œil dans le rétroviseur me permit de voir le visage du conducteur se métamorphoser en un masque haineux, sa bouche déversant silencieusement un torrent d'injures.

Je luttai contre une irrépressible envie de freiner à mort, le forçant à me rentrer dedans, juste pour le plaisir de lui pourrir la vie. Ce genre de pensées ne me ressemblait pas. Depuis la mort d'Andrew, elles semblaient pourtant jaillir de mon cerveau comme si elles appartenaient à une autre.

Baissant les yeux, je serrai le volant si fort que les articulations de mes doigts blanchirent.

5

TONI

Trois ans plus tôt

— Ils n'avaient AUCUNE des nouvelles boîtes de Lego, maman, se plaignit Evie alors que je la ramenais à la voiture.

Ses boucles blondes dansaient et brillaient dans les faibles rayons du soleil de cet après-midi de septembre et elle fronçait son petit nez, ce qui lui donnait l'air plus mignon que réellement contrarié. Baignée de lumière, la tache de naissance dans son cou ressemblait à une petite fraise.

— Ils ont aussi voulu me faire boire du lait. Ils ont dit que c'est bon pour les os. C'est vrai, maman ?

Evie n'aimait le lait que sur des céréales.

— C'est bon pour les os parce qu'il y a du calcium dedans, expliquai-je tandis que la Punto reprenait la direction de Cinderhill Road. Mais on en trouve également dans beaucoup d'autres aliments, comme les yaourts ou le fromage. Alors, si tu n'aimes pas ça, tu n'es pas *obligée* de boire du lait.

Evie hocha la tête d'un air grave.

— Je leur ai dit que ça me rendait malade et que, une fois, j'avais même vomi sur le chat des voisins. Alors, ils m'ont donné du jus de fruits.

Je me retins pour ne pas rire. Elle avait réellement vomi sur le persan bleu des voisins. Ils – ou le chat – ne nous avaient sans doute jamais vraiment pardonné.

De retour à la maison, Evie se précipita sur sa boîte de Lego géante, qu'elle vida sur le sol au milieu de la pièce. Je soupirai, secouant la tête.

— Evie, je ne suis pas sûre que ce soit le moment de…

— Toni, laisse-la jouer, m'interrompit ma mère, ce qui lui valut un joli sourire d'Evie. Elle ne nous dérange pas.

— Mamie, j'ai besoin d'aller aux toilettes.

Evie fit la moue et fronça les sourcils.

— Suis-moi, alors, répondit maman, se pliant au caprice de sa petite-fille. Viens avec mamie.

À cinq ans, ma fille était parfaitement capable de se débrouiller toute seule. Mais je ravalai mon irritation. De toute façon, si j'intervenais, elles m'ignoreraient.

Après qu'elles eurent quitté la pièce, je m'assis dans l'un des pliants – nos seuls meubles, pour l'instant. Je regardai de nouveau les cartons, sans faire un geste pour les déballer.

Ce n'était pas facile de dire au revoir à tous ces bons moments associés à notre ancienne maison, l'endroit où Andrew et moi avions investi tous nos rêves et tous nos espoirs pour l'avenir. À présent, une autre famille y avait établi son foyer.

J'eus soudain terriblement envie de prendre la fuite – et ce n'était pas la première fois.

Fuir maman, fuir le souvenir d'Andrew, et même fuir Evie. Au moins provisoirement.

Le regret me vrilla la poitrine. Andrew et moi avions été tellement stupides, avançant dans la vie à grands pas sans prêter attention au piège susceptible de nous faire trébucher.

Je sentis monter en moi les signes familiers d'une crise de panique. Tirant mon sac à main vers moi, je vérifiai que tout était bien là, loin des regards.

Je ne cessais de me dire que plusieurs possibilités s'offraient à moi. Par exemple, je pouvais tout avouer à maman dès maintenant, avant que les choses n'échappent à tout contrôle.

Pourtant, à la pensée de demander son aide, j'eus la sensation que des anguilles s'agitaient dans mon estomac.

Au fond, je savais que je ne pouvais pas le faire. Pas encore.

Et, surtout, je ne voulais pas donner l'impression de dramatiser. Je maîtrisais la situation, m'appuyant simplement sur une solution temporaire pour une brève période. Une béquille, en quelque sorte.

Je savais ce que je faisais, et je me promis de ne pas laisser les choses aller trop loin.

Prenant sur moi, je me levai pour ouvrir – sans conviction – le carton le plus proche. Je soupirai en voyant son contenu : des souvenirs de notre vie d'avant.

Des photos de famille en vacances, à Noël ou lors d'un repas de fête au restaurant. Un tableau de nous trois peint par Evie à la maternelle, un de mes préférés. Des cartes de vœux personnalisées : « Pour papa », « À mon mari adoré », « À ma chère femme ».

En dépit du cruel manque de place dans la nouvelle maison, je n'avais pas eu la force d'abandonner tous ces souvenirs derrière moi. Une partie de moi en avait encore besoin, pour les regarder de temps à autre. Pour me rappeler qui nous avions été. C'était une façon de me cramponner à une vie qui s'effilochait.

Je me mordis la langue pour reprendre mes esprits. Je devais au moins *essayer* d'envisager les choses avec optimisme. Cette maison marquait un nouveau départ pour Evie et moi. Comme le disait maman, ça ne marcherait pas si je ne nous donnais pas une chance.

— Reste positive et tâche vraiment d'y croire, me dis-je à voix haute. Tout se passera bien.

L'espace vide qui m'entourait me renvoya l'écho de ces mots, mais ils sonnaient creux.

Quand maman et Evie revinrent des toilettes, nous nous assîmes pour boire le thé. L'atmosphère sembla plus calme, moins tendue.

Puis on frappa à la porte.

Maman et moi échangeâmes un regard surpris ; Evie, absorbée par l'assemblage de ses briques de couleur, ne s'interrompit même pas.

— Tu veux que j'aille répondre ? demanda maman.

— Non, j'y vais.

Je me levai tant bien que mal et lissai les quelques mèches échappées de ma queue-de-cheval nouée à la hâte.

Aucune silhouette ne se dessinait derrière le verre opaque de la porte, mais j'ouvris tout de même, me préparant à sourire au livreur, au facteur ou à tout autre visiteur.

Il n'y avait personne.

Mais quelqu'un avait déposé sur le seuil une belle composition florale à base de lis, un bouquet bulle avec sa réserve d'eau, présenté dans un élégant sac noir avec des poignées.

J'enjambai les fleurs pour inspecter la rue ; apparemment, il n'y avait personne.

Ne faisant pas confiance aux poignées, je soulevai le sac noir pour le porter à l'intérieur.

— Regardez un peu ce qui m'attendait sur le pas de la porte, dis-je avec le sourire en revenant au salon.

— Oh, comme elles sont jolies ! fit Evie en se levant d'un bond. Qui les envoie, maman ?

— Je ne sais pas. Pas encore. (Je posai le bouquet par terre.) Jette un coup d'œil, Evie : tâche de trouver une petite enveloppe avec une carte.

Maman haussa les sourcils.

— Tu as une idée de qui ça peut être ?

— Aucune. (Evie écartait soigneusement les fleurs, à la recherche du message de l'expéditeur.) Mais, comme j'ai communiqué nos nouvelles coordonnées à tout mon carnet d'adresses…

— En tout cas, on n'a pas regardé à la dépense. Ces lis orientaux « Stargazer » sont…

Un cri à glacer le sang écourta sa phrase.

— Evie, qu'est-ce qui se passe ?

Je me levai d'un bond et courus vers elle.

Elle se mit à battre des mains en sanglotant, et je vis un insecte s'envoler vers le plafond. J'avais les yeux baissés sur les fleurs quand une guêpe surgit. Puis une autre. Et encore une autre – toutes prenant pour cibles les mains et les bras pâles et dénudés d'Evie.

— Des guêpes ! hurlai-je en me jetant sur ma fille pour la protéger. Elles sont dans le bouquet !

Les cris d'Evie et les gémissements de maman masquèrent la douleur des piqûres sur mes bras et mes épaules. Je repoussai les fleurs, renversant toute la composition.

— Il y a un nid à l'intérieur ! s'écria maman. Tout le monde dehors !

Soulevant Evie, je me précipitai hors de la maison, avec maman sur les talons. Je claquai la porte derrière nous. Evie, qui continuait de se frapper les bras et le visage, n'avait pas cessé de crier.

Maman et moi chassâmes les insectes de nos membres respectifs, tandis que j'en extrayais un autre du cuir chevelu d'Evie, au prix d'une piqûre sur les doigts.

Me retournant vers la fenêtre du salon, je vis les minuscules corps rayés se jeter férocement contre le verre pour tenter de nous atteindre. Pour nous faire du mal.

6

L'INSTITUTRICE

Trois ans plus tôt

Harriet Watson vida les sacs à provisions sur le plan de travail et entreprit de ranger soigneusement les conserves sur l'étagère du bas du placard, une à une.

Trois boîtes de haricots blancs à la sauce tomate, deux de tomates concassées et quatre de soupe à la tomate. Étiquettes vers l'avant, et regroupées par contenu.

— Celles-là vont sur celle du dessus.

Harriet sursauta, laissant tomber les pêches. Impuissante, elle vit la boîte s'écraser sur le plan de travail, manquant de peu le carton d'œufs de poules élevées en plein air.

— Mère, dit-elle en se retournant, qu'est-ce que tu fais debout ?

— Je me lève quand ça me chante. Je suis chez moi, tu l'as oublié ?

Harriet plissa les yeux jusqu'à ce que la silhouette de sa mère se précise.

— Les fruits en conserve, le riz au lait et la crème anglaise vont sur la *seconde* étagère, poursuivit la vieille femme. Combien de fois dois-je te le répéter ?

— Oui, je suis désolée, je n'ai pas fait attention.

La surface du plan de travail était lisse et fraîche sous ses doigts. Elle ramassa la boîte de pêches et la rangea sur la seconde étagère, à sa place. *Devant* la macédoine de fruits et *à côté* des quartiers d'orange.

Quand elle se retourna, sa mère l'observait toujours dans l'embrasure de la porte.

Harriet nota qu'elle était pieds nus et portait sa chemise de nuit en coton brodée de brins de muguet qui flottait librement sur ses os, tel un linceul vaporeux.

— Tu devrais mettre ta robe de chambre et tes pantoufles, lui suggéra Harriet en tendant la main vers ses lunettes posées à côté de l'évier en inox. (Elle fit un pas vers sa mère.) Tu vas prendre froid sur ce carrelage.

— Ça te plairait, hein ? Une bonne pneumonie, l'excuse toute trouvée pour me clouer au lit et te débarrasser de moi.

— Ce n'est pas du tout ça.

— Quand est-ce qu'elle arrive ? (La vieille femme frotta le tissu lâche autour de ses frêles poignets.) Quand est-ce qu'elle sera là ?

Harriet eut envie d'enfoncer le bout de ses doigts glacés dans la peau pâle et ridée des avant-bras de sa mère. Une peau autrefois si ferme, constellée de taches de rousseur formant par endroits des écheveaux de sucre filé.

— Je te l'ai déjà dit, soupira Harriet. Je m'en occupe.

Sa mère grogna, fit volte-face et s'éloigna en clopinant dans le couloir.

— Je t'apporterai du thé dès que j'aurai terminé, promit Harriet sans obtenir de réponse.

Une minute ou deux plus tard, elle entendit le ronronnement du monte-escalier.

Quand elle eut fini de ranger les conserves, elle fit un pas en arrière pour admirer la symétrie. Puis elle s'assit à la table de la cuisine avec le gros sachet de médicaments de sa mère qu'elle était allée chercher ce matin.

Harriet préleva minutieusement la bonne quantité dans chaque boîte, avant de mettre une pile multicolore de sept comprimés dans chaque compartiment quotidien du semainier.

Alors qu'elle se concentrait, des rides profondes s'alignèrent, tels de petits soldats, de chaque côté de la cicatrice verticale qui lui divisait le front.

Difficile d'imaginer que ces minuscules torpilles friables aient le pouvoir de maintenir une personne en vie. Deux fois par jour, la vieille femme ouvrait le compartiment idoine pour en verser le contenu dans sa paume. Puis elle examinait chaque comprimé avant de le mettre dans sa bouche, faisant passer le tout avec beaucoup d'eau.

Sa mère aurait plutôt dû se méfier des laboratoires pharmaceutiques qui, *eux*, se préoccupaient davantage de leurs bénéfices que de la santé des gens.

— La médecine et l'argent ne font pas bon ménage. C'est pareil pour les budgets dans l'éducation, avait-elle commenté la veille alors qu'elle lisait un article sur les médicaments non couverts par le NHS.

Réponse de sa mère :

— Tu as pensé à sortir les filets de saumon du congélateur ?

Heureusement pour ses élèves, l'argent n'avait jamais été la motivation première de Harriet.

Dès les petites classes, le système éducatif était essentiellement axé sur les examens. Les inspecteurs de l'Ofsted ne se préoccupaient que des notes obtenues par les enfants, pas de leurs vies. Les quatre fois où elle avait eu affaire à eux, personne ne s'était penché, fût-ce superficiellement, sur la façon dont elle affectait personnellement la vie de ses élèves.

Il n'y en avait que pour les enseignants diplômés. C'était révoltant.

Eh bien, tant pis pour eux. Elle avait bien plus de pouvoir et d'influence sur ces enfants que les gens ne l'imaginaient.

Dans un peu moins de deux mois, elle fêterait sa dix-neuvième année comme assistante pédagogique à l'école primaire de St Saviour. Dix-neuf ans de bons et loyaux services, sans qu'on lui témoigne la moindre reconnaissance.

Harriet se considérait comme une vraie institutrice ; c'est d'ailleurs ce qu'elle répondait à quiconque l'interrogeait sur sa profession.

— Mais tu n'es qu'une *assistante*, s'ingéniait à lui rappeler sa mère. C'est comme la différence entre un médecin, avec des diplômes, et l'aide-soignante qui vide les bassins.

Elle lui avait demandé d'arrêter de dire ça, mais sans succès.

Harriet apprenait aux enfants qu'on lui confiait à mieux se connaître – un savoir qu'ils ne pouvaient acquérir ailleurs, dans un monde qui se pliait à leurs moindres caprices.

Sa mère ne se rendait pas compte. Personne n'avait idée de ce qu'elle accomplissait.

Pourquoi ne comprenait-on pas qu'elle souhaitait simplement aider les gens ?

Elle n'était pas arrivée aussi loin en courant des risques inutiles. Elle choisissait ses enfants avec beaucoup de soin ; elle savait exactement ce qu'elle cherchait.

Elle tira vers elle la liste des admissions de la prochaine rentrée. La veille, Harriet s'était connectée à la base de données de l'école pour l'imprimer. Puis elle avait ajouté des annotations au crayon à côté de chaque enfant.

Une fille venue du Sud avait attiré son attention. Mère seule, père décédé. Leur adresse correspondait à une maison de Muriel Crescent. Harriet connaissait le quartier, près de Cinderhill Road, à Bulwell. Ce n'était pas très loin de chez elle.

Selon le fichier, ils emménageaient aujourd'hui – leur première véritable journée dans la région. Elle sourit, se demandant comment se passait leur installation.

Harriet retourna à son pilulier, dont elle claqua le couvercle de chaque compartiment, marquant un temps d'arrêt pour regarder brièvement par la fenêtre de la cuisine.

Des nuages gris acier et blanc floconneux butaient les uns contre les autres, comme s'ils s'affrontaient. Elle les vit filer à toute allure dans le ciel, absorbant les derniers rayons lumineux, jusqu'à ce que le soleil ne soit plus qu'un souvenir.

7

Bip, sshhh, sshhh, sshhh, bip.

C'est le son de ma vie. Ce qu'il en reste.

Je dérive entre conscience et inconscience – je ne dors pas, pas vraiment. Je ne rêve pas, je ne me retourne pas, je ne remue pas pour trouver une position plus confortable. C'est juste un rideau de ténèbres qui tombe, sans prévenir.

Puis, tout à coup, je suis de retour, le regard rivé au plafond, tentant de comprendre ce qui m'est arrivé et quand ça va s'arrêter. Quand je vais me remettre à bouger et à parler. Pour leur parler d'Evie, leur expliquer ce qui s'est passé, que tout est ma faute.

Je m'efforce d'exploiter chaque seconde de conscience pour me rappeler. Des souvenirs défilent devant mes yeux, telles d'insaisissables volutes de fumée. Il m'arrive tout de même d'en attraper un, qui se métamorphose alors en une petite boule de neige chatoyante dans mon imagination.

Les plus anciens n'ont pas toujours grand sens ; mais, parfois, ils me réconfortent.

Aujourd'hui, ma récompense pour avoir passé au

crible des heures et des heures de pensées, c'est la sensation de douceur des cheveux d'Evie entre mes doigts, tel de l'or filé, alors que je les caressais durant ces longues nuits où elle s'endormait en pleurant. Et aussi l'odeur de sa peau humide après un bain, fraîche comme la rosée du matin.

La porte s'ouvre, me ramenant dans le présent, et je me tiens prête. Bien sûr, les médecins ne peuvent pas me débrancher comme ça, mais ce jour finira par arriver.

À l'intérieur, je crie, je me débats, je donne des coups de poing. Tout ce qui est en mon pouvoir pour leur montrer que je suis toujours là, et bien là. Ils ont forcément un moyen de savoir, de dire si quelqu'un est vivant ou non ?

Mais la pièce reste parfaitement silencieuse, et je reste parfaitement immobile. Je suis prise au piège dans un vide entre la vie et la mort.

J'attends les voix familières, la terminologie médicale. Un jargon effrayant qui masque à peine le fait qu'ils ont l'intention de m'assassiner.

Parce que c'est bien de ça qu'il s'agit. S'ils éteignent la machine, ils me tueront.

Mais ce n'est pas une des voix familières qui s'adresse à moi.

— Bonjour. C'est moi qui prends soin de vous, juste pour aujourd'hui. Je fais un remplacement.

Un visage épanoui apparaît brièvement au-dessus du mien. Surprise, j'ai du mal à fixer mes yeux sur elle.

— J'ignore si vous m'entendez, ajoute-t-elle, mais je vais faire comme si.

Aucune des autres infirmières ne me parle, et je n'ai jamais vu leur figure.

Elle disparaît de nouveau, fredonnant d'une voix fausse ; elle s'active autour des appareils, effectue des relevés et procède à des évaluations.

— C'est une belle journée, dit-elle. Ensoleillée, mais pas trop chaude, juste comme j'aime. Quand j'aurai terminé mon service, j'irai passer une heure ou deux dans mon jardin. J'adore jardiner, pas vous ?

Un autre souvenir glisse devant moi, que je parviens à saisir au vol.

Dès le premier jour où Evie se mit à jouer dans le jardin, je me promis de veiller sur elle.

Connaissant mal le quartier, j'avais effectué une sorte de reconnaissance autour de la maison et dans les rues voisines.

Malheureusement, le résultat n'avait guère été encourageant.

La maison était la dernière de la rangée. Une clôture d'un peu plus d'un mètre de haut entourait trois des côtés du carré de gazon à l'arrière, et la porte ne fermait pas. Une haie irrégulière séparait cet espace de la propriété d'à côté.

La porte donnait sur un sentier étroit qui longeait la rangée d'habitations et menait à la rue principale, assez passante. Les voisins étaient une famille à l'air pas commode – quel était le nom de cette horrible bonne femme, déjà ? Je ne me souvenais pas. En revanche, je me rappelais les deux grands fils qui, à en juger par l'odeur s'échappant des fenêtres ouvertes, fumaient de l'herbe toute la journée.

Certains jours, je me demandais ce qui pouvait bien pousser quelqu'un à venir habiter un endroit pareil. Quel genre de mère ferait courir un tel risque à son enfant ?

Je m'étais alors promis que, même si je ne pouvais rien faire à propos de cette décision, je mettrais tout en œuvre pour protéger Evie. Je veillerais sur elle, quoi qu'il arrive.

Le plus triste, c'est que, à l'époque, je croyais vraiment pouvoir le faire.

Même si, au bout du compte, j'ai échoué.

46

8

TONI

Trois ans plus tôt

Après toutes mes jérémiades silencieuses à propos de l'attitude complaisante de maman vis-à-vis d'Evie, la roue tourna. À la suite de l'attaque des guêpes, je finis par remercier ma bonne étoile de l'avoir avec moi.

Quand nous nous étions précipitées hors de la maison en hurlant, de nombreux visages étaient apparus aux fenêtres, mais seule une femme habitant en face vint nous voir.

— Je m'appelle Nancy, se présenta-t-elle en s'accroupissant devant Evie. Je suis infirmière. Qu'est-ce qui s'est passé ?

Maman lui raconta.

— C'est affreux, dit-elle en examinant les piqûres sur les joues d'Evie et en faisant mine de vouloir inspecter ses bras.

— Non ! protesta Evie, pressant sa tête contre ma jambe et cachant ses mains derrière le dos.

— Evie, laisse faire la dame.

— Non, j'veux pas.

— Ça va aller. (Nancy sourit, puis me regarda.) Appliquez un peu de Savlon dessus, ça devrait désenfler

47

d'ici quelques heures. Apparemment, aucun dard n'est resté planté : il ne devrait pas y avoir de problèmes.

— Merci beaucoup, répondis-je. Vous nous avez probablement épargné plusieurs heures d'attente aux urgences.

— Surveillez simplement ces piqûres, me conseilla Nancy en se relevant. Si elles se mettent à enfler ou si elles deviennent vraiment très rouges et douloureuses, il se peut qu'elle ait une réaction allergique. Dans ce cas, vous devrez la conduire immédiatement à l'hôpital. Et ça vaut aussi pour vous deux, ajouta-t-elle pour maman et moi.

Après avoir remercié Nancy, nous nous réfugiâmes dans le jardin de derrière, à l'abri des regards indiscrets.

Comme on pouvait s'y attendre, Evie était inconsolable. Elle semblait incapable de se calmer, bien qu'elle soit épuisée à force de pleurer. Elle s'assit tour à tour sur mes genoux et sur ceux de maman ; elle piquait du nez une minute, puis se redressait aussitôt, ses grands yeux effrayés fouillant chaque centimètre de l'espace autour de nous.

Maman téléphona à son voisin, M. Etheridge.

— M. Etheridge est un exterminateur à la retraite, dit-elle. Il saura exactement quoi faire.

Ensuite, j'appelai la police. Après que j'eus décliné mes nom et adresse, on me demanda quel était le problème.

— Quelqu'un a volontairement déposé un nid de guêpes chez nous, répondis-je en prenant conscience que cela risquait d'être difficile à expliquer. Ma fille a été sérieusement piquée. Nous l'avons toutes été.

— Votre agresseur est-il toujours sur les lieux ? s'enquit calmement mon interlocuteur.

— Non. Les fleurs ont été livrées anonymement.

— Et les guêpes sont sorties des fleurs ?

— Oui, quand j'ai ramené le bouquet à l'intérieur. Et elles ont piqué ma fille.

— En fait, vous ne savez pas si quelqu'un a délibérément cherché à vous nuire.

— Il y avait la moitié d'un nid de guêpes coincée au fond du bouquet, répliquai-je un peu sèchement. On l'a forcément mise là. Vous pouvez envoyer quelqu'un, s'il vous plaît ?

À la fin de notre conversation, le laconisme de mon interlocuteur me laissa peu d'espoir que la police se déplace avant plusieurs jours. À supposer qu'elle s'en donne la peine.

M. Etheridge arriva dans l'heure, vêtu de la tête aux pieds d'une combinaison de protection blanche. Même les chaussures étaient assorties. Il portait également un masque d'apiculteur. Il ne me sembla tout de même pas très solide sur ses jambes.

— Écartez-vous, nous dit-il d'une voix haletante. Je vais entrer.

— Bon sang, quel âge a-t-il ? chuchotai-je à maman.

— Il vient de fêter ses quatre-vingts ans, je pense, mais ce n'est pas ce qui compte, répondit-elle avec humeur. Il connaît son métier, Toni ; il a eu sa propre entreprise d'extermination de nuisibles pendant des années.

M. Etheridge disparut dans la maison, refermant la porte derrière lui. Quinze minutes plus tard, il ressortit.

— Toutes mortes, annonça-t-il en retirant son masque de protection. Il n'y avait qu'une douzaine de guêpes dans la pièce, tout au plus.

Il brandit un sac plastique transparent qui contenait les vestiges gris du nid conique tombé en vrac du bouquet. Evie gémit et se détourna, pressant son visage contre le cou de maman.

— Vous avez eu de la chance : la plupart étaient déjà mortes. (Il regarda le nid.) Où est votre poubelle ?

Je remerciai M. Etheridge, et maman lui glissa un billet de vingt livres qu'il accepta de bon cœur. Il rangea discrètement dans son sac à dos une bombe marquée « Spray anti-guêpes et insectes ». Le genre d'aérosol vendu dans n'importe quel supermarché – pour bien moins de vingt livres. Mais je décidai de me taire. Après tout, il avait réglé le problème.

Tandis que maman tenait compagnie à Evie dans le jardin de derrière, je balayai les petits corps rayés et duveteux du rebord de la fenêtre, que je maintins ouverte à l'aide d'une cale, le temps que l'odeur d'insecticide se dissipe.

Je restai là un moment, respirant un peu d'air frais et embrassant la rue du regard. Juste en face se dressait une rangée de maisons identiques à la nôtre.

L'idée me traversa l'esprit qu'on m'observait peut-être en ce moment même. Qu'on s'amusait de me voir balayer ainsi les insectes morts, avec la satisfaction d'un travail bien fait.

La question du *pourquoi* était, elle, plus épineuse. Pour autant que je sache, personne ne nous connaissait ici. Ou alors, quelqu'un dans le coin n'aimait tout simplement pas les nouveaux venus ; mais, si tel était le cas, il avait choisi une façon pour le moins coûteuse et extrême de le montrer.

Une brise légère agita les ailes arachnéennes de deux des guêpes dans ma pelle. J'eus un mouvement de recul, terrifiée l'espace d'une seconde à l'idée qu'elles ne soient pas complètement mortes.

M. Etheridge avait mis les fleurs dans un sac-poubelle qu'il avait noué au sommet. Je frémis en allant le jeter dans le jardin de derrière.

— C'est terminé, dis-je à Evie en écartant les mèches de cheveux que ses larmes avaient collées sur un côté de son visage. À présent, tu peux rentrer, mon petit chou.

— Non !

Elle se cramponna à maman, enfonçant la tête dans son épaule.

— Écoute-moi, ma chérie. M. Etheridge est l'un des meilleurs exterminateurs de tout le pays, lui expliqua-t-elle pour la rassurer. Tous les insectes et tous les animaux nuisibles ont très peur de lui. Ces guêpes n'oseront pas revenir, maintenant qu'elles savent qu'il est dans les environs.

Ce vieux gâteux ? Un redoutable exterminateur ? Ce serait risible si Evie n'était pas si bouleversée. Par miracle, les arguments de maman semblèrent la requinquer un peu.

— C'est quoi, un exterbinateur ? demanda-t-elle, les yeux écarquillés. Est-ce que M. Ethriz est comme un chasseur de fantômes, mais pour les guêpes ?

— Exactement, approuva-t-elle. Tu peux me croire : dorénavant, pas même une mouche n'osera montrer le bout de son vilain nez dans cette maison.

Evie n'oublierait pas ces folles promesses ; mais, pour l'instant, ma mère avait su trouver les mots justes pour la calmer, et je lui en étais reconnaissante.

— Allons nous asseoir dans la cuisine et boire un jus de fruits avec des biscuits, proposa maman pour l'apaiser.

Elle fit doucement glisser Evie de ses genoux et se releva, prenant sa main dans la sienne.

— Des biscuits *avant* manger, mamie ? fit Evie en me lançant un regard narquois.

— Absolument, répondis-je avec un clin d'œil. Aujourd'hui, pas de règle pour les biscuits, mon petit chou.

Alors que nous rentrions, je levai la tête vers le ciel avec ses nuages bas et lourds ; la pluie menaçait, malgré la chaleur.

J'étais contente de laisser l'épisode des guêpes derrière nous, mais je restais préoccupée. Comment et pourquoi ces insectes s'étaient-ils retrouvés chez nous ?

C'était forcément un acte de malveillance. Les guêpes ne construisaient pas de nids dans des compositions florales récemment préparées. C'était aussi simple que…

Un mouvement brusque à la périphérie de ma vision me fit soudain tourner la tête.

À l'étage de la maison de Sal, juste à côté, je distinguai à travers les rideaux légèrement ouverts une silhouette s'écartant de la fenêtre.

Quelqu'un, là-haut, nous observait.

9

TONI

Trois ans plus tôt

Le lendemain, j'étais assise à la table de la cuisine, entourée de factures impayées et des relevés de pension d'Andrew.

La dernière demi-heure, j'avais martyrisé ma calculette, multipliant et divisant à tour de bras, tentant vainement de rapprocher, ne serait-ce qu'un peu, les chiffres des entrées et des sorties.

Ma mère ignorait à quel point j'étais endettée. Je n'avais pas abordé le sujet avec elle, d'abord parce que j'avais honte, mais aussi parce que je ne finirais pas d'en entendre parler. Pendant notre mariage, Andrew et moi avions régulièrement fait chauffer la carte de crédit – plusieurs, en fait. Nous avions essayé de devenir plus raisonnables, mais, chaque fois que nous prenions la bonne résolution de ne plus payer nos factures de cette façon, une urgence venait ruiner nos efforts : nécessité de remplacer la machine à laver, réparation de la tondeuse à gazon, cadeaux d'anniversaire pour les amis et la famille… la liste ne connaissait pas de fin.

La MasterCard et la Visa avaient été au plafond aussi loin que je me souvienne, et nous n'avions les moyens de ne rembourser que le montant minimum chaque mois. Les intérêts nous coûtaient une fortune, mais notre priorité était de survivre jusqu'au prochain salaire.

À la mort d'Andrew, les organismes de crédit m'écrivirent pour me dire que, d'après leurs fichiers, j'étais la principale titulaire. Par conséquent, bien que j'aie récemment perdu mon mari et la plus importante source de revenu de notre famille, ils avaient le regret de m'informer que j'étais personnellement responsable de l'ensemble de la dette.

Repoussant la calculette dans un geste de frustration, je finis par ouvrir le *Nottingham Post* à la rubrique « Offres d'emploi ».

Me remettre à travailler ne manquerait pas de poser des problèmes, j'en avais conscience. À commencer par la garde d'Evie. Mais, d'une manière ou d'une autre, je devais nous sortir de ce pétrin.

À Hemel, j'avais gravi les échelons dans ma profession en l'espace de dix ans, jusqu'à occuper le poste de responsable d'une agence immobilière de taille moyenne au centre-ville.

Quel que soit l'endroit où l'on habitait au Royaume-Uni, on était sûr de trouver des agences immobilières. Et, avec un peu de chance, une ou plusieurs qui embauchaient.

Les problèmes logistiques seraient certainement surmontables, si mon retour à l'emploi nous épargnait la ruine. Et quelle joie de pouvoir de nouveau gâter Evie de temps à autre, acheter un ou deux bibelots qui rendraient la maison plus accueillante…

J'éprouvai soudain une palpitation désagréable et familière dans la poitrine, mon cœur semblant effectuer un petit salto arrière tous les deux ou trois battements.

Je lorgnai avec envie vers mon sac à main. C'était probablement un peu tôt dans la journée, mais j'étais sûre que cela ne me ferait pas de mal – juste cette fois. Mais, alors que j'étais sur le point de céder à cette promesse de soulagement, on sonna.

Je me rassis, clouée sur place. Pour le moment, personne ne savait que nous habitions ici. Sans doute un représentant qui faisait du porte-à-porte. Je décidai de ne pas répondre.

On sonna de nouveau.

— Maman, QUELQU'UN EST À LA PORTE ! cria Evie pour couvrir le son de la télévision dans la pièce d'à côté.

La porte d'entrée donnait directement sur le trottoir. Notre visiteur avait presque certainement entendu Evie. À contrecœur, je renonçai à mon idée de l'ignorer.

Sur le seuil m'attendait une femme d'âge moyen, bien en chair, avec des cheveux frisés châtains, courts et striés de gris. Derrière ses lunettes, ses yeux semblaient incapables de se poser.

— Oui ? dis-je, soulagée de constater qu'elle n'avait pas le moins du monde l'allure de quelqu'un d'officiel.

— Madame Cotter ? Je me présente : Harriet Watson, de l'école primaire St Saviour. (Elle me regarda par-dessus un sac à provisions en toile bien rempli qu'elle tenait avec les deux bras.) Evie sera dans ma classe la semaine prochaine.

Une vision de l'état déplorable du salon jonché de

Lego me traversa l'esprit, mais je me forçai à sourire et m'écartai de la porte.

— Quelle bonne surprise ! Donnez-vous la peine d'entrer, madame Watson.

— En fait, c'est mademoiselle. (Elle pénétra dans le minuscule vestibule et posa son sac.) J'ai apporté un peu de travail pour Evie, puisque je ne serai pas là lors de votre visite de l'école cet après-midi. (Elle jeta un coup d'œil à mon t-shirt et à mon legging fatigué.) J'espère que je ne vous dérange pas…

— Pas le moins du monde, répondis-je en lui tendant la main. Moi, c'est Toni, la maman d'Evie.

Harriet Watson avait une profonde cicatrice, d'environ quatre centimètres de long, qui divisait en deux son front terreux. Ses cheveux frisés étaient si serrés que chaque boucle donnait l'impression d'avoir été modelée individuellement avec de la cire coiffante.

— J'ai surtout apporté des fiches d'exercices et de la lecture. (Harriet accepta ma main ; ses doigts étaient moites et mous.) Si elle peut en faire au moins une partie, ça lui permettra de se familiariser avec ce que nous faisons en classe et d'aborder cette rentrée sous les meilleurs auspices.

Evie sortit du salon à fond de train et vint me percuter sur le côté.

— Fais attention ! la réprimandai-je en passant un bras autour d'elle et en la serrant contre moi, un peu honteuse qu'elle soit toujours en pyjama. Je vous présente Evie.

— Bonjour, Evie, dit Harriet.

— Bonjour, marmonna Evie.

— Mlle Watson est ta nouvelle institutrice, expliquai-je. Elle t'a apporté des fiches d'exercices.

— Et de la lecture, ajouta Harriet.

Evie regarda le sac bien rempli à mes pieds.

— Qu'est-ce qu'on dit ? l'encourageai-je.

— Merci.

Je pris conscience du vacarme de la télévision au salon. Harriet allait imaginer que j'étais le genre de mère à abandonner son enfant devant le petit écran toute la journée, comme un zombie. Ce qui était le cas en ce moment, je dois bien l'admettre. Mais tout cela changerait dès que nous aurions pris nos marques.

Je m'aperçus avec un pincement au cœur que je ne pouvais pas exiger de Harriet qu'elle reste plus longtemps en plein courant d'air, dans ce vestibule sombre et exigu. Je décollai le bas de mon t-shirt au creux de mes reins. Ma peau devenue moite accueillit avec bonheur la caresse de l'air frais.

— Je vous en prie, passons à côté, proposai-je avec hauteur, comme si nous habitions un appartement de grand standing à un million de livres sur les berges de la Trent. Je crains que nous ne soyons pas encore complètement installées...

Elle nous suivit au salon. Traversant la pièce, j'empoignai la télécommande pour couper le son.

— C'est mieux, dis-je jovialement. Je ne m'entendais plus penser !

Il régnait une forte odeur de biscuits et de chaleur humaine – et pas au bon sens du terme.

Je restai figée une seconde, regardant les lieux avec les yeux de Harriet. Le tapis disparaissait sous la dernière création tentaculaire d'Evie et les tas de briques multicolores qui l'entouraient.

Une vieille PlayStation que maman avait dénichée dans une brocante pour l'anniversaire d'Evie gisait devant la télévision. Tous les fils serpentaient et se lovaient autour de verres vides et d'assiettes parsemées de miettes de toasts.

— Oh, Evie, il va falloir qu'on commence à ranger un peu ici, fis-je sur un ton implorant.

Quelque part entre le moment où j'avais entendu sonner et celui où j'avais conduit Harriet Watson au salon, la palpitation dans ma poitrine s'était métamorphosée en un véritable martèlement. Je sentais la transpiration s'accumuler sous mes aisselles.

— Excusez le désordre, dis-je en laissant échapper un petit rire bête tandis que j'englobais toute la pièce d'un grand geste du bras. Nous venons à peine d'arriver, vous comprenez. Je n'ai pas eu le temps de tout ranger.

Harriet s'éclaircit la voix d'un air décidé.

— Peut-être que tu pourrais aider ta maman, jeune fille ? dit-elle à Evie en lui lançant un regard furieux à travers ses austères lunettes à monture métallique. Au lieu de lui donner encore plus de travail…

Je tâchai de dissimuler ma contrariété. J'aurais probablement dû me sentir soulagée que Mlle Watson m'apporte son soutien ; mais, en réprimandant Evie sous son propre toit, elle dépassait les bornes. Surtout après le bouleversement que sa vie venait de connaître.

— Ça ira. Je préfère qu'elle passe son temps à jouer, répliquai-je sèchement.

L'institutrice n'ajouta rien, mais ses lèvres serrées n'en exprimèrent pas moins sa désapprobation. Éprouvant soudain le besoin d'essayer de sauver la situation, je recourus à la solution miracle préconisée par maman pour régler tous les problèmes.

— Mademoiselle Watson, puis-je vous offrir une tasse de thé ? (Son visage resta de marbre, et je notai qu'elle ne m'avait toujours pas invitée à l'appeler par son prénom.) J'en profiterai pour vous expliquer une ou deux choses, si vous avez quelques minutes à m'accorder.

Après un bref signe de tête, elle me suivit dans la cuisine.

— Veuillez vous asseoir, dis-je en lui montrant la minuscule table de petit déjeuner et ses deux pliants à l'air fragile.

Je nous préparai deux mugs de thé fumant, regrettant de ne pas encore avoir fait les courses. Je n'avais même pas un misérable sablé à proposer à Mlle Watson, et notre thé épuisa le peu de lait qui restait.

Posant les tasses sur la table, je constatai avec satisfaction que l'atmosphère semblait se détendre un peu. Nous échangeâmes des banalités sur le début de l'automne et la fraîcheur des températures de ces derniers jours.

Les muscles de mes épaules commençaient à peine à se décontracter quand je m'aperçus que mes factures impayées et les relevés de pension d'Andrew s'étalaient devant mon invitée.

— Je suis confuse, laissez-moi débarrasser.

La chaleur me monta au visage tandis que je rassemblais rapidement les papiers pour les entasser à côté de moi.

Mlle Watson ne fit aucun commentaire. En fait, à mon grand soulagement, elle parut n'avoir même pas remarqué mon manège.

— Alors, fit-elle en buvant une gorgée de thé et en reposant sa tasse sur la table, dites-m'en un peu plus sur Evie.

Je lui parlai de son amour de la lecture, de son goût pour les constructions en Lego – elle pouvait y passer des heures.

— Je l'encourage, ajoutai-je, parce que les fonctions visuo-spatiales sont importantes, n'est-ce pas ? Je pense que, de nos jours, on a trop tendance à insister sur le travail scolaire.

Mlle Watson renifla et but une nouvelle gorgée.

Je lui expliquai qu'Evie s'était attachée à un groupe d'amis dans son précédent établissement, qu'ils dormaient souvent les uns chez les autres le week-end.

— Quand mon mari, Andrew, a eu son accident, tout a changé. En plus de tout le reste, Evie a dû laisser son ancienne vie derrière elle. Cela a été très dur pour elle.

J'avais envie d'ajouter que cela avait été très dur pour nous deux, mais je n'en fis rien. Je voulais que l'institutrice d'Evie comprenne ce que cela signifiait pour elle.

— Comment ça s'est passé ? demanda Harriet. L'accident de votre mari ?

Je respirai à fond. À force, j'avais appris que la meilleure façon de répondre à cette question sans éclater en sanglots était de rester aussi simple que possible et de m'en tenir aux faits bruts.

— Andrew était en mission de nuit en Afghanistan. Les services de renseignements lui avaient fourni des cartes, mais certaines indications étaient erronées et les ont conduits, lui et ses hommes, directement dans un précipice. Deux d'entre eux sont morts. Andrew était l'un d'eux.

Harriet hocha la tête, mais ne fit aucun commentaire.

— Un homme est décédé sur place, mais Andrew a pu être transporté à l'hôpital. Il souffrait de multiples traumatismes crâniens. Au bout de quelques semaines, il a pu rentrer. On a d'abord espéré un rétablissement partiel, mais un caillot de sang au cerveau l'a emporté quelques jours plus tard.

Elle s'abstint de manifester sa compassion par les formules ou les bruits d'usage. Je ne sais pas pourquoi, mais je m'en trouvai soulagée. Cela m'encouragea à poursuivre.

— Cela va faire deux ans, dis-je. Ma mère a insisté pour qu'on s'installe à Nottingham. J'ai eu le sentiment qu'il était temps pour nous de laisser le passé derrière nous.

Pendant un moment, je restai muette.

— Et vous voilà toutes les deux, fit Harriet.

— Evie a énormément souffert, pour une enfant de son âge. En venant ici, je sens qu'on est prêtes à prendre le nouveau départ dont on a besoin toutes les deux.

Harriet me regarda et, l'espace d'un instant – une ou deux secondes vraiment singulières –, je crus voir un léger sourire soulever les coins de sa bouche.

10

TONI

Trois ans plus tôt

Après que notre visiteuse eut pris congé, je retournai m'asseoir quelques minutes à la table de la cuisine.

Harriet Watson était une femme étrange. Contrairement à la plupart des gens, elle n'avait exprimé aucune compassion en entendant ma terrible histoire.

Pourtant, je trouvais cela réconfortant. Je m'étais confiée plus que je ne l'avais jamais fait face à une totale inconnue. Son apparente indifférence avait eu raison de mes réserves et, pendant le bref moment que nous avions passé ensemble, cela avait été une sorte de soulagement.

Néanmoins, j'en avais probablement dit plus que je n'en avais l'intention. Elle était l'institutrice d'Evie, pour l'amour de Dieu. Je n'aurais pas dû entrer dans tous ces détails sordides. Mais il était trop tard pour avoir des regrets.

Au moins disposait-elle de toutes les informations nécessaires pour pleinement comprendre Evie et, si besoin était, faire parfois preuve d'indulgence. L'entêtement et l'impatience qu'il lui arrivait de manifester depuis quelque temps me préoccupaient. C'était nouveau chez elle.

Prenant soudain conscience de la sécheresse de ma bouche et de la moiteur de mes mains, je respirai plusieurs fois à fond. Mon cœur avait cessé ses palpitations pour se mettre à battre la chamade.

Voilà ce qui se passait, à force de trop gamberger.

Les mains tremblantes, je sortis de mon sac le flacon à moitié rempli de petits comprimés bleu pâle. Le nom d'Andrew figurait en caractères gras sur l'étiquette blanche.

Après l'épreuve que j'avais vécue ce matin, ça ne me ferait pas de mal.

Je n'avais rien à gagner à me mettre ainsi dans tous mes états. Ce n'était bon ni pour Evie ni pour moi.

Peut-être que je me montrais trop dure avec moi-même. Des tas de gens buvaient quelques verres de vin le soir, quand ils se sentaient déprimés. Personne ne semblait les juger pour autant ; on en plaisantait même.

Un comprimé, un seul. Pas de quoi faire une histoire. Juste pour me détendre et oublier mes problèmes.

Juste pour aujourd'hui.

11

TONI

Trois ans plus tôt

Je sentis qu'on me secouait légèrement. Comme je ne réagissais pas, on me poussa un peu plus brutalement.

J'étais trop loin, je n'avais pas envie de refaire surface. Je voulais juste qu'on me laisse étendue là, sur ces coussins si mous, si confortables.

— Maman ! insista une voix pressante à travers le brouillard. Maman, j'ai faim…

Je levai les paupières. Clignai des yeux. Les refermai.

— Maman, RÉVEILLE-TOI ! J'ai quelque chose à te dire.

Evie me secoua de nouveau, pesant de tout son poids contre mon bras.

J'ouvris les yeux en fronçant les sourcils ; j'avais un mal de tête atroce. Progressivement, la silhouette de ma fille se précisa.

— Quelqu'un a frappé, expliqua-t-elle. J'ai fait comme tu m'as dit, maman. Je n'ai pas répondu. Je me suis cachée.

— C'est bien.

Mes paroles semblaient claires dans mon esprit, mais ce qui s'échappa de mes lèvres sèches et gercées s'apparentait plus à un son rauque.

Evie se leva et sortit de la pièce.

— Attends, dis-je.

Mais j'avais beau faire, je m'exprimais toujours de manière aussi confuse.

Evie revint avec un verre d'eau, qui déborda un peu sur mon bras. Alors que je me redressais, elle se traîna à côté de moi sur le canapé et porta le verre à ma bouche. Je bus une grande gorgée d'eau bien fraîche.

— Merci, ma chérie, dis-je en luttant contre la nausée et la montée de chaleur que je ressentis, une fois droite.

Au lieu de céder à l'irrésistible envie de m'allonger pour continuer à dormir, je concentrai mon attention sur le visage baigné de larmes d'Evie.

— Tu as pleuré, chuchotai-je.

— J'ai crié très FORT dans ton oreille, maman, mais tu n'as pas ouvert les yeux. Tu ne t'es pas réveillée.

Mon estomac se noua.

— Je suis désolée, dis-je en glissant mon bras autour d'elle et en l'attirant vers moi pour déposer un baiser sur sa tête chaude et soyeuse. Je suis vraiment désolée, Evie.

— J'ai faim. Je peux avoir des toasts et, après, des bananes avec de la crème anglaise comme dessert ?

Rien que de penser à la nourriture, j'eus la nausée.

— Donne-moi deux minutes pour reprendre mes esprits, répondis-je en souriant. Ensuite, je te préparerai à manger.

Je consultai ma montre. J'avais dormi pendant presque deux heures.

Je me rappelai avoir pris deux comprimés. *Deux*. Alors que je m'étais juré de ne jamais en avaler plus d'un à la fois.

Et si Evie s'était brûlée avec la bouilloire ou était tombée dans l'escalier ? J'avais mis en danger ma fille, la personne que j'aimais le plus au monde.

Je devais réagir.

Ça ne pouvait plus continuer ainsi.

Il me fallut un peu plus de deux minutes pour « reprendre mes esprits », mais Evie ne se plaignit pas.

Je restai assise, tel un zombie, les yeux rivés sur la montagne de briques de Lego qui se dressait au milieu de la pièce, tandis que ma fille m'expliquait son dernier chef-d'œuvre en date, une sorte d'arche pour animaux abandonnés.

Je fis de mon mieux pour lui donner l'impression que j'écoutais ; mais, à en juger par sa mine renfrognée, par sa façon de parler en articulant soigneusement et de me répéter certains détails, elle avait vraisemblablement compris que j'étais toujours dans les vapes.

Dès que je me sentis d'attaque, j'avançai lentement vers la cuisine pour lui préparer des toasts.

La table était dans l'état où je l'avais laissée après le passage de Harriet Watson. Prenant les deux tasses sales pour les mettre dans l'évier, j'aperçus le calendrier : j'avais manqué notre rendez-vous pour visiter l'école d'Evie cet après-midi.

Me cramponnant au bord du plan de travail, j'attendis que la pièce cesse de tourner autour de moi. Les conséquences de ce comprimé supplémentaire tombaient les unes après les autres.

Je devrais appeler l'école, dire que j'avais été souffrante, et nous pourrions sans doute convenir d'une autre date.

Je jetai un œil aux factures et aux documents que je m'étais empressée de mettre de côté à l'arrivée de Harriet. Le journal était toujours ouvert à la rubrique « Offres d'emploi ».

Il y avait tant à faire dans la maison, mais je ne m'en sentais ni l'énergie ni l'envie.

Je vis le flyer qui dépassait alors que je m'apprêtais à fermer le journal en attendant de le jeter dans la poubelle de tri. Je le retirai pour le lire.

L'Agence Gregory, petite agence immobilière indépendante au centre de Hucknall, recherche une assistante à temps partiel disponible immédiatement.

Sur la carte, la ville en question se trouvait à environ cinq kilomètres. Mieux encore, il y avait apparemment un bus direct, depuis un arrêt situé en bordure du lotissement.

C'était bon à savoir, si jamais je devais me passer de voiture jusqu'à ce que j'aie les moyens de remplacer le pot d'échappement.

Après avoir géré ma propre agence, un boulot d'assistante constituait assurément un recul, mais je ne pouvais pas me permettre de m'arrêter à ça. « Nécessité fait loi », aurait sans doute dit maman.

L'annonce indiquait un lien pour que les candidats prennent connaissance en ligne de la description du poste et du profil recherché. Je tirai vers moi mon volumineux ordinateur portable et me connectai *via* le réseau 4G de mon téléphone.

J'avais déjà envoyé deux e-mails à mon fournisseur d'accès pour convenir d'un rendez-vous avec l'installateur avant la date proposée le mois prochain. Jusqu'à présent, je n'avais pas obtenu de réponse.

Après que j'eus saisi le lien dans la barre d'adresses, les informations se chargèrent lentement. La description de poste correspondait à l'idée que je m'en étais faite : tenir à jour le fichier et organiser les séances photo ; commercialiser et faire la promotion des biens disponibles à la location ; conseiller les clients et aider les locataires dans leurs choix ; s'occuper de tout problème susceptible de se poser dans le cadre du mandat confié à l'agence par des propriétaires privés.

Malgré mon propre discours de motivation, j'eus un pincement au cœur. C'était le genre de job que je pouvais faire les yeux fermés.

Le profil précisait : « expérience préférable, mais pas essentielle ».

J'étais beaucoup trop qualifiée, aucun doute là-dessus. Mais, avec un peu de chance, ils trouveraient avantage à engager quelqu'un de mon expérience sans avoir à me payer au niveau correspondant.

Je sauvegardai le formulaire de candidature sur mon ordinateur en notant la date limite, qui n'intervenait que trois jours plus tard. J'avais repéré l'annonce juste à temps.

Le sentiment de reprendre le contrôle de ma vie me donna un frisson d'excitation.

J'avais enfin l'impression d'avancer, de faire quelque chose de concret pour moi et ma fille, plutôt que de rester inactive et de dépendre des comprimés volés de mon mari pour fonctionner.

12

JOURNAL DE SURVEILLANCE

Trois ans plus tôt, 25 août

Chronologie
Arrivée au poste de surveillance : 7 h 30

8 h 21	Arrivée des sujets au nouveau domicile en Fiat Punto gris métallisé : CV06 HLY. Maison mitoyenne : 22 Muriel Crescent, Bulwell, Nottingham.
8 h 46	La mère conduit l'enfant à la garderie des Petits Tigres, Broxtowe Lane, Nottingham. La grand-mère reste au domicile.
9 h 02	La mère rentre. Aucun mouvement.
11 h 45	La mère prend la voiture pour chercher l'enfant à la garderie.
12 h 01	La mère et l'enfant rentrent à la maison.
12 h 17	Les meubles arrivent.
13 h 06	Livraison du bouquet.
13 h 13	Suscite la réaction voulue.

Départ du poste de surveillance : 13 h 15

OBSERVATIONS GÉNÉRALES

Les adultes semblent abattus et paraissent se méfier de leur nouvel environnement. L'enfant est éveillée et enthousiaste.

Communauté pas très unie, voisins peu attentifs. Zone à revenus modestes/chômeurs, faible niveau de sécurité.

La grand-mère vit à proximité, à Nuthall.

Attends instructions.

13

TONI

Trois ans plus tôt

Aiguillonnée par la perspective d'un nouveau départ, je m'attelai sérieusement à la tâche les deux jours suivants, déballant nombre de cartons et de sacs ; je rangeai la plupart des affaires qui traînaient au rez-de-chaussée, ou au moins les déplaçai dans la bonne pièce.

J'ouvris avec soulagement le dernier carton au salon. Mon dos n'aurait peut-être pas supporté ce régime beaucoup plus longtemps.

— Maman, je ne sais pas où mettre toutes mes peluches et je n'ai rien pour trier mes Lego par couleurs et par formes !

Evie se tenait dans l'embrasure de la porte, les mains sur les hanches.

— Ce n'est pas grave, ma chérie. Entasse-les simplement le long du mur, pour l'instant. On t'achètera bientôt de jolis meubles.

Evie manifesta bruyamment sa désapprobation et remonta à l'étage. Sa chambre d'avant était dotée d'une armoire à portes miroir qui pouvait contenir des tonnes de choses.

Je me mis à dresser une liste de tout le mobilier dont nous avions un besoin urgent. Deux commodes et une armoire pour Evie. Les rangements de notre ancien appartement étaient encastrés. Il nous fallait également une table basse et un tapis pour le salon, parce que j'avais bêtement abîmé les nôtres avec de la cire chaude en renversant une bougie allumée juste avant notre départ. De nouveaux rideaux, des stores pour la cuisine… La liste était sans fin. C'en était déprimant.

Je finis par ranger mon stylo et la feuille de papier dans le tiroir des couverts, pour éviter de réfléchir à la façon dont j'allais payer tout ça.

Sans ce boulot à l'agence, rien ne serait possible.

Je me rongeai les ongles, me tirai les cheveux et bus un nombre déraisonnable de tasses de café fort. Mais au moins résistai-je à la tentation de ce que je cachais derrière les tampons et la crème dépilatoire sur l'étagère du haut du placard de la salle de bains.

J'étais décidée à m'en sortir sans ce petit flacon miracle qui me conduirait à ma perte.

Si je ne cessais pas maintenant de prendre ces comprimés, Dieu sait où cela s'arrêterait.

Mon portable sonna. Voyant le nom de l'appelant apparaître à l'écran, je songeai un instant à ne pas répondre. Mais, en ignorant ma mère, je me condamnais à entendre dans l'heure sa clé tourner dans la serrure.

— Toni, ma chérie, dit-elle. Tu ne veux vraiment pas que je vienne ? Ça ne m'ennuie pas, tu sais.

— Merci, maman. Mais, honnêtement, on s'en sort très bien. Evie range ses jouets dans sa chambre, et je suis en train de déballer le dernier carton.

— Bon, si tu es sûre…

Elle semblait déçue, et je ne pus m'empêcher de me sentir légèrement coupable.

— Écoute, on pourrait passer prendre une tasse de thé un peu plus tard. Qu'est-ce que tu en dis ?

— Ça me fera plaisir, acquiesça-t-elle, soudain plus enjouée. Je mets l'eau à chauffer pour 16 heures ?

— Parfait. À tout à l'heure.

Maman occupait une place très importante dans nos vies et je l'aimais énormément. Mais ce déménagement à Nottingham représentait un nouveau départ pour nous sur plusieurs plans.

Je voulais prendre soin de ma fille, et de moi-même. Regagner un peu de l'amour-propre que j'avais perdu progressivement au fil des deux dernières années, comme du vernis à ongles bon marché qui s'écaille.

Chaque fois que je pensais à l'argent que maman nous avait périodiquement avancé pour nous tirer d'affaire, je sentais mon visage s'enflammer.

À trente-cinq ans, je devais être capable de subvenir à mes besoins et à ceux de ma fille. Pour cela, il me fallait redevenir la femme que j'avais été, avec ses objectifs et ses ambitions ; celle qui avait su jongler au quotidien entre carrière et vie de famille.

Ce n'était pas trop demander, n'est-ce pas ?

La perte d'Andrew m'avait sonnée. Et une partie de moi ne serait plus jamais la même. Peu importe ce que l'avenir nous réservait, le temps n'y changerait rien.

Pourtant, je ne pouvais pas m'empêcher de penser que les choses auraient pu être bien pires. Evie était encore très jeune : elle s'en remettrait. Je m'assurerais qu'elle n'oublie pas son père, bien sûr, mais elle méritait de grandir sans avoir à supporter le fardeau de la tristesse et du chagrin.

Il n'était pas trop tard pour que je lui fasse ce cadeau.

Et le petit flacon brun me conduisait tout droit dans la direction opposée. Pour commencer à reconstruire nos vies, je ne pouvais pas choisir la solution de facilité.

Mais, comme pour beaucoup de choses dans l'existence, les intentions ne suffisent pas.

Grâce à ce flacon, je n'avais pas encore eu à affronter réellement la peine et la souffrance causées par la mort d'Andrew. Il m'avait permis de retarder ce moment jusqu'à ce que je me sente prête.

Maman était une autre béquille dont je devais apprendre à me passer. D'abord, ce n'était pas juste pour elle. Elle s'inquiétait constamment pour Evie et moi, et se croyait obligée de nous aider de toutes les façons possibles, alors qu'elle n'aurait pas dû avoir à le faire.

Songeant de nouveau au poste d'assistante dans cette agence immobilière, je repris espoir. La date limite de candidature était fixée à demain. Si je voulais me présenter, je ne devais plus tarder.

Mon retour à l'emploi impliquait que maman garde gratuitement Evie, je ne pouvais pas l'ignorer. Mais, depuis qu'elle passait plus de temps avec sa grand-mère, j'avais remarqué que le comportement de ma fille s'était détérioré. Bien que maman n'ait jamais eu de mal à se montrer sévère avec moi pendant mon enfance, le mot « discipline » était absent de son vocabulaire dès qu'il s'agissait de sa petite-fille chérie.

Papa avait été le plus coulant des deux, s'attirant les foudres de sa femme chaque fois qu'il me lançait un clin d'œil complice, ou qu'il me montait en douce des comics ou un casse-croûte lorsque je me retrouvais exilée dans ma chambre pour cause d'insolence ou autre.

Mais nous avions perdu mon père après sa seconde crise cardiaque, et maman était devenue encore plus stricte.

Quand je me plaignais de devoir distribuer des journaux pour me faire de l'argent de poche, ou que, à l'adolescence, elle m'obligeait à garder ma chambre toujours ridiculement bien rangée, comparée à celles de toutes mes amies du même âge, j'avais droit au sermon :

— C'est pour ton bien, Toni. Je veux que tu profites de la vie, que tu sois financièrement indépendante. Pas que tu peines à joindre les deux bouts, comme moi depuis que ton père n'est plus là.

Je soupirai et retournai au salon pour sortir du carton les dernières affaires de toilette. Quelle ironie. J'étais devenue tout le contraire de ce qu'elle avait espéré pour moi.

Mais plus pour longtemps. Je m'en fis la promesse.

Ce nouveau départ serait le bon. Et, incontestablement, une première étape importante consistait à trouver un job.

14

TONI

Trois ans plus tôt

Vendredi matin, je profitai de l'absence d'Evie – chez sa grand-mère – pour mettre la dernière touche à mon dossier de candidature.

Vers midi, j'avais envoyé le formulaire par e-mail, accompagné de ma lettre de motivation.

Je me préparai un sandwich au fromage, que je mangeai en regardant les titres de l'actualité. J'entendis claquer le volet de la boîte aux lettres. Mon déjeuner terminé, j'allai ramasser le petit tas de courrier sur le paillasson. Le cocktail habituel de prospectus (livraison de pizzas à domicile, installation de double vitrage) nichés entre des enveloppes en provenance de différents fournisseurs d'énergie à l'intention du « nouveau locataire/propriétaire ».

Je repérai un pli plus épais, avec l'adresse écrite à la main, qui piqua aussitôt ma curiosité. Je déchirai la jolie enveloppe lilas pour en extraire une carte me souhaitant la bienvenue dans ma nouvelle maison, accompagnée d'une lettre de ma vieille amie Tara Bowen. Son mari, Rob, était mort sur le coup dans l'accident avec Andrew.

Je m'assis sur le canapé. Il ne me fallut pas bien longtemps pour lire la lettre imprimée sur la moitié d'une page A4. Mais, arrivée au bout, j'avais les larmes aux yeux.

Comme je m'y attendais, Tara demandait de nos nouvelles ; elle insistait pour que nous restions amies, malgré l'éloignement géographique. Elle avait toujours été quelqu'un de désintéressé, faisant du bénévolat pour des associations de défense des animaux le week-end alors qu'elle travaillait déjà comme infirmière vétérinaire à plein temps avant que sa vie ne soit écrasée par le même rouleau compresseur qui avait emporté la nôtre.

Tara ne parlait d'elle-même qu'une fois, à la fin de sa lettre, pour m'annoncer qu'on venait de lui diagnostiquer une sclérose en plaques. Jamais du genre à dramatiser, elle minimisait la chose : « Au moins, maintenant, je sais pourquoi je souffrais d'insomnie. »

Je repliai la feuille, que je glissai de nouveau dans l'enveloppe, puis je restai assise à regarder danser sur les murs les petites sphères arc-en-ciel produites par la lumière du soleil qui filtrait à travers le beau vase en cristal – un cadeau d'Andrew avant sa mort.

On peut facilement s'empêtrer dans ses propres problèmes, en ne voyant toujours que le verre à moitié vide. La lecture des dernières lignes de Tara m'obligea à relativiser les choses. Une fois de plus, le sort s'acharnait sur elle. Mais est-ce qu'elle se plaignait ? Non.

Grâce à elle, je me sentis plus déterminée que jamais. Il était temps que je me ressaisisse et que je remette de l'ordre dans ma vie.

À ce moment-là, mon ordinateur portable émit le signal de réception d'un e-mail.

Incroyable : l'Agence Gregory venait de répondre à ma candidature et me proposait un entretien lundi à 15 heures.

Je déglutis. Ma bouche et ma gorge étaient devenues sèches. Bien que je me sente excitée à l'idée que les choses prennent enfin une tournure plus favorable, lundi était également la date de la rentrée pour Evie. Pour marquer le coup, j'avais prévu de la déposer et de la chercher à l'école.

Il me sembla que mon rythme cardiaque venait de doubler.

Impatiente de partager la bonne nouvelle, je m'empressai d'envoyer un texto à maman.

Entretien lundi pour le boulot dont je t'ai parlé !
Passe prendre Evie dans 20 minutes.

C'était génial et complètement inattendu : pour qu'ils me contactent dans l'heure, mon profil avait vraiment dû les impressionner.

En même temps, on pouvait facilement paraître compétente sur le papier. Et si je foirais l'entretien ? Et s'ils pensaient que j'avais justement trop d'expérience, ou que j'étais un peu âgée pour un poste d'assistante ?

Je jetai un coup d'œil à l'écran de mon portable, mais maman n'avait pas encore répondu à mon message.

En dépit du soulagement que j'éprouvais, toute la partie supérieure de mon corps me semblait rigide, chaque muscle aussi tendu que la corde d'un arc.

Récemment, j'avais téléchargé sur mon smartphone une app de relaxation qui proposait des exercices respiratoires en musique. Je l'ouvris et m'assis pendant quelques minutes, tentant de me concentrer sur la voix du coach, et résistant à l'appel du petit flacon brun caché dans la salle de bains.

Une fois parvenue au premier niveau de décontraction, je me sentis encore plus stressée qu'avant d'avoir commencé.

Je pris mes clés et sortis avant que le pouvoir d'attraction des comprimés ne l'emporte.

J'avais besoin de mettre une certaine distance entre eux et moi.

— Je pense que tu précipites un peu les choses, attaqua directement maman dès que j'entrai dans la cuisine. (Ma détermination vacilla ; je n'étais pas d'humeur à me disputer.) Tu devrais donner la priorité à l'organisation et au confort de la maison, et surtout à la bonne intégration d'Evie dans sa nouvelle école.

— Je ne pourrai rien faire sans argent, tentai-je de la raisonner. Et c'est un temps partiel. Je pourrai toujours conduire Evie en classe le matin.

— Je ne veux pas aller à la garderie, maman, geignit Evie en enroulant ses petits bras autour de mon cou. Mamie a dit que je ne serais pas obligée.

— Qu'est-ce que tu lui as raconté ? demandai-je.

Je contenais ma contrariété, mais les mots que j'avais sur le bout de la langue me brûlaient comme de l'acide.

— Rien du tout, répondit posément ma mère. Simplement, je lui ai dit que si sa maman devait retourner travailler, elle…

— C'est moi qui aurais dû le lui expliquer.

Et, malgré mes efforts pour me maîtriser, je ne pus m'empêcher d'ajouter sèchement :

— Je suis sa mère.

— Ça, on ne risque pas de l'oublier, répliqua-t-elle d'un ton brusque.

Sous-entendu : *une mère aussi peu fiable qu'inefficace, et incapable de se passer de mon aide.* Elle aurait crié que cela n'aurait pas été plus clair.

Raison de plus pour remettre ma vie sur les rails.

Ravalant ma fierté, je détournai les yeux devant son regard de défi. Je n'avais pas intérêt à ce que ma mère se replie dans le silence et m'ignore. L'expérience m'avait montré que ce genre d'épisode pouvait durer des jours.

Et, même si cela me restait en travers de la gorge, j'avais besoin d'elle.

15

TONI

Trois ans plus tôt

Le dimanche, je me réveillai en sursaut au petit matin, pensant avoir entendu un bruit.

Mais, à présent, je n'en étais plus si sûre. Difficile à dire, quand on est brusquement tiré du sommeil. Je scrutai la pénombre pendant plusieurs secondes, retenant mon souffle. Mais non, rien.

Mon cœur n'en cessa pas pour autant de battre la chamade, et mes mains de suer.

Ma chambre donnait sur la rue. Me glissant hors de mon lit, j'approchai de la fenêtre à pas de loup. Les réverbères éclairaient la rangée de maisons d'en face, identiques à la nôtre. Serrées les unes contre les autres, elles baignaient dans des flaques de lumière orange, comme une ville pour jouer, mais grandeur nature.

Il n'y avait personne. À 3 heures du matin, les stores étaient baissés, les rideaux tirés. Absence totale de mouvement. J'eus le sentiment d'être la seule à ne pouvoir fermer l'œil. J'en conclus que j'avais probablement rêvé.

J'avais besoin de me dégourdir les jambes.

Sans faire de bruit, je sortis sur le palier. Evie dormait paisiblement, le souffle de sa respiration me parvenant jusqu'à la porte de sa chambre. Je restai ainsi un moment, le regard perdu dans le vague, toujours pas habituée à ce nouvel environnement.

De retour dans ma chambre, je m'assis au bord de mon lit. Les ressorts du matelas bon marché s'enfonçaient dans mes cuisses. La totalité de mes maigres biens temporels formait un spectacle pitoyable. Des sacs-poubelle noirs remplis d'habits désormais trop grands s'alignaient contre le mur au pied du lit. Mes chaussures s'entassaient dans un coin, recouvertes par deux manteaux, avec un chapeau au sommet. Le tout ressemblait à l'une de ces effigies de Guy Fawkes qu'on brûle traditionnellement le 5 novembre. Un autre coin de la pièce accueillait un tas de vieux sous-vêtements dépareillés.

J'avais commencé à ranger, mais je n'étais pas au bout de mes peines si je voulais mettre de l'ordre dans cette maison. L'ampleur de la tâche me semblait écrasante, un peu comme l'ombre menaçante d'une montagne escarpée.

Je me recouchai, tentant vainement de retrouver le sommeil. Des heures plus tard, je m'agitais toujours entre mes draps.

J'avais mal.

Je souffrais.

Depuis la mort d'Andrew, c'était comme si ma peau tout entière était à vif. J'avais été retournée comme une vieille chaussette dont personne n'a plus l'usage.

À certains moments, j'avais l'impression de tuer le temps en attendant que mon mari revienne. Dans notre ancien appartement, j'agissais souvent comme s'il était simplement parti à son travail et franchirait de nouveau notre porte d'ici quelques jours.

Les comprimés m'aidaient à faire semblant. Ils formaient comme un épais tampon d'ouate autour de la douleur ; ils l'étouffaient, et elle cessait d'être un problème. Au moins pour un temps, je n'avais plus à affronter la pénible réalité.

Je me levai et me dirigeai vers la salle de bains. À quoi bon résister.

Cette nuit, j'allais avoir besoin d'un petit coup de main.

16

EVIE

Trois ans plus tôt

Elle avait essayé de réveiller sa maman à plusieurs reprises – en vain, bien que l'heure soit passée depuis longtemps. Evie le savait, parce que le soleil filtrait à travers les fins rideaux à fleurs.

Finalement, elle décida de descendre toute seule.

Dans leur maison d'avant, maman se levait tôt chaque matin pour aller au travail. Elle était plus gaie aussi, et n'avait jamais l'air à moitié endormie pendant la journée.

Tout avait changé quand papa était parti chez les anges.

Maman n'avait plus de travail ; elle n'utilisait plus son fard à paupières et ne mettait plus le parfum qu'Evie aimait tant, celui qui sentait le chewing-gum et les fleurs.

Dès qu'elle arriva au rez-de-chaussée, Evie eut peur que les guêpes ne soient revenues. N'osant plus entrer au salon sans que maman ait d'abord effectué son inspection quotidienne, elle se réfugia dans la cuisine, même s'il n'y avait pas la télévision pour regarder CBeebies.

Le sol était froid sous ses pieds nus. Evie monta sur une chaise pour atteindre la boîte de céréales dans le placard. Comme maman n'avait toujours pas fait la vaisselle, elle s'enroula dans sa couverture et s'assit à table pour engloutir des poignées de Frosted Shreddies à même le paquet.

C'était très amusant, de jouer à l'adulte. Si on en avait envie, on pouvait manger du gâteau et des biscuits pour le petit déjeuner. Même pas besoin de verser du lait sur les céréales ou d'utiliser une cuillère.

Evie retira Flopsy Bunny de la table pour l'installer à côté d'elle.

— Ne commence pas, le gronda-t-elle. Tu feras ce que je te dis. Tu ne veux pas que je me mette en colère, n'est-ce pas ?

Flopsy l'ignora. Contrairement à elle, il ne pleurait jamais, même quand maman s'énervait.

Evie savait qu'il n'aimait pas rester à la cuisine : il avait envie de regarder la télévision.

— Maman est FATIGUÉE, dit-elle d'un ton brusque au lapin en peluche. Pour l'amour de Dieu, est-ce que tu ne vas pas bientôt ARRÊTER ?

Elle soupira : la vaisselle sale s'accumulait dans l'évier. Parfois, maman oubliait qu'il n'y avait plus une tasse ou une assiette propre, et Evie devait le lui rappeler.

Quand elle eut avalé assez de céréales pour faire taire les gargouillements de son estomac, Evie approcha lentement du salon. Elle n'entendait aucun bourdonnement à l'intérieur.

Elle entrebâilla la porte – à peine, pas assez pour laisser passer une guêpe qui la piquerait. Tout était calme. Dans un moment de fausse bravoure, elle flanqua sa couverture par-dessus sa tête et se précipita vers le canapé, attrapant la télécommande au passage et allumant la télévision.

Jetant des regards éperdus autour de la pièce, elle ressortit en courant. Essoufflée, elle claqua la porte derrière elle. Elle n'avait repéré aucun insecte, mais on n'était jamais trop prudent. L'autre jour, les guêpes avaient été bien cachées dans le joli bouquet. Trop bien pour que maman et mamie les voient.

En plus, maman dormait toujours et, si les guêpes revenaient, Evie ne savait pas où habitait M. Ethriz, l'exterbinateur. Personne ne serait là pour l'aider.

Elle retraversa le vestibule d'un pas traînant, se frottant les yeux. Flopsy Bunny la fixait depuis sa chaise. Elle le fusilla du regard.

— Pas la peine de prendre cet air innocent, lui lança-t-elle en fronçant les sourcils.

Ce n'était pas drôle de devoir rester dans la cuisine. Il faisait froid, tout était silencieux, et il n'y avait rien à faire.

Evie entendit un cri ; dehors, quelqu'un se mit à rire. Elle colla son nez contre la vitre, mais maman lui avait expliqué qu'on ne pouvait rien voir à cause du verre « opaque ».

Un jappement rigolo et un autre rire. Quelqu'un semblait s'amuser dans le jardin. Peut-être que certains de ses amis de Hemel étaient venus lui rendre visite.

Elle se hâta de remonter à l'étage.

— Maman, réveille-toi, fit Evie en la secouant par le bras. Je veux sortir.

Mais elle ne bougea pas.

— Maman, S'IL TE PLAÎT ! lui cria-t-elle à l'oreille. Tu dois te lever, MAINTENANT.

Evie se redressa et trépigna sur le parquet nu. Puis elle redescendit en courant à la cuisine. Si ses amis pensaient qu'elle n'était pas à la maison, ils rentreraient chez eux. Elle voulait éviter ça.

Evie tenta d'ouvrir la porte, mais elle était bien fermée. La clé était dans la serrure ; après plusieurs essais, elle la tourna fermement vers la gauche et perçut un bruit sec. Cette fois, la poignée se baissa. Une brise chaude lui caressa les joues et Evie sourit, levant son visage vers le soleil.

Mais il n'y avait personne dans le jardin.

Son sourire s'évanouit ; elle s'assit sur le pas de la porte, traçant du bout des doigts un motif dans la poussière.

— Buster, va chercher ! lança quelqu'un.

Le drôle de jappement retentit encore, alors qu'une balle de tennis décrivait un arc au-dessus de la haie pour atterrir sur le gazon.

Pieds nus et en pyjama, Evie se releva d'un bond et courut dans sa direction.

Une boule de poils brun et blanc fonça à travers la haie en laissant échapper une série de jappements.

Un chiot ! C'était un chiot, un vrai !

— Bonjour, ma mignonne, dit un homme grand au visage boutonneux de l'autre côté de la haie. Comment tu t'appelles ?

17

TONI

Trois ans plus tôt

Brusquement, mes paupières se soulevèrent. La chambre était baignée de lumière. Pendant quelques secondes, je ne sus plus du tout où je me trouvais.

— Evie ? appelai-je en reprenant enfin mes esprits. (Pas de réponse.) Evie !

J'enfilai mon legging et un t-shirt, avant de me précipiter au rez-de-chaussée. La télévision était allumée, mais le salon désert.

Traversant le vestibule en courant, j'arrivai dans la cuisine, où la porte de derrière était entrebâillée, avec la clé dans la serrure.

Par endroits, le soleil avait percé l'épaisse couverture nuageuse, et de faibles rayons de lumière brillaient à travers le verre opaque de la porte, dessinant des taches aléatoires sur le carrelage. Apparemment, c'était le milieu de la matinée ; mais, sans pendule, je n'avais aucun moyen de vérifier. Comment avais-je pu dormir aussi longtemps ?

— Evie ! criai-je, chaussant les tongs laissées à côté de la porte et manquant de trébucher dans le minuscule jardin.

Un simple coup d'œil à la pelouse broussailleuse et à l'horrible clôture à panneaux en bois me confirma immédiatement qu'Evie n'était pas là.

Ma respiration devint irrégulière. Je ne semblais plus capable de faire entrer assez d'air dans mes poumons. Alors que je m'appuyais sur une chaise de jardin en plastique, l'un des pieds céda et je m'écroulai, me tordant légèrement la cheville.

Je poussai un cri de douleur.

— Maman !

Quelques secondes plus tard, une Evie radieuse émergea, à quatre pattes, d'un trou dans la haie que dissimulait un feuillage abondant.

— Qu'est-ce que tu fabriques, bon sang ? (Je me précipitai vers elle.) Et, d'abord, où étais-tu ?

— Désolé, c'est ma faute.

La tête et les épaules d'un jeune homme grand et maigre apparurent au-dessus de la haie. Il sourit, révélant des dents noircies.

— Elle voulait jouer avec le chiot.

Le plus vieux piège du monde. Celui contre lequel tous les parents mettent en garde leurs enfants.

— Qui êtes-vous ? demandai-je sèchement. Je l'ai cherchée partout. J'ai cru que…

— Moi, c'est Colin, répondit-il, son sourire cédant la place à un froncement de sourcils. Vous avez déjà fait la connaissance de maman, le jour où vous avez emménagé.

Le fils aîné de Sal. Le type qui avait fait de la prison.

— Ça va ? (Il m'observa froidement.) On dirait que vous allez tomber dans les pommes.

— Si ça va ? Bien sûr que non, put…

Evie assistait à la scène, les yeux écarquillés. Je devais surveiller mon langage.

— Non, ça ne va pas, repris-je plus posément. Pas quand je découvre qu'un inconnu a fait sortir ma fille de notre jardin sans ma permission.

— Attendez un peu, là, protesta-t-il en passant sans transition à un ton plus agressif. La petite a rampé à travers la haie quand elle m'a entendu jouer avec Buster. Vous étiez où, vous, pendant qu'elle traînait toute seule ?

— Evie, intimai-je, rentre immédiatement.

— Non, maman ! Colin m'a dit que je pouvais l'aider à nourrir Buster.

Ça, je n'en doutais pas.

— Rentre. MAINTENANT ! répétai-je en élevant la voix.

De façon exaspérante, Evie regarda Colin, dans l'espoir qu'il la soutiendrait.

— Tu ferais mieux d'obéir, ma puce, lui dit-il. Sinon, ta maman va péter un câble.

Je tendis la main vers Evie – un geste d'affection qu'elle ignora en passant à côté de moi comme un ouragan.

— C'est PAS JUSTE ! hurla-t-elle en claquant la porte de la cuisine derrière elle.

Je me retournai vers Colin, lui lançant un regard furieux.

— C'est une jolie petite fille que vous avez là, m'dame, fit-il avec un sourire narquois tout en tirant sur une cigarette roulée. Mignonne comme tout.

Quand je me retrouvai à l'intérieur, je me sentis souillée rien que de lui avoir parlé. Evie était au salon ; elle avait fermé la porte.

— Evie, lui dis-je d'une voix douce en entrant, ne sors plus jamais seule sans me prévenir. C'est compris ?

Assise sous son « bouclier anti-guêpes », comme elle appelait dorénavant sa couverture, elle continua à fixer l'écran d'un air absent. Une boîte de céréales vide gisait sur le côté au beau milieu de la pièce, une cuillère traînait un peu plus loin. Evie était toujours en pyjama, avec des taches d'herbe aux genoux qui ne partiraient jamais. Elle avait les cheveux ébouriffés et des miettes collées aux commissures des lèvres.

Il était 10 h 30. Ma fille était probablement levée depuis 7 heures.

Tendant la main vers la télécommande, j'éteignis la télévision. Le silence s'installa, comme un mur invisible entre nous.

— Tu comprends ce que maman veut te dire ? Tu ne dois pas sortir toute seule comme ça, mon petit chou. C'est dangereux.

— J'ai essayé de te prévenir, maman. (Evie tourna vers moi ses yeux brillants et grands ouverts.) Mais tu dormais encore, et tu ne te réveillais pas.

Plaquant une main sur ma bouche, je fermai les yeux. Je me faisais horreur. Quel genre de personne étais-je en train de devenir ?

18

TONI

Trois ans plus tôt

Le lundi ne fut finalement pas la journée calme et ordonnée que j'avais prévue. Je me sentais faible et pas vraiment dans mon assiette, bien que je n'aie plus touché le moindre comprimé depuis les premières heures de la veille.

À l'évidence, Evie n'était pas complètement remise de l'attaque des guêpes, sans même parler du désagrément physique causé par les boutons rouges et enflés qui la démangeaient sur les bras et le visage.

— Tu veux bien fermer mon gilet, maman ? demanda-t-elle d'une petite voix, l'air misérable.

— Allons donc, une grande fille comme toi peut très bien se débrouiller toute seule, la réprimandai-je gentiment en la chatouillant sous le menton.

— Je veux que ce soit toi.

J'avais tressé ses cheveux blonds ondulés en deux nattes. L'uniforme rouge et gris lui allait bien, semblant colorer un peu ses joues pâles où apparaissaient encore ici et là de disgracieuses taches rouges.

Après avoir boutonné son gilet, je l'attirai doucement vers moi pour un petit câlin, quelques secondes d'affection partagée en silence.

Puis Evie s'écarta pour me regarder.

— C'est toi qui me conduis à l'école, aujourd'hui. Hein, maman ?

— Tu me demandes si c'est moi qui te conduis à l'école ? répétai-je sur un ton faussement indigné qui la fit sourire. BIEN SÛR, ma puce. Je ne manquerais ça pour rien au monde.

Je lui chatouillai le ventre, espérant susciter le gloussement rauque que j'aimais tant. Mais Evie, nerveuse et circonspecte, ne se prêta pas au jeu comme elle le faisait d'habitude. Son visage redevint sérieux.

— C'est aussi toi qui viens me chercher ?

À croire que ma fille avait un sixième sens lui permettant de percevoir à toute heure du jour, en fonction de mon humeur, si j'avais quelque chose sur le cœur. Même quand je pensais m'être plutôt bien débrouillée pour ne rien laisser paraître.

— Maman ? insista-t-elle.

— Non, ce sera mamie. Souviens-toi, c'est ce qu…

— Non !

Ma mère avait déjà appelé Evie ce matin sur mon téléphone pour lui souhaiter bonne chance et lui annoncer qu'elle la verrait à la fin de la classe.

— Evie, ne commence pas. Mamie aura envie que tu lui racontes ta journée. Tu ne vas tout de même pas la décevoir ?

C'était nul. Quel genre de mère fait du chantage affectif à une gamine de cinq ans pour la faire taire ? Mais il me fallait étouffer dans l'œuf ce caprice qui menaçait, telle une tempête imminente.

94

— Mais c'est mon premier jour. Je veux que ce soit *toi*.

Ses grands yeux bleus brillants de larmes m'imploraient. Sa lèvre inférieure trembla.

— S'il te plaît ?

Pinçant l'arête de mon nez, je pris une profonde inspiration.

Pourquoi la vie semblait-elle toujours s'ingénier à compliquer la tâche des parents ? Pourquoi mon premier entretien d'embauche tombait-il justement aujourd'hui ?

Tout était allé si vite depuis le moment où j'avais soumis ma candidature. Je n'aurais raisonnablement pas pu anticiper ce clash avec la rentrée d'Evie.

— Maman, s'il te plaît ? gémit de nouveau Evie, qui me sentait faiblir.

Dans l'après-midi, après un sandwich et une douche rapide, je me mis sur mon trente-et-un pour mon rendez-vous : tailleur-pantalon bleu marine et chemisier blanc Ted Baker.

Bien qu'il ne soit pas à la dernière mode, cet ensemble me donnait le physique de l'emploi. En tout cas, plus que le legging et le t-shirt que j'avais pris l'habitude de porter ces derniers temps.

Je me demandai si j'aurais de nouveau un jour les moyens de m'habiller chez Ted Baker.

J'avais visiblement perdu du poids depuis que j'avais acheté ce tailleur, il y a deux ou trois ans. Bien sûr, il ne m'avait pas échappé que je commençais à flotter dans mes vêtements ; mais, en m'arrêtant de travailler, j'avais adopté un style plus « décontracté » – une manière élégante de dire que je m'étais laissée aller.

Le deuil était responsable de ce corps maigre et sous-alimenté. J'avais perdu deux tailles, mais je n'avais pas renouvelé ma garde-robe pour fêter ça.

Debout devant mon armoire, j'examinai minutieusement mon reflet dans le long miroir fixé à l'intérieur de la porte. Pas trop mal, vu les circonstances.

La veste trop grande pendait un peu sur mes épaules, et une ceinture n'aurait pas été du luxe pour le pantalon. Heureusement, comme nous faisions toutes les deux du trente-neuf, ma mère avait pu me prêter une paire d'escarpins noirs M&S, m'évitant une dépense inutile.

Relevant les épaules et me redressant légèrement, je m'adressai un large sourire, histoire de vérifier que je n'avais rien de coincé entre les dents.

J'avais perdu l'habitude de me maquiller. À quoi bon, si c'est pour rester cloîtré chez soi. Mais, aujourd'hui, j'avais fait l'effort de mettre un peu de mascara et un rouge à lèvres rose pâle retrouvé au fond de mon sac à main. Une touche de poudre bronzante sur les joues et un peu de brillant à lèvres transparent par-dessus le rouge, et j'étais plutôt présentable.

Je tapotai mes cheveux châtains, bien serrés dans leur chignon à la française. Cette année, nous n'avions de nouveau pas eu les moyens de partir en vacances, mais mes cheveux avaient gardé quelques jolis reflets d'or récoltés au fil des heures passées avec Evie dans notre ancien jardin, où je lisais, tandis qu'elle s'amusait dans sa petite piscine gonflable avec un ou plusieurs de ses camarades de maternelle.

L'assurance, la confiance en soi : voilà ce que je devais respirer aujourd'hui.

Mon attitude de manager n'était plus qu'un lointain souvenir, mais ce n'était pas forcément une mauvaise chose.

Au cours de l'entretien, j'avais l'intention de minimiser autant que possible mon niveau d'expérience. Je devais à tout prix éviter de les effrayer en leur donnant l'impression qu'ils risquaient d'embaucher quelqu'un qui avait déjà tout fait, tout vu.

Avant de partir, je vérifiai dans mon sac que je n'avais rien oublié, y compris les deux lettres de recommandation élogieuses de mes employeurs précédents. Puis je sortis.

Le ciel était couvert, mais il faisait chaud. J'enlevai ma veste avant de m'asseoir au volant. Toute la matinée, j'avais été incapable de chasser de mon esprit la voix implorante d'Evie, qui me suppliait de venir la chercher à l'école. « S'il te plaît, maman. S'il te plaît. » La voilà qui se rappelait à mon bon souvenir.

Au bout du compte, et à mon grand soulagement, elle était entrée en classe sans se faire prier. De nombreux enseignants étaient là pour arracher les nouveaux élèves de cours préparatoire aux mains réticentes de certains parents.

Avant de quitter la maison, je lui avais promis de faire tout ce qui était en mon pouvoir pour venir la chercher. J'avais pris cet engagement en sachant pertinemment que, avec un rendez-vous à 15 heures, je n'avais aucune chance d'être à St Saviour pour 15 h 30.

Je n'aimais pas me livrer à ce genre de manipulation ; mais, grâce à ce bobard bien innocent, Evie avait retrouvé le sourire, et le trajet jusqu'à l'école s'était déroulé sans encombre.

Je programmai le code postal de l'Agence Gregory dans le GPS qui m'annonça qu'il me faudrait treize minutes pour arriver à bon port. J'avais prévu large, puisque j'avais une demi-heure devant moi. Sauf invasion extraterrestre, je n'avais aucune raison de paniquer.

Me reposant contre l'appui-tête, je pris plusieurs longues aspirations par le nez, expirant par la bouche, comme le suggérait l'app de relaxation. Je pensai au petit flacon brun que j'avais récupéré dans la salle de bains pour le glisser dans la poche à fermeture Éclair de mon sac à main. Juste au cas où.

Je l'avais fait pour me rassurer, pour me sentir un peu plus sûre de moi. Un comprimé m'aiderait à calmer les battements de mon cœur et mon angoisse ; mais, aujourd'hui plus que jamais, j'avais besoin de toute ma tête. Et je devais conduire.

Je m'éloignai du trottoir, tournant à gauche à la sortie du lotissement. Cinderhill Road était une artère très fréquentée qui drainait beaucoup de trafic vers le rond-point desservant l'A610 et, au-delà, la Ml.

Mais, comme j'allais dans la direction opposée, la circulation était plutôt fluide. La route descendait en pente raide entre des rangées de maisons mitoyennes aux murs de brique exposés aux intempéries ; sur le rebord des fenêtres, la peinture crème s'écaillait. Je continuai jusqu'aux lignes de tram en bas de la côte.

L'écran du GPS m'indiqua que je devais prendre à droite, au mini-rond-point, avant de traverser Moor Bridge en direction du centre de Hucknall. Je dépassai de jeunes mamans avec leurs poussettes de couleurs vives et un groupe d'ados en sweats à capuche, éclusant des canettes de bière sur un banc.

Ce matin, Evie et moi étions allées à l'école à pied, et le trajet nous avait pris moins d'un quart d'heure. Une fois de plus, je m'étais silencieusement reproché d'avoir manqué notre visite de l'établissement. Malheureusement, ils n'avaient pas pu nous fixer un nouveau rendez-vous avant la rentrée.

Jusqu'à l'apparition du portail en fer forgé, Evie avait été un vrai moulin à paroles. Soudain moins bavarde, elle était devenue nerveuse.

— Ça va aller, ma chérie, la rassurai-je en serrant sa main. Tu vas bien t'amuser.

— Mais je ne connais personne. Daisy, Nico, Martha, aucun de mes meilleurs amis n'est là.

À eux quatre, ils avaient formé une petite bande inséparable au cours préparatoire de North View Primary. Mon estomac se noua à la pensée qu'elle serait assise seule en classe.

— Je parie que, avant la fin de la journée, tu te seras fait plein de nouveaux amis. Et puis, d'ailleurs, tu connais déjà quelqu'un, lui rappelai-je. Quelqu'un d'important, même.

— Ah bon ?

Evie leva les yeux vers moi, son petit front se ridant autour de deux vilaines piqûres.

— Mlle Watson, bien sûr ! fis-je d'un ton enjoué. Tu connais déjà la *maîtresse*, alors tu seras la chouchoute !

Son visage s'anima.

— Super, je serai la chouchoute !

Elle reprit cette phrase comme un refrain tandis que nous approchions des grilles ouvertes. J'étais contente de la quitter avec le sourire aux lèvres. Comme je m'y attendais, au moment de partir, c'est moi que l'émotion submergea, à l'instar des parents de tous les autres petits qui faisaient leur rentrée.

Mais, pour nous, c'était encore plus significatif. Je n'avais rien d'une mère modèle, en ce moment ; mais, s'agissant d'Evie, son bonheur était ma priorité absolue. Si son premier jour à l'école se passait bien, ce serait un grand pas en avant vers notre nouvelle vie.

Le signal sonore de mon téléphone interrompit le cours de mes pensées : le GPS m'informait que j'étais arrivée à destination. Je me garai dans une petite rue et payai le parking pour les deux prochaines heures.

Enfilant ma veste, je pris mon sac et tâchai d'ignorer mon cœur qui cognait contre ma cage thoracique.

Je traversai la route en direction de la double devanture, à l'allure professionnelle, de l'agence immobilière Gregory.

J'avais le cœur léger et plein d'espoir ; mon estomac, lui, était un sac de nœuds.

19

L'INSTITUTRICE

Trois ans plus tôt

Après le déjeuner, Harriet Watson conduisit son groupe à la bibliothèque, dans la section des petits.

Hors des heures de cours consacrées à la lecture et à l'écriture, elle ne s'attendait pas à être dérangée. Néanmoins, l'absence de cloisons lui assurait une bonne vue sur le couloir, dans les deux directions.

Elle avait sélectionné quatre élèves. L'idée consistait à soulager la maîtresse des enfants ayant des difficultés ou des besoins particuliers, tout en leur accordant davantage d'attention.

Autrefois, les enseignants s'occupaient de l'ensemble de leur classe sans rechigner ; mais bien sûr, de nos jours, on leur mâchait le travail. À peine sortis de l'université avec leurs diplômes, ils arrivaient avec toutes sortes d'attentes et d'exigences, et mettaient la pression au reste du personnel. À des gens comme elle.

Pour la deuxième année consécutive, Harriet était l'assistante de Jasmeen Akhtar, une jeune femme maigre et docile qui semblait se reposer sur ses conseils et ses opinions bien plus qu'elle n'aurait dû. Mais Harriet ne s'en plaignait pas. Cela lui donnait la liberté de choisir les enfants avec qui elle travaillait. Et elle sélectionnait toujours les plus malléables ou les plus intéressants.

Dans le petit groupe, certains avaient été en cours préparatoire l'année précédente. Elle les reconnaissait, parce qu'il lui arrivait d'en prendre quelques-uns pour les habituer à la « classe des grands », comme on l'appelait familièrement dans l'école.

Aujourd'hui, il y avait Matilda White, une fillette à l'air falot qui n'ouvrait presque jamais la bouche ; Jack Farnborough, qui était dyslexique, et Thomas Manton, qui était simplement stupide – mais, de nos jours, plus personne n'avait le droit d'employer ce mot pour décrire un enfant.

Et, bien sûr, la nouvelle, qui avait attiré son attention : Evie Cotter.

Harriet savourait l'idée d'être seul maître à bord dans ce petit espace ordonné, de pouvoir travailler sans avoir constamment sur le dos Jasmeen et ses méthodes apprises à l'université. Harriet trouvait la jeune femme risible ; si on lui pressait le nez, il en sortirait du lait.

Elle distribua les fiches d'exercices, les mêmes qu'elle utilisait chaque semaine ou presque. Cette bande de crétins ne ferait pas la différence.

Les visages des autres enfants affichaient déjà des expressions d'ennui, mais Harriet observa Evie qui tirait la feuille vers elle pour l'étudier soigneusement.

Elle remarqua aussi qu'Evie levait fréquemment les yeux vers elle, comme pour se rassurer, pour obtenir la confirmation qu'elle faisait bien ce que la maîtresse attendait d'elle.

C'était toujours un bon signe.

Harriet s'assit au bout de la grande table ronde et regarda les quatre élèves.

— Aujourd'hui, nous avons la chance d'accueillir parmi nous quelqu'un qui vient d'arriver à Nottingham, commença-t-elle. Bienvenue, Evie.

Les yeux d'Evie firent le tour du groupe, avant de se baisser de nouveau vers sa fiche d'exercices et son crayon dont elle rectifia légèrement la position.

— Bienvenue, Evie, répéta Harriet.

— Merci, répondit la fillette entre ses dents, sans relever la tête.

Les autres la fixaient.

— Et si tu nous parlais un peu de toi, Evie ? poursuivit Harriet en scrutant son visage sans expression. Par exemple, où tu habitais avant de venir à Nottingham, quel genre d'activités tu aimes faire en dehors de l'école…

Les trois enfants observèrent Harriet avant de reporter leur attention sur Evie, comme s'ils attendaient avec impatience les premiers échanges d'un match de ping-pong.

La fillette frotta sa fiche d'exercices du bout de son index, comme si elle cherchait à effacer le texte imprimé.

— Alors ?

— On habitait à Hemel Hempstead, dit lentement Evie.

Harriet garda le silence.

— Et, après l'école, j'aime jouer avec des Lego et regarder la télévision. Dessiner, aussi.

— Intéressant, commenta Harriet. Est-ce que l'un de vous veut poser une question à Evie ?

— Tu as des animaux à la maison ? demanda Jack Farnborough.

La fillette se remit à frotter le coin de sa fiche d'exercices, mais ne dit rien.

— Evie ? relança Harriet.

— On avait un lapin, répondit Evie. Noir et blanc. Il s'appelait Carlos.

— Carlos, répéta Thomas Manton.

— Qu'est-ce qui lui est arrivé, à ton lapin ? insista Jack. Tu l'as fait piquer avant de déménager ?

Une expression d'horreur pure se peignit sur les traits d'Evie.

— On l'a donné à M. Baxter, pour ses petits-enfants, Daisy et Tom, quand ils viennent lui rendre visite.

— D'autres questions ? fit Harriet, regardant tour à tour les visages à l'air absent.

Personne ne se manifesta.

Evie souffla et concentra son attention sur sa fiche d'exercices.

— Et si tu nous parlais un peu de ta famille, Evie ? reprit Harriet en souriant.

Elle vit la respiration de la petite devenir plus saccadée, nota le rose qui lui montait aux joues. Evie se tint coite.

— Ta grand-mère ? l'encouragea Harriet.

— Mamie avait un chat, Timmy. Mais, quand il a été trop vieux, il est parti vivre avec les anges. Maintenant, elle en a un nouveau qui s'appelle Igor.

— Igor, répéta Thomas.

— Et ta maman et ton papa, qu'est-ce qu'ils font ?

Evie baissa le menton et marmonna quelque chose d'incompréhensible.

— Relève la tête et parle clairement, s'il te plaît, Evie, pour que tout le monde puisse t'entendre, dit Harriet.

— Avant, maman vendait des maisons aux gens.

— Et ton papa ?

Harriet observa, fascinée, l'apparition de deux taches rose foncé au milieu des joues de l'enfant.

— C'était un soldat, articula-t-elle d'une voix à peine audible.

— *C'était* un soldat ?

Evie redevint silencieuse.

— Je peux aller aux toilettes, mademoiselle ? demanda Thomas Manton.

Harriet lui lança un regard furieux, et le garçon se recroquevilla sur sa chaise.

— Explique-nous pourquoi tu dis que ton papa *était* un soldat, poursuivit Harriet en se tournant de nouveau vers Evie.

— Il a eu un accident, répondit Evie.

— Quel genre d'accident ? fit Jack.

Evie baissa la tête.

— Jack t'a posé une question, insista Harriet. Tu veux bien répéter, Jack ?

— Quel genre d'accident ?

— Il est tombé dans un précipice en Af... Af-gan-stan, dit Evie d'une voix entrecoupée. Il est mort.

Elle s'essuya les yeux du dos de la main.

— Il est tombé dans un précipice, Jack, dit Harriet.

Jack resta bouche bée.

— Et voilà l'histoire d'Evie, conclut Harriet d'un ton enjoué. Sa maman ne travaille plus et son papa était un soldat, mais il est tombé dans un précipice et il en est mort.

Matilda rit bêtement.

Evie laissa échapper un sanglot.

— Tu ne dois pas te sentir coupable, Evie, dit Harriet. C'est désagréable, mais c'est quelque chose que tu dois apprendre à accepter. Et, ici, nous sommes tous tes amis et nous sommes là pour t'y aider. Pas vrai, les enfants ?

— Oui, mademoiselle Watson, reprit le chœur morose.

20

TONI

Trois ans plus tôt

À l'intérieur, l'agence immobilière était spacieuse et lumineuse ; la disposition correspondait presque exactement à ce que j'imaginais, avec quatre bureaux en tout. Derrière l'un d'eux, une conseillère s'occupait de ses clients. Comme dans ma dernière agence à Hemel, les annonces en vitrine permettaient à peine de voir à l'extérieur.

J'avais dix minutes d'avance. Ne voulant pas déranger quelqu'un en plein travail, je fis mine de m'intéresser aux classeurs des locations disponibles. À cause de tout ce verre, il faisait chaud ; je sentis un filet de transpiration serpenter dans mon dos.

Je feuilletai distraitement les pages, me demandant comment se passait la journée d'Evie. J'espérais qu'elle s'amusait et se faisait de nouveaux amis.

— Je peux vous aider ?

Un homme grand et à l'allure athlétique avançait vers moi à grandes enjambées. Il devait approcher la quarantaine et portait un élégant costume brun, avec une chemise crème sans cravate. Une tignasse de cheveux roux quelque peu indisciplinés venait compléter le tableau. Le résultat de ce mélange éclectique se révélait étonnamment séduisant.

— Toni Cotter, dis-je en tendant la main. Je suis là pour un entretien. Je suis désolée, mais je suis un peu en avance.

— Ah oui, bien sûr. Toni.

Il sourit et ses yeux verts se plissèrent jusqu'à devenir presque invisibles. De près, son visage était une masse de taches de rousseur si dense qu'il donnait l'impression d'un bronzage inégal selon les zones.

— Dale Gregory. Je suis le propriétaire de l'agence. Ravi de faire votre connaissance.

Nous échangeâmes une poignée de main et je me forçai à sourire, tâchant d'adopter une attitude respirant la confiance en soi.

— Si vous voulez bien me suivre, je vais vous présenter à Bryony James, notre responsable immobilier résidentiel. (Alors que nous marchions, il se retourna vers moi.) Elle participera à l'entretien. Juste elle et moi. Ce sera très décontracté, ne vous inquiétez pas.

Avais-je l'air si tendue ? En fait, je me sentais un peu mieux. Dale m'était sympathique, et l'atmosphère accueillante de l'endroit avait de quoi rassurer. Je me voyais assez bien travailler ici.

Si je parvenais à décrocher ce boulot, ce serait un tel pas en avant. Pour moi, bien sûr, mais aussi pour Evie.

Dale me fit traverser la partie de l'agence ouverte au public pour me conduire dans un petit couloir à l'arrière, plus frais, et bordé de quatre portes. Il en poussa une déjà entrebâillée.

Une femme en tailleur noir et chemisier de lin blanc impeccable – Bryony James, présumai-je – était assise, penchée sur sa tablette, à une grande table de réunion qui occupait presque tout l'espace.

Ses cheveux de jais lui tombaient sur le visage, tel un rideau raide et brillant. Ses ongles, longs et ovales, avaient ce nouveau vernis gris ardoise très à la mode que j'avais aperçu dans les coûteux magazines féminins que je feuilletais souvent dans les rayons au supermarché.

Je repliai mes propres ongles, courts et rongés, vers l'intérieur de mes paumes que je serrai sur mes flancs.

— Je vous en prie, Tony. Prenez place.

Alors que Dale faisait le tour de la table pour s'installer à côté de Bryony, elle leva les yeux vers lui et lui sourit. Je tentai d'attirer son attention pour la saluer, mais elle retourna immédiatement à son écran.

Une fois assise, j'attendis patiemment que Dale éteigne son téléphone, tandis que Bryony ouvrait son bloc-notes. À côté d'elle, je reconnus un exemplaire du formulaire de candidature et du CV envoyés par e-mail le vendredi ; ma gorge se serra.

Les traits de Bryony, petits et un peu trop rapprochés, donnaient l'impression qu'elle avait un front et des joues légèrement trop larges pour son visage.

Quelque chose dans sa façon de continuellement redresser son bloc, son stylo et sa tablette m'amena à me demander si, inconsciemment, elle ne cherchait pas à compenser ses défauts physiques en s'appliquant à ce que tout, chez elle et autour d'elle, soit parfait en tout point.

Dans cette pièce anonyme, exiguë et privée d'air, ma veste, jusque-là assez ample, me sembla soudain trop serrée et étriquée dans le dos et sous les bras.

Avançant ma lèvre inférieure, je soufflai afin d'écarter ma frange de mon visage moite.

À ce moment précis, Bryony me regarda dans les yeux pour la première fois. Elle me toisa froidement, sans répondre à mon sourire soucieux.

Dale se présenta de nouveau, puis se tourna vers elle.

— Comme je vous l'ai dit, Bryony James est notre responsable immobilier résidentiel. Si votre candidature est retenue, elle sera votre supérieure hiérarchique directe.

Sans me départir de mon sourire, je la saluai de la tête. Bryony se contenta de serrer ses lèvres étroites, sorte de compromis pour ne pas garder une mine complètement revêche.

Dale croisa les doigts sur la table et se pencha légèrement en avant.

— Et si vous nous parliez un peu de vous, Toni, et des raisons qui vous ont poussée à postuler ?

Je commençai par donner un rapide résumé de mes études et de ma carrière à ce jour, prenant soin de ne pas insister sur mes fonctions d'encadrement dans ma précédente agence. Je veillai également à toujours regarder dans les yeux mes deux interlocuteurs.

— Vous n'êtes titulaire d'aucun diplôme universitaire ? remarqua Bryony.

— Non, je me suis arrêtée après le bac, répondis-je. À partir de là, j'ai gravi les échelons sur le terrain.

— Il n'y a pas de mal à ça, commenta Dale avec entrain. Ça prouve qu'on a de la volonté.

— Je note un certain nombre de trous dans votre CV. (Bryony jeta un coup d'œil à ma candidature.) Une année sans activité il y a cinq ans et, ensuite, vous semblez n'avoir pas travaillé du tout ces deux dernières années. Vous vous êtes lassée de l'immobilier ?

Une poussée de ressentiment me traversa la poitrine.

En fait, mademoiselle Je-Sais-Tout, j'ai bossé comme une malade ces deux dernières années, eus-je envie de répliquer. *Plus dur qu'à aucun autre moment de ma vie. Juste pour m'en sortir et garder la tête hors de l'eau.*

— Il y a cinq ans, j'ai pris un congé maternité à la naissance de ma fille, Evie, répondis-je.

Je crus surprendre une brève expression de désapprobation sur le visage de Bryony, mais mon imagination me jouait sûrement des tours.

— Et, il y a deux ans, j'ai dû m'arrêter de travailler pour raisons personnelles.

J'avais déjà réfléchi à la façon d'aborder la mort d'Andrew, et j'avais décidé de ne pas en parler dans le cadre d'un entretien d'embauche. Cela ne me semblait pas opportun, et je risquais de céder à mes émotions.

— Des raisons personnelles ? fit Bryony en haussant un sourcil.

— Oui, dis-je. J'ai dû provisoirement arrêter de travailler. Je n'avais pas le choix.

— Mais encore ?

— J'ai eu à faire face à des circonstances indépendantes de ma volonté. Heureusement, tout est rentré dans l'ordre depuis.

De combien de manières différentes devais-je le lui expliquer ?

Nous échangeâmes un regard en silence.

Mon pouls battait dans mes oreilles, j'avais le feu aux joues. Mais, quel que soit l'enjeu – travail ou pas –, personne ne me forcerait à mettre mon cœur à nu. Et certainement pas des gens que je connaissais à peine.

Dale toussa, jouant avec son exemplaire de mon CV.

— Vous avez vraiment une vaste expérience, Toni, dit-il d'un ton approbateur. Dans la vente *et* la location.

Je détournai les yeux de Bryony, hochant la tête à l'intention de Dale, heureuse de son intervention.

— J'aime travailler dans les deux domaines, répondis-je. Ce poste ne concerne que la location, mais je sais m'adapter.

— Vous avez conscience qu'il s'agit d'un poste d'*assistante* ? souligna Bryony en fronçant les sourcils. Pour quelqu'un de votre expérience, il s'agit plutôt d'un recul, vous ne croyez pas ?

— C'est vrai, j'ai exercé beaucoup de fonctions différentes. Mais, à ce stade de ma vie, avoir moins de responsabilités me convient.

Mon visage me paraissait de plus en plus chaud. Je regrettai de ne pas avoir un verre d'eau à portée de main. Ils auraient aussi pu laisser la porte ouverte derrière moi, pour faire circuler un peu d'air dans cette pièce qui sentait le renfermé.

— Vous avez mentionné votre fille. Elle va à l'école ? s'enquit Bryony. Je suppose que vous avez pris des dispositions pour sa garde parce que, à certaines périodes particulièrement chargées, il arrivera qu'on vous demande de travailler tard ou de venir plus tôt.

J'allais répondre, mais me ravisai.

Aurait-elle posé la même question à un candidat masculin ? Je me sentis bouillir.

— N'oublions pas que c'est un poste à temps partiel, Bryony, intervint Dale. Je suis sûr que Toni saura se montrer flexible, si nécessaire.

— Bien sûr, confirmai-je, fixant Dale et fuyant le regard incisif de Bryony.

Ils m'interrogèrent encore sur mes exigences financières, ma disponibilité, ce genre de choses.

— Pas de vacances prévues, me hâtai-je de préciser. Et si vous avez besoin de quelqu'un rapidement, je peux démarrer demain. Quant au salaire, je suis ouverte à la discussion.

— Comme il nous reste une candidate à recevoir, nous vous ferons part de notre décision plus tard dans la journée, dit Bryony.

Dale la regarda sévèrement et, l'espace d'une seconde, je crus voir une lueur d'irritation dans ses yeux.

— Merci de vous être déplacée, Toni. (Il se leva et fit le tour de la table.) Laissez-moi vous raccompagner.

— Ravie d'avoir fait votre connaissance, dis-je à Bryony, penchée sur son bloc-notes, en train de griffonner quelque chose.

— Oui. (Elle redressa la tête et sa bouche prit une forme qui se situait entre le sourire et la grimace.) Merci d'être passée.

Plusieurs clients potentiels arrivés pendant l'entretien consultaient les annonces dans l'agence. La femme que j'avais aperçue derrière son bureau en entrant était toujours occupée.

Dale insista pour vérifier qu'il avait bien le bon numéro de téléphone pour me joindre.

— Je vous recontacte plus tard. Promis. (Il jeta un œil autour de lui et baissa la voix.) De vous à moi, avec vos années d'expérience, nous serions fous de ne pas sauter sur l'occasion.

En lisant entre les lignes, j'avais le sentiment qu'il tentait de me dire que j'avais le job. Mais, me connaissant, c'était probablement mon imagination ; alors, je préférai ne pas en tenir compte.

Nous nous serrâmes la main et, pour la première fois depuis le début de l'entretien, je me sentis un peu plus légère.

Alors que je sortais, je me retournai pour fermer la porte derrière moi. Appuyée contre le mur du couloir, Bryony me regardait partir, les paupières plissées.

21

La docteure Shaw braque une lumière directement sur mes yeux.

Je tente de les plisser pour fuir cette clarté ; mais, en dépit de mes efforts, ils refusent de bouger. Ils demeurent grands ouverts, fixes.

La docteure se penche davantage, fredonnant à voix basse alors qu'elle examine mes pupilles, puis relève chacune de mes paupières au maximum.

Les pores dilatés de son nez et de son menton me rappellent que je gardais un tube de crème pour le visage chez moi, dans le meuble de ma salle de bains, un produit censé resserrer les pores et vous aider à rester jeune. Elle devrait utiliser quelque chose comme ça.

Je me demande quel âge a la docteure Shaw – la quarantaine, je dirais. Curieusement, j'ai du mal à l'imaginer avec des enfants. Peut-être qu'elle est mariée, avec un autre médecin. Après le travail, ils rentrent, se préparent à manger et passent une soirée tranquille, détendue, à la maison.

Ou alors ils avalent un sandwich vite fait, avant de s'écrouler, épuisés par une journée consacrée à des cas désespérés comme moi.

Si seulement ils possédaient une machine capable de traduire les pensées angoissées dont mon cerveau est rempli. Je pourrais leur dire comment on m'a enlevé Evie, les supplier de m'aider à la retrouver avant qu'il ne soit trop tard.

Chaque jour, je me rappelle un peu plus ce qui s'est passé. Je réunis les pièces du puzzle de sa disparition.

Parfois, j'ai du mal à distinguer mes souvenirs des fruits de mon imagination.

La docteure Shaw approche son visage juste au-dessus du mien ; je perçois une légère trace de fumée dans son haleine, qu'elle tente de masquer sans succès par une pastille à la menthe.

Je cligne frénétiquement des yeux, mais chez moi les communications sont coupées, et rien ne se produit.

— Et comment va Matt ? demande le docteur Chance, à l'autre bout de la chambre.

Il se tient hors de mon champ de vision limité. Sa voix grave est sincère, mais je crois déceler une pointe d'amusement dans son ton.

— Oh, tu sais… Surmené et sous-payé, comme nous tous.

La docteure Shaw appuie sur une pipette et une goutte de liquide frais et apaisant glisse sur mon globe oculaire sec. Son visage s'estompe.

— En fait, il continue à préparer notre fuite à la campagne, ajoute-t-elle.

— Et tu as l'intention de le suivre ? Vous allez vraiment l'ouvrir, ce *bed & breakfast* dont vous parlez depuis une éternité ?

— Non. (Je vois une ombre s'installer sur le visage de la docteure Shaw.) C'est le rêve de Matt, pas le mien. Je n'aurais pas dû l'encourager. On n'a même pas fini de rembourser la maison et, sans nos deux salaires, ce n'est qu'une chimère.

Faites-le, lui dis-je d'un ton pressant. *Ouvrez-le, votre B&B. Allez respirer le bon air. Quittez cette vie de fous et faites ce qui vous plaît, tant qu'il en est encore temps.*

— Oh ! s'exclame-t-elle en retirant brusquement la main.

— Qu'est-ce qu'il y a ?

J'entends les chaussures du docteur Chance résonner sur le sol. Son visage apparaît à côté de celui de sa collègue.

Il a des traits taillés à coups de serpe et une barbe de trois jours. Son nez semble légèrement décentré, comme s'il avait été cassé quand il était plus jeune. Des yeux gris et intransigeants me regardent d'un air vaguement – mais sincèrement – préoccupé.

Je vous vois ! crié-je.

J'ouvre grand la bouche, je cligne des yeux, je fronce le nez.

Ils continuent de m'examiner imperturbablement.

— C'est curieux, dit enfin la docteure Shaw. Pendant une seconde, j'aurais juré qu'il y avait quelque chose.

— Elle a bougé ?

— Non, c'était juste… une sorte de *lueur* dans ses yeux, je ne vois pas de meilleure façon de le décrire. C'était bizarre.

Oui ! Je suis toujours là. Mes yeux ont lui. J'ai réussi !

— Probablement un effet de la contraction des pupilles avec le sérum, explique le docteur Chance en me fixant avec impassibilité. Ou un jeu de lumière.

Regardez encore ! S'il vous plaît, essayez !

— Tu dois avoir raison. (Elle penche la tête et m'observe attentivement, pas tout à fait convaincue par les arguments de son collègue.) L'espace d'une seconde, j'ai vraiment cru percevoir une sorte de présence, derrière ses yeux, tu sais ?

— On a tous envie d'y croire. C'est toujours difficile de perdre un patient, mais ça l'est encore plus quand il a l'air tellement normal.

— Tu as raison, finit-elle par dire en se détournant de moi. Mais, d'une certaine manière, je suppose que tout vaut mieux que cette situation. (Ses yeux reviennent sur moi ; elle les ferme brièvement avant de les rouvrir.) Au risque de paraître dure, la mort est sans doute préférable à ce semblant de vie.

22

TONI

Trois ans plus tôt

Une fois sortie de l'Agence Gregory, je respirai à fond ; l'air frais me fit du bien. Rester enfermée dans ce minuscule bureau, sous pression, avait été pour le moins éprouvant.

Je retirai ma veste, que je pliai par-dessus mon bras, avant de me diriger d'un bon pas vers la rue où j'avais garé ma voiture. Mon rythme cardiaque n'allait pas tarder à se calmer, et mes joues à reprendre leur couleur normale.

Mes deux heures de stationnement n'étaient pas encore écoulées. Mais il était presque 15 h 45, et Evie serait déjà rentrée.

J'avais hâte de l'entendre me raconter sa journée.

Dans un rapide texto, je demandai à ma mère comment allait Evie et lui dis que j'étais en route, mais elle ne répondit pas. Je ressentis une pointe de contrariété. Pour le premier jour d'Evie à la grande école, elle aurait tout de même pu faire un effort.

La circulation était moins fluide qu'à l'aller, mais cela ne me dérangeait pas. Au contraire : j'avais besoin d'un peu de temps pour réfléchir. Baissant légèrement ma vitre, je profitai de la brise chaude, regrettant tout de même que la voiture n'ait pas la climatisation.

Ce nouveau boulot me permettrait peut-être de la remplacer ; et aussi de partir en week-end avec Evie, pour nous changer les idées. Toutes ces choses qui me paraissaient encore inaccessibles.

À un moment de l'entretien, Bryony s'était montrée si ouvertement hostile que je m'étais demandé si j'avais vraiment envie de ce travail.

Mais pourquoi me laisser décourager par une personne visiblement pleine d'amertume ? Dale m'était sympathique et, bien que je n'aie pas eu l'occasion de discuter avec l'autre conseillère à son bureau, l'Agence Gregory semblait offrir un environnement professionnel agréable.

Je pus me garer juste devant la maison. Quand je sortis de la voiture, je m'attendais à voir Evie cogner avec excitation contre la fenêtre, impatiente de me parler de sa journée.

Nous avions déjà pris l'habitude d'entrer par-derrière, plutôt que d'emprunter la porte de devant qui menait directement au salon. Je fis donc le tour.

La pelouse était envahie par les mauvaises herbes, et tous les chats du lotissement semblaient s'être donné le mot pour en faire leur litière publique.

Je ne fus pas surprise de trouver porte close. Ma mère préconisait de toujours bien fermer dans, je cite, « un quartier comme celui-là ».

Plutôt que de farfouiller dans mon sac à la recherche de mon trousseau, je frappai sur le verre opaque et attendis. Personne ne se manifesta.

Je finis par chercher mes clés et j'ouvris.

— Il y a quelqu'un ? lançai-je en entrant.

Quelque chose dans le silence et l'immobilité de l'air me dit que la maison était déserte. Curieux. Je regardai la pendule de la cuisine : presque 16 h 15, plus d'une heure après la fin de la classe. Or, ce matin, Evie et moi avions fait le trajet à pied en quinze minutes, sans nous presser.

Sortant mon portable de mon sac, je consultai mes messages. Rien.

Je composai le numéro de maman et tombai directement sur son répondeur.

Mon rythme cardiaque se remit à accélérer.

— Calme-toi, murmurai-je à voix haute. Tout va bien.

J'appelai St Saviour, mais un message préenregistré m'informa que l'administration de l'école était fermée.

Je m'assis à la minuscule table de cuisine, ma poitrine se soulevant et s'abaissant beaucoup trop vite. Depuis l'accident d'Andrew, je partais au quart de tour au moindre imprévu, envisageant systématiquement le pire.

Maman n'avait pas pu oublier Evie. J'étais certaine qu'elle était allée la chercher. Alors, où étaient-elles passées ?

Incapable de rester sans rien faire, je me précipitai hors de la maison, abandonnant ma veste et mon sac à main, n'emportant que mon téléphone et mes clés.

Une multitude de scénarios, tous plus catastrophiques les uns que les autres, me traversèrent l'esprit, trop vite pour en retenir un en particulier.

Et si maman et Evie avaient été victimes d'un accident de la circulation ?

Et si maman avait eu un grave malaise, et qu'Evie, paniquée, avait couru sur la route ?

Et si maman était malade ou inconsciente quelque part, et qu'Evie était rentrée par ses propres moyens ?

J'arrivai dans la rue, une sensation de picotement dans les yeux et la bouche sèche, quand je les aperçus au coin de Muriel Crescent.

— Ohé ! lança ma mère en agitant le bras.

Evie tenait une glace dans la main et semblait bien sombre. Normalement, elle aurait dû se précipiter vers moi.

— Où étiez-vous ? (J'accourus.) J'étais morte d'inquiétude.

— Seigneur, Toni…, dit ma mère sur ce ton qui avait le don de me faire me sentir incroyablement stupide, quel que soit le degré d'affolement où elle avait réussi à me plonger.

Comme si je réagissais de manière excessive.

— Il fait beau et tu étais à ton entretien, poursuivit-elle. Pourquoi voudrais-tu qu'Evie reste enfermée à la maison ?

Je la reconnaissais bien là, logique et raisonnable jusqu'à l'exaspération. Pourquoi n'avais-je pu me dire la même chose, avant d'envisager la fin du monde ?

— Mais je pensais… Il aurait pu arriver n'importe quoi. Je t'ai envoyé un texto.

— Mon téléphone est déchargé. (Elle haussa les épaules.) Je l'ai laissé à la cuisine. N'en fais pas toute une histoire, ma chérie, tu veux bien ?

Moi ? Moi, j'en faisais toute une histoire ? Je passais mon temps à marcher sur des œufs pour ménager

122

sa susceptibilité. Je pris tout de même sur moi et ne relevai pas.

Prenant conscience qu'Evie n'avait toujours pas dit un mot, je m'accroupis devant elle. Mon cœur continuait de battre la chamade, mais il n'allait pas tarder à se calmer, maintenant que je la savais en sécurité.

— Alors, je n'ai pas droit à un câlin de ma grande fille ?

Elle me gratifia d'un faible sourire et me serra dans ses bras, mais sans enthousiasme. Je vis alors qu'elle avait pleuré. Je levai les yeux vers ma mère.

— Evie était un peu contrariée, hein, mon petit chou ? (Maman me lança un regard éloquent.) J'ai pensé qu'une promenade dans le parc et une glace lui feraient du bien.

Une fois à la maison, Evie se précipita directement vers la porte du salon. J'entrai la première, afin de procéder à ma patrouille anti-guêpes, comme nous avions pris l'habitude de l'appeler. Pour qu'Evie se sente en sécurité, je devais inspecter la pièce dans ses moindres recoins, au cas où un insecte aurait échappé à M. Etheridge, le meilleur exterminateur du monde.

Convaincue qu'elle ne risquait rien, Evie alluma la télévision et, malgré la chaleur, se réfugia sous sa couverture en laine, un pouce dans la bouche. Dorénavant, elle refusait qu'on ouvre la fenêtre. Avec le temps, j'espérais que, à l'instar des piqûres elles-mêmes, le traumatisme s'estomperait.

Après m'être assurée qu'Evie était bien installée, je retrouvai ma mère à la cuisine, où je mis l'eau à chauffer.

— Qu'est-ce qui s'est passé ?

— Je ne sais pas exactement, soupira-t-elle. Pour commencer, tu t'es trompée d'heure : ça n'a rien arrangé.

— Quoi ?

— Ils sortent à 15 h 15, pas à 15 h 30. Quand je suis arrivée, la pauvre Evie était toute seule. Tous ses camarades étaient déjà partis.

Je fronçai les sourcils. Lors de sa visite, Harriet Watson avait insisté sur le fait que les parents récupéraient leurs enfants à 15 h 30.

— En tout cas, quand je l'ai cherchée, Mlle Akhtar, sa maîtresse, m'a dit que la journée d'Evie s'était bien passée.

— Je croyais qu'elle était dans la classe de Mlle Watson ?

— Non, celle de Mlle Akhtar, je te le confirme : elle s'est présentée. Une jeune enseignante très sympathique, qui ne doit pas être sortie de l'université depuis longtemps.

Cette description ne correspondait pas à Harriet Watson, la femme mûre à la mine plutôt sévère que j'avais rencontrée plus tôt dans la semaine. Apparemment, j'avais tout compris de travers.

Nous nous assîmes pour boire notre café.

— Evie n'a pas ouvert la bouche en présence de Mlle Akhtar. Mais, dès qu'on a franchi les grilles, elle a éclaté en sanglots, poursuivit-elle en suivant le tracé d'une rayure dans le fin vernis du dessus-de-table.

— Tu sais pourquoi Evie était toute chamboulée ?

— Elle a refusé d'en parler. (Elle leva les yeux vers moi, et je vis que la réaction d'Evie la troublait.) Elle

124

n'a pas arrêté de répéter qu'elle ne voulait pas y retourner. Ne sois pas en colère contre elle.

— Pourquoi dis-tu toujours ça ? (J'avalai une bonne gorgée de café si brûlant que je grimaçai.) Je n'ai pas pour habitude de m'énerver ou de faire une scène, il me semble.

Elle me regarda.

Elle aurait pu profiter de sa présence à l'école pour en savoir plus. Le silence anormal d'Evie aurait dû la pousser à interroger la maîtresse.

— Dommage que tu n'aies pas pu la chercher pour son premier jour, ajouta-t-elle, un peu sur la défensive, comme si elle avait lu dans mes pensées. Ça t'aurait permis de demander toi-même à Mlle Akhtar ce qu'il en était.

Je n'allais pas me disputer avec elle. Je ne m'en sentais pas la force. Pas aujourd'hui.

— À propos, mon entretien s'est bien passé, annonçai-je de manière appuyée. On devrait m'appeler plus tard pour me dire si j'ai le job.

— Oh, bien, répondit-elle sur un ton suggérant clairement qu'elle pensait tout le contraire. (Elle se leva pour prendre sur le plan de travail quelque chose d'emballé dans un torchon propre.) Tiens, j'ai préparé une quiche pour le thé.

23

L'INSTITUTRICE

Trois ans plus tôt

Après avoir photocopié plus de fiches d'exercices pour le lendemain, Harriet ramassa les nombreux dessins des enfants qui jonchaient les six tables carrées de la salle de classe.

C'était, sans le moindre doute, le moment qu'elle préférait dans la journée. Les élèves, ainsi que la plupart de ses collègues, étaient rentrés chez eux, et la pièce prenait une atmosphère paisible et rassurante qui ne manquait jamais de calmer ses nerfs.

Harriet n'était pas pressée de rentrer. Tant qu'elle ne franchissait pas la porte, chaque jour, elle ignorait de quelle humeur serait sa mère, bien qu'il ne fût pas difficile de hasarder une hypothèse : massacrante, neuf fois sur dix.

Cette année, les vacances d'été lui avaient paru interminables. Parmi ses collègues, elle était l'une des rares à accueillir la reprise de la classe avec plaisir.

À l'école, Harriet avait le sentiment d'être *quelqu'un*. On la respectait pour son expérience et, en général, on semblait prêt à écouter ses points de vue. Rien à voir avec les critiques constantes que lui faisait subir sa mère lorsqu'elle était coincée à la maison. Mais, indépendamment de ce qu'*elle* pensait, Harriet savait que son travail était important. Les enfants étaient vulnérables ; ils avaient besoin qu'on leur apprenne à éviter les embûches que leur réserverait la vie. Dans ce domaine, beaucoup ne pouvaient pas compter sur leurs parents – ou plutôt *leur parent*, au singulier, comme cela paraissait devenir de plus en plus la norme, avait remarqué Harriet.

Evie Cotter, par exemple. Dorlotée dans un certain sens, et pourtant terriblement négligée dans un autre. Pour cette petite, il était essentiel d'affronter la mort inattendue de son père et d'entamer ce processus le plus tôt possible, afin de s'endurcir contre les moqueries dont elle serait immanquablement la cible en grandissant, en particulier lorsqu'elle entrerait dans le secondaire, d'ici quelques années. Rien, alors, ne les arrêterait plus.

Les enfants se montraient parfois méchants, et d'autant plus cruels s'ils décelaient un point faible. Harriet était convaincue que cela pouvait affecter durablement ceux qui n'y étaient pas préparés.

Elle se figea pendant quelques instants, alors que des pensées tourbillonnaient dans sa tête, les mains pleines de dessins de toutes les couleurs qui représentaient des bonshommes et d'autres formes indéchiffrables.

L'horreur d'être pointé du doigt et harcelé à l'école laissait des blessures profondes, qui ne cessaient jamais de suinter à l'intérieur de soi, là où personne ne pouvait les voir. La cicatrice sur son front la démangea, comme chaque fois qu'elle se rappelait la bande de filles qui l'avait tourmentée pendant la plupart de ses années dans le secondaire.

Harriet toussa et se ressaisit. Inutile de s'attarder sur le passé, sur le jour où elles l'avaient acculée, après les cours, avec la bouteille cassée.

Elle avait du travail. Des enfants à qui elle pouvait épargner un sort similaire au sien. De jeunes garçons et filles qui dépendaient d'elle et avaient besoin de ses conseils.

Evie Cotter était l'une d'eux.

24

TONI

Trois ans plus tôt

Après le départ de maman, j'étais si lasse que je m'assoupis, tandis qu'Evie regardait ses dessins animés. Je ne lui posai aucune question sur ce qui l'avait contrariée à l'école. Nous aurions toute la soirée pour aborder le sujet. Elle n'aimait pas être brusquée, je le savais d'expérience.

Je la sentis qui se redressait un peu, inclinant la tête sur le côté, comme pour écouter quelque chose. Il n'en fallut pas davantage pour me réveiller complètement.

— Maman, ton téléphone sonne.

Me levant d'un bond, je courus à la cuisine pour découvrir que j'avais un appel en absence d'un numéro de mobile inconnu. Je pensai immédiatement à Dale, pour le job.

Mais personne n'avait laissé de message. J'avais bêtement oublié mon portable ici, au lieu de le garder à portée de main. De frustration, je jetai l'appareil sur le plan de travail ; juste à ce moment-là, il se remit à sonner. Je me hâtai de décrocher.

— Allô ?

— Toni ? C'est Dale, de l'Agence Gregory. Je retentais ma chance, au cas où.

— Bonjour, Dale. Désolée de vous avoir manqué la première fois. J'ai laissé le téléphone dans la cuisine et… (Je bafouillais comme une idiote.) Excusez-moi, je suis un peu nerveuse.

— Merci encore d'être venue nous voir aujourd'hui…

Et je complétai sa phrase : *La décision n'a pas été facile à prendre, mais, au bout du compte, nous avons trouvé une candidate dont le profil…*

— … vous nous avez fait forte impression, et j'aimerais donc vous proposer ce poste. Vous pourriez commencer dès demain, si cela vous convient toujours ?

— Quoi ? Je veux dire : ouah, super ! C'est génial. (Je n'arrivais pas à y croire. J'avais réussi, j'avais décroché le job.) Aucun souci. Encore merci !

— Parfait, fit Dale en riant. Eh bien, toutes mes félicitations, et on se voit demain après-midi à 1 heure. Bonne soirée.

Après qu'il eut raccroché, je restai immobile un moment, le téléphone à la main. Un peu médusée.

Quelque chose de positif venait de m'arriver. *À moi !*

— Maman, j'ai faim, dit Evie, qui entrait dans la cuisine en traînant sa couverture derrière elle. Qu'est-ce qu'on mange ?

Je pris une chaise, soulevai Evie et m'assis avec elle sur mes genoux.

— Écoute, mon poussin, maman a une excellente nouvelle à t'annoncer. (Mon estomac se mit à picoter alors que je m'entendais prononcer ces mots.) Je viens de retrouver du travail !

— Du travail ?

— Oui. Juste l'après-midi. Je continuerai à te conduire à l'école le matin.

— Mais je ne veux pas y retourner.

Il me sembla que mon cœur glissait d'un cran dans ma poitrine.

— Sois raisonnable, mon petit chou. Ce n'est que ton premier jour : il est normal que tu ne te sentes pas encore complètement à l'aise. Demain, ça ira déjà beaucoup mieux, tu verras.

— Je ne veux pas y aller.

Evie descendit de mon genou et se tint devant moi, sa couverture serrée contre elle, faisant la moue.

— Pourquoi tu n'aimes pas l'école, Evie ?

— J'aime pas, c'est tout.

— Qui est ta maîtresse ? Mamie m'a dit que ce n'est pas Mlle Watson.

— Mlle Watson n'est pas ma maîtresse. (Evie fronça les sourcils.) Elle aide Mlle Akhtar, c'est tout.

Curieux. Harriet Watson m'avait pourtant dit qu'elle avait Evie dans sa classe. J'avais sans doute mal compris.

— J'ai dû aller avec Mlle Watson dans la bibliothèque avec d'autres enfants, poursuivit Evie.

— C'est bien. Mlle Watson te connaît déjà, fis-je d'un ton enjoué. Je parie que tu es sa préférée.

— Non.

— D'accord. Alors, qu'est-ce que vous avez fait ?

— Elle m'a obligée à parler, répondit Evie en se renfrognant. Devant les autres. Je ne voulais pas.

Apparemment, Mlle Watson tentait de la faire sortir de sa coquille, d'encourager les échanges avec ses

131

camarades. De mon point de vue, cela ne pouvait qu'être bénéfique.

Evie avait besoin de se faire des amis. Bien qu'elle soit bavarde et sûre d'elle à la maison, j'avais remarqué ces derniers mois qu'elle pouvait s'enfermer dans le silence et se montrer d'humeur maussade avec des gens qu'elle ne connaissait pas.

— C'est juste pour le premier jour, Evie, la rassurai-je. Tout le monde doit faire ça en arrivant quelque part. Même moi, quand je commencerai mon nouveau travail. Ce sera différent demain, tu verras.

— Je n'irai pas, martela Evie, la mâchoire serrée. Mamie a dit que je n'étais pas obligée.

25

TONI

Trois ans plus tôt

Le lendemain matin, quand j'ouvris les yeux, j'avais le cœur lourd, signe que j'avais du souci à me faire. Puis je me souvins de quoi il s'agissait exactement.

J'allais avoir un gros problème pour conduire Evie à l'école.

Heureusement, je m'étais réveillée tôt : il n'était que 6 h 30. Largement le temps de m'organiser et de me préparer mentalement à la bataille qui m'attendait sans aucun doute. Evie avait beau être petite et terriblement mignonne, elle pouvait se révéler un adversaire redoutable quand elle avait une idée dans le crâne. La perspective de voir se transformer chaque jour de semaine en affrontement me fit instantanément oublier le trac que j'aurais pu éprouver à cause de mon premier jour de boulot. L'enjeu était de taille, et je devais régler la question avant que les choses ne s'enveniment.

Ayant sorti à l'avance mes vêtements de travail, je me douchai, me lavai les cheveux et me préparai pour la journée. C'était le plus facile.

À la cuisine, je remplis un bol des céréales préférées d'Evie et lui versai un petit verre de jus d'orange

133

– sans pulpe. J'avais prévu de la réveiller à 7 h 30 ; il me restait cinq minutes.

La veille au soir, pendant qu'Evie regardait la télévision, je m'étais isolée pour téléphoner à ma mère et lui dire que je pensais avoir résolu le mystère de ce qui avait chamboulé Evie.

— Mlle Watson a voulu la faire parler un peu d'elle devant ses camarades, avais-je expliqué. Parce qu'elle vient d'arriver dans la région.

— Peut-être, avait-elle répondu. Mais ça m'étonnerait qu'il n'y ait que ça, Toni. Elle était vraiment bouleversée. Et puis, Evie est une petite fille très sociable. Elle n'a pas besoin qu'on la mette sur la sellette de cette façon.

— Evie n'est plus aussi sociable qu'elle l'était, maman, avais-je tenté de la raisonner. Autre chose : elle prétend que sa mamie lui a dit qu'elle n'a pas à retourner à l'école si elle n'en a pas envie. Qu'est-ce qui t'a pris ? Parce que ça ne m'aide vraiment pas…

— Ce n'est pas toi qui l'as vue en larmes, avait-elle répliqué. J'ai fait ce qu'il fallait pour la calmer après que cette bonne femme, Watton ou je ne sais qui, l'a mise dans tous ses états. Elle est autoritaire.

— Son nom est Mlle *Watson*, maman. Et, pour ma part, je pense qu'elle rend service à Evie en l'encourageant à sortir de sa coquille. Sa réaction est probablement due au stress : c'est compréhensible, pour un premier jour.

— Eh bien, on sera vite fixées, n'est-ce pas ? (Elle était montée sur ses grands chevaux, à présent.) Parce que, je te préviens, si je la trouve de nouveau en pleurs

134

quand je passerai la chercher cet après-midi, je ne me gênerai pas pour aller leur demander des comptes.

— Ne te mets pas mal avec l'école, maman, avais-je dit le plus posément possible. Evie n'a que cinq ans, elle ne sait pas toujours ce qui est bon pour elle.

J'avais presque senti l'irritation de ma mère s'écouler goutte à goutte du combiné directement dans mon oreille. Elle m'avait donné une excuse boiteuse et avait mis fin à la communication.

Chassant de mon esprit le souvenir de la conversation de la veille, je regardai l'heure : 7 h 30. J'allais devoir tirer Evie de son sommeil, ce qui n'était pas idéal.

Je montai l'escalier à pas de loup et me tins à la porte de la chambre d'Evie, écoutant son souffle léger et régulier. Après que son père lui avait été arraché de façon aussi brutale que tragique, il lui était arrivé de venir me réveiller la nuit, au sortir d'un cauchemar où je disparaissais à mon tour.

Je me glissai dans la pièce. Heureusement, les précédents propriétaires avaient laissé leurs rideaux, mais ils étaient trop fins pour empêcher réellement la lumière d'entrer. Ce qu'ils avaient choisi ferait l'affaire pour l'instant, mais j'avais bien l'intention d'offrir à Evie la chambre de princesse qu'elle méritait, une fois que je toucherais un salaire régulier.

Je restai immobile un moment, hypnotisée par la vue de ma si jolie petite fille, ses cheveux d'or répandus sur l'oreiller. Elle avait les cils d'Andrew, longs et sombres.

Mon cœur se serra quand je songeai à ce qu'elle avait enduré. Une souffrance qui n'en finissait pas, et qu'elle ne comprenait pas complètement. Son père avait été là une minute, et il avait disparu celle d'après. Et, à présent, sa vie se trouvait de nouveau bouleversée : nouvelle maison, nouvelle école…

Comment s'étonner qu'elle se soit un peu repliée sur elle-même et n'apprécie pas d'être mise en avant en classe ? Je m'en voulais. J'aurais dû me montrer plus claire avec Mlle Watson, le jour de sa visite. Mais qu'aurais-je pu dire de plus ? N'essayez pas de l'aider à s'intégrer ou à se faire des amis ? Laissez-la tranquille ? Ignorez-la ? Bien sûr que non. À la longue, les efforts de Mlle Watson porteraient leurs fruits, j'en étais certaine.

— Bonjour, maman.

Evie s'étira et bâilla, me gratifiant d'un sourire ensommeillé.

— La voilà, ma fille préférée. (Je lui souris à mon tour.) Tellement intelligente qu'elle va à la grande école, maintenant.

Elle se rembrunit, ses doigts se refermant sur son doudou.

— Votre petit déjeuner favori vous attend en bas, Votre Altesse, annonçai-je en accompagnant ma déclaration d'un geste du bras grandiloquent.

— Des Frosted Shreddies ?

Son visage s'anima.

— Absolument, confirmai-je d'un air jovial. Et un jus d'orange SANS les morceaux.

— Miam !

Elle repoussa sa couverture et se glissa vers moi pour un câlin.

— Alors, tu promets à maman d'être une fille courageuse et de retourner à l'école aujourd'hui ? Moi aussi, c'est mon premier jour, tu sais. Et je me sens un peu nerveuse. Tu penses qu'on peut y arriver, toutes les deux, ensemble ?

— Oui, maman.

Elle hocha la tête, marquant son accord plein et entier, tandis que je remerciais silencieusement le Dieu des Caprices pour ce répit temporaire et terriblement opportun.

Une heure plus tard, Evie était lavée, nourrie, habillée, et se tenait dans un coin du vestibule, les bras croisés, refusant de quitter la maison.

— Evie, s'il te plaît. Tu dois aller à l'école.

— Mamie a dit que je n'étais pas obligée.

— Si. Mamie a juste dit ça parce que tu étais triste. (Je passai la main dans mes cheveux encore humides.) Chaque petite fille, chaque petit garçon est obligé d'aller à l'école ; sinon, sa maman peut se retrouver en prison. C'est la loi.

Elle sembla légèrement préoccupée, mais cela ne dura pas plus de deux secondes.

— Je NE VEUX PAS y aller.

Ça devenait ridicule. Si nous ne partions pas dans les cinq prochaines minutes, Evie risquait d'être en retard.

— Tu dois aller à l'école, un point c'est tout, répétai-je d'un ton sévère.

— Je veux bien, expliqua-t-elle, les yeux brillants de larmes. Mais pas dans *cette* école. Pas à St Saviour.

— Il n'y en a pas d'autres dans les environs, répondis-je en tendant la main vers elle. Tu n'as pas le choix, Evie.

— Je ne veux pas.

Sa voix monta d'une octave alors que je la tirais doucement par le bras.

— Mettons-nous au moins en route et on verra comment tu te sens, proposai-je. Regarde, il fait beau : ce sera comme une promenade. On pourra chercher des Pokémon avec mon téléphone.

Ses yeux s'agrandirent.

— D'accord. Mais, si je ne veux pas y aller quand on arrivera, tu me laisseras rentrer avec toi ?

— Oh, fis-je en tapotant mon smartphone comme si je ne l'avais pas entendue. On va peut-être en trouver un comme ça !

Je lui montrai la copie d'écran d'une créature monstrueuse.

Marchant d'un bon pas, je la menai de haies en bancs susceptibles de dissimuler les Pokémon. Mon stratagème fonctionna à merveille. Jusqu'à ce qu'apparaissent les grilles de St Saviour.

— Finalement, je n'ai pas envie d'y aller, maman. Elle s'immobilisa et croisa les bras.

— Evie, je te l'ai déjà dit. Tu *dois* aller à l'école.

Je la pris par le bras et l'entraînai doucement vers l'établissement.

— Je ne veux pas. JE NE VEUX PAS !

Puis ses joues ruisselèrent de larmes, qu'elle essuya, mouillant sa frange.

— Evie, *s'il te plaît*.

Sous les yeux des parents et des enfants présents, Evie se mit à tirer dans la direction opposée, ce qui nous valut des expressions allant de la sympathie à la désapprobation, en passant par la fascination. Je n'allais plus pouvoir la tenir longtemps sans lui faire mal.

— Dieu du ciel ! tonna une voix devant nous. Mais qu'est-ce qui se passe ?

Alarmée, je lâchai Evie, qui cessa immédiatement de se débattre. Nous nous tournâmes toutes les deux vers Harriet Watson, qui nous attendait, les mains sur les hanches.

Evie se figea.

— C'est bien la petite Evie Cotter ? Elle qui était si sage hier ? (Elle secoua la tête, me regardant d'un air atterré.) Mlle Akhtar m'a même dit qu'Evie aurait peut-être droit à un autocollant, si elle se comporte aussi bien aujourd'hui.

Evie ravala un sanglot et s'essuya les yeux, sans se détourner de Mlle Watson.

— Un autocollant ? répétai-je.

— Parfaitement. Et on ne les distribue pas à la légère, poursuivit Harriet. Uniquement aux filles et aux garçons dont la conduite est *irréprochable*. (Elle avança de quelques pas et tendit la main.) Alors, Evie, qu'est-ce que tu en dis ? Si tu viens avec moi sans faire d'histoire, Mlle Akhtar ne saura rien de la petite scène de ce matin.

Evie prit la main de Mlle Watson et leva vers elle des yeux remplis d'espoir à la perspective de recevoir l'un des autocollants tant convoités.

Constatant qu'elle avait cessé de pleurer, je soufflai enfin.

— Ce sera notre secret, ajouta Mlle Watson en inclinant la tête de manière éloquente à mon intention. (Rassurée, je m'éloignai discrètement.) Tu verras, on va bien travailler aujourd'hui. Tu aimes dessiner ?

— Mamie dit que je suis très douée, déclara fièrement Evie alors qu'elles disparaissaient toutes les deux derrière les grilles. Et je sais faire plein de choses différentes, même des visages.

Je les suivis du regard, Evie hochant la tête et répondant aux questions de Mlle Watson. Pas une fois elle ne se retourna vers moi. Soulagée du fardeau invisible qui pesait sur mes épaules, je fis jouer les muscles de mon cou pour réduire la tension.

Maman n'avait peut-être pas une très haute opinion de Mlle Watson ; mais, pour ma part, cette femme était mon héroïne.

26

Je tente, désespérément, de ne pas dormir.

De peur qu'on ne vienne me débrancher pendant mon sommeil. Ce serait si facile. Un interrupteur qui bascule, une pression sur un bouton, et me voilà partie pour de bon.

Qu'est-ce qui les en empêche ? Je ne manque à personne.

La docteure Shaw signera les papiers destinés au coroner. On se hâtera de me réduire en un tas de cendres et, une fois le certificat de décès classé, personne ne saura que j'étais toujours là. Bien vivante dans ma prison invisible.

Et, alors, qu'arrivera-t-il à Evie ?

Quelque part, mon ange est retenu dans sa propre prison de verre, incapable de retrouver le chemin de la maison. Sans moi, on renoncera, on l'oubliera. Elle deviendra une simple statistique, une affaire non élucidée – une de plus.

Pour Evie, je dois continuer à me battre, si désespérée que ma situation puisse paraître. Il faut que je trouve un moyen de leur faire comprendre que je suis toujours là. Que je mérite un effort de leur part.

J'ai tant à dire, des choses qui pourraient aider à retrouver Evie. De plus en plus de souvenirs me reviennent, même les plus ordinaires, ceux du quotidien. La vérité se cache quelque part là-dedans.

Bip, sshhh, sshhh, sshhh, bip.

Ma poitrine se soulève et retombe au rythme de la vie que le respirateur insuffle dans mes poumons.

Tic tac, tic tac.

Au mur, la pendule me nargue. Chaque seconde qui passe me rapproche d'une mort certaine aux mains des médecins.

À moins que je ne parvienne à fissurer le verre, bien sûr. À faire voler en éclats cette prison invisible en moi.

Je fouille dans mes souvenirs de cours de biologie humaine.

Le diaphragme est le muscle qui sépare le thorax de l'abdomen. Sa contraction provoque l'augmentation de volume de la cage thoracique et, par suite, l'inspiration.

Je tente de sentir sa présence. Mon *diaphragme*. J'imagine une épaisse bande de muscle horizontale. Les muscles peuvent bouger, se contracter d'eux-mêmes. Ils ont une mémoire.

Pendant quelques secondes, je me concentre, adjurant intérieurement mon diaphragme de bouger.

D'abord vers le haut, puis vers le bas ; haut, bas. Pause.

Et on recommence. Haut, bas, haut, bas.

Rien ne se produit.

Mais c'est un début.

27

TONI

Trois ans plus tôt

De retour de l'école, je me préparai un café que je bus à la cuisine, attendant de me calmer. Cela ne reposait sur rien de rationnel, mais j'éprouvais de nouveau cet inexplicable sentiment d'une catastrophe imminente. Pourtant, j'avais déjà eu ma dose – pour toute une vie, même.

J'aurais dû avoir le moral. La situation s'améliorait. Avec un peu de chance, Evie finirait par s'intégrer, et j'avais décroché un job nettement plus tôt que je n'aurais pu l'espérer. Mais, même si mon expérience me permettait d'envisager avec sérénité toutes les tâches que me confierait mon nouvel employeur, mes mains tremblaient dès que je m'imaginais pousser la porte de l'Agence Gregory cet après-midi. Recommencer au bas de l'échelle, à trente-cinq ans.

Evie n'avait que cinq ans. Et je m'étonnais qu'elle rencontre quelques difficultés initiales à St Saviour ? Ma fille avait une excuse valable ; moi, aucune. J'étais une adulte : je devais être capable de me débrouiller avec ce que la vie voulait bien m'offrir.

Tara avait noté un numéro de téléphone et une adresse e-mail dans sa dernière lettre. J'aurais pu l'appeler. Nos discussions me manquaient ; avec son côté toujours si pragmatique et raisonnable, elle avait le don de me calmer.

Mais les mauvaises nouvelles concernant sa santé me retinrent. En pareilles circonstances, je me voyais mal la déranger avec mes petits problèmes. Je lui passerais bientôt un coup de fil, mais pas juste pour me plaindre de *ma* vie.

Lentement, mes pensées se mirent à vagabonder jusqu'à ce qu'une image s'impose à mon esprit. Celle d'un flacon brun.

Je posai ma tasse sur la table et me levai. En montant l'escalier, je songeai au pouvoir considérable d'un seul de ces comprimés. Je ne voulais pas être *trop* détendue. La moitié d'un suffirait à me calmer et à me donner l'air sûre de moi, quand j'en avais le plus besoin.

Bryony James, ma supérieure hiérarchique, n'avait pas semblé me tenir en très haute estime lors de l'entretien. Je devais corriger cela ; mais, dans l'état d'esprit qui était le mien en ce moment, je doutais de parvenir à la convaincre que j'étais un nouvel atout dans son équipe.

Dans l'armoire de la salle de bains, je glissai mes doigts vers l'arrière de l'étagère, écartant les divers articles de toilette. Récupérant le flacon, je le tins délicatement au creux de la main, comme un objet précieux que je craindrais d'écraser.

Il était à moitié plein. Je n'avais rien pris depuis deux jours.

Pour être franche, si j'avais longtemps différé notre déménagement, c'était en partie par peur de ne plus avoir facilement accès aux médicaments d'Andrew. J'avais réussi à me procurer un mois supplémentaire de calmants sous prétexte d'un départ en vacances. Moi, Andrew et Evie.

— De longues vacances en famille, avais-je dit à notre pharmacien habituel, peu regardant, qui m'avait fourni ce que je lui demandais sans ciller.

J'avais caché le nouveau flacon au fond d'un carton de vieilles photos et de cartes de vœux. Bien sûr, je n'avais aucunement l'intention de prendre ces comprimés, mais leur présence me rassurait. Je savais pouvoir compter sur eux en cas de besoin.

J'avais lu dans un magazine que certaines personnes développant une dépendance aux médicaments se sentaient en manque une ou deux heures après dissipation des effets. J'avais déjà tenu deux jours : je n'étais donc pas accro, loin de là.

Les mises en garde d'usage déconseillaient de conduire ou de travailler sur des machines sous l'emprise de ces calmants, mais je n'allais avaler que la *moitié* d'un comprimé. Une dose réduite qui ne risquait pas de m'affaiblir ou de me rendre incompétente.

Je retirai le bouchon du flacon et le secouai pour faire tomber un comprimé dans ma paume. Mon porte-bonheur. Je regardai autour de moi, en quête d'un ustensile quelconque pour le couper en deux. Comme toujours dans ces cas-là, je ne trouvai rien.

Dans les quelques instants que cela me donna pour réfléchir, je me sentis soudain prise par un élan d'optimisme. Nous avions une nouvelle maison, une nouvelle école pour Evie et un nouveau job pour moi, dont les horaires me permettaient même d'emmener Evie en classe chaque matin.

J'étais capable de m'en sortir.

J'avais perdu mon mari dans une horrible tragédie, mais je ne me laissais pas abattre et j'espérais bientôt voir le bout du tunnel. D'autres gens, telle Tara, n'avaient pas cette chance.

Forte de mes années d'expérience dans l'immobilier, je pouvais assurer les yeux fermés – j'en étais persuadée.

Je n'avais pas besoin de calmant. Je pouvais m'en sortir toute seule.

Je remis le comprimé dans son flacon, que je rangeai au fond de l'armoire.

Dale Gregory m'avait dit que, s'il restait de la place, je pouvais me garer derrière l'agence. Alors que je tournais en direction du quadrillage marquant le parking, j'en repérai justement une à côté de la porte.

Je m'y engageai immédiatement. Il s'était mis à pleuvoir ; je notai de changer dès que possible les essuie-glaces de la Punto, qui laissaient des taches humides sur le pare-brise. Encore une dépense imprévue.

Je me mordis la lèvre. C'était peut-être le moment d'abandonner cet état d'esprit constamment négatif. Pour l'instant, cette journée avait plutôt bien commencé. Tout allait bien se passer. Je tendis la main vers mon sac pour enfiler les escarpins noirs de maman.

146

Comme je trouvais porte close à l'arrière, je fis le tour de l'agence, maudissant le fin crachin qui tombait sur mes cheveux. La dernière chose dont j'avais envie, c'était de me présenter avec une masse hirsute de frisettes humides devant une supérieure hiérarchique qui semblait attacher tant d'importance à son apparence.

Inspirant à fond, je poussai la porte et entrai dans les locaux d'une démarche pleine d'assurance, comme si je travaillais là depuis des années.

Mon bel optimisme baissa d'un cran en constatant qu'il n'y avait personne. Pas de client et, pire, aucun conseiller. J'eus un flash-back : moi, en train de briefer ma propre équipe à Hemel.

« Quoi qu'il arrive, je veux toujours quelqu'un devant. Toujours, leur avais-je dit lors de ma prise de fonction. Quelle que soit votre excuse, je ne veux pas l'entendre. Il n'y a rien de pire qu'un client dans une agence vide. »

J'en toucherais peut-être un mot à Dale ou à Bryony – l'occasion pour moi de faire bonne impression dès le départ en prouvant que j'avais quelque chose à apporter. Cela ne pouvait pas me desservir.

Au bout d'une minute environ, une petite femme ronde fit son apparition depuis l'arrière-boutique avec un énorme mug de soupe à la main. Son visage s'épanouit en un large sourire.

— Bonjour. Désolée de vous avoir fait attendre. (Elle leva sa tasse en guise d'explication.) C'est l'heure du déjeuner. En quoi puis-je vous aider ?

— Je suis Toni Cotter. (Je souris.) C'est mon premier jour et...

— Mais bien sûr ! Toni ! Je vous ai vue hier, quand vous êtes venue pour votre entretien, mais je n'ai pas pu vous saluer : j'étais avec des clients.

Comme elle posait bruyamment le mug sur son bureau, certains des croûtons flottant à la surface en profitèrent pour s'échapper.

— Jo Deacon, assistante du département ventes.

Nous échangeâmes une poignée de main et Jo me plut immédiatement. Ses boucles châtain clair naturelles tombaient librement sur ses épaules, ses yeux marron pétillaient de bonne humeur et des fossettes dansaient sur ses joues rondes légèrement fardées. Tout, chez elle, contribuait à me donner le sentiment d'être la bienvenue. Les tendons de mon cou se relâchèrent enfin un peu.

— Dale est sorti pour une estimation, mais Bryony ne devrait pas tarder. (Elle essuya la soupe avec un mouchoir.) Je peux vous offrir une tasse de thé, ou autre chose ?

— Non, merci, ça ira, répondis-je en regardant autour de moi. Vous savez quel bureau sera le mien ?

Jo souffla sur son breuvage et but une gorgée. Elle se brûla la bouche et grimaça.

— Celui de Phoebe, votre prédécesseur.

De la tête, elle me désigna le poste de travail situé près de la porte, et je songeai aussitôt aux courants d'air.

— Ce sera probablement le vôtre, mais on ne sait jamais. Bryony aime bien faire bouger les choses de temps à autre, ajouta Jo en levant les yeux au ciel.

Je ressentais déjà une sorte de camaraderie entre nous. Sans qu'elle ait à me le dire, je crus comprendre que Bryony pouvait se révéler une patronne un peu pinailleuse.

Je me juchai sur le bord du bureau derrière moi.

— J'ai entendu Dale dire que vous veniez de vous installer dans la région, c'est bien ça ? s'enquit-elle.

Je hochai la tête.

— Avec votre famille ?

— Ma fille, répondis-je. Ma mère n'habite pas très loin.

Jo m'était sympathique, mais je n'étais pas prête à me livrer davantage pour l'instant.

— Depuis combien de temps travaillez-vous à l'agence ? lui demandai-je, juste pour meubler.

— Beaucoup trop longtemps. (Elle sourit, tentant sans conviction de mettre de l'ordre dans les papiers qui traînaient sur son bureau.) Ça fera six ans à Noël prochain.

— Et avant ?

— Oh, j'ai fait différentes choses.

J'eus clairement l'impression qu'elle préférait ne pas s'en souvenir. Je ne lui en tins pas rigueur : j'étais moi-même bien placée pour savoir qu'on pouvait avoir envie de prendre ses distances avec son passé.

— Je ne me plains pas : les horaires me conviennent, et on est plutôt bien payé. Au-dessus du salaire minimum, en tout cas. C'est juste que…

À ce moment-là, la porte d'entrée s'ouvrit. Jo se tut sur-le-champ tandis que Bryony faisait son apparition. Elle portait un tailleur-pantalon noir impeccable avec un chemisier soyeux gris argenté et des chaussures à

149

talons d'une hauteur imposante. Elle était aussi blême de rage.

— Bonjour, Bryony, la salua Jo d'un ton jovial.

— À qui appartient la vieille Punto sur le parking ? demanda Bryony. Un abruti s'est permis de mettre son tas de ferraille sur *ma* place.

28

TONI

Trois ans plus tôt

— Je suis vraiment navrée, Bryony, dis-je, encore essoufflée, une fois de retour à l'agence. Ça ne se reproduira plus.

J'avais dû aller me garer dans une petite rue, avant de revenir aussi vite que possible.

— Espérons-le, répliqua-t-elle avec aigreur.

Ses mots étaient lourds de menaces à peine voilées.

Je jetai un coup d'œil vers Jo, qui sembla soudain absorbée dans le rangement d'une pile de brochures brillantes. Moins de quinze minutes après ma prise de fonction, je m'étais déjà mis à dos ma supérieure hiérarchique directe. Et j'étais seule responsable, j'étais bien obligée de l'admettre. En sortant la Punto en marche arrière – évitant soigneusement l'Audi TT blanche de Bryony –, j'avais enfin vu le panneau « Réservé » sur le mur. J'avais eu tellement peur d'arriver en retard que j'avais piqué la place de ma patronne, sans m'en apercevoir.

La porte de l'agence s'ouvrit et le visage de Bryony s'éclaira ; son air revêche et sa colère s'évanouirent au profit d'un sourire charmeur.

— Monsieur et madame Parnham, quel plaisir ! s'exclama-t-elle. Allons dans mon bureau, voulez-vous ?

Mme Parnham passa devant moi dans un nuage de parfum pour saisir la main tendue de Bryony. Sa Rolex incrustée de diamants scintilla sous la lumière crue des néons.

Jo attendit que Bryony et ses clients aient disparu pour relever la tête. Elle expira longuement, prenant une expression coupable.

— Désolée pour ce malentendu, dit-elle. Je n'ai pas pensé à vous demander où vous étiez garée. Sa Majesté ne supporte pas qu'on lui pique sa place. Et c'est *loin* d'être la seule chose qui l'agace.

— C'est ma faute, répondis-je en haussant les épaules. J'aurais dû voir le panneau « Réservé ».

— Vous pouvez vous détendre, maintenant. Elle en a pour un moment. (Jo sourit.) Bryony adore les Parnham. Leur fortune, en tout cas. Ils déménagent tous les deux ou trois ans, alors ils sont toujours en quête de la prochaine propriété à faire admirer à leurs amis de la jet-set. Mais, cette fois, leur budget dépasse celui de toutes leurs précédentes acquisitions. Je ne serais pas surprise que la commission de Bryony soit plus importante que nos deux salaires réunis.

— Ah, je comprends mieux.

Tout devenait beaucoup plus clair. Pas étonnant que le visage de Bryony se soit animé en les voyant entrer : la promesse d'une confortable commission a parfois cet effet sur les gens. Les Parnham m'avaient involontairement tirée d'affaire, alors bonne chance à eux.

Je me retournai vers Jo.

— Je peux vous aider ? Je n'aime pas me sentir inutile.

— Vous pouvez classer ces fiches de renseignements, si ça ne vous dérange pas. Merci. (Jo poussa une encombrante pile de documents agrafés vers moi.) Il faut les trier par code postal.

Je hochai la tête. C'était le genre de tâches que l'on m'avait confiées alors que je n'étais qu'une apprentie, il y a si longtemps que je m'en souvenais à peine. En l'espace de quelques jours, je venais d'effacer vingt ans de carrière. J'avais l'impression d'être de retour à la case départ.

Je portai la pile jusqu'à l'ancien bureau de Phoebe.

Le téléphone sonna une fois ou deux, Jo décrocha, mais aucun client ne poussa la porte, alors que nous travaillions dans un silence complice.

— C'est toujours aussi calme ? finis-je par demander.

— Ça dépend, répondit-elle en haussant les épaules. C'est plus chargé, depuis le départ de Phoebe.

J'aimais être occupée. J'avais connu des collègues qui s'ingéniaient à en faire le moins possible, ou à mettre un siècle pour effectuer la tâche la plus simple. Pour ma part, je trouvais qu'ainsi le temps s'écoulait plus lentement. Je préférais être surbookée. Cela évitait aussi de se morfondre ou de trop réfléchir – toujours une bonne chose, à mes yeux.

Je rangeai les fiches dans le bon ordre dans le classeur plastifié et jetai un coup d'œil à la pendule murale. Evie devait avoir terminé de déjeuner et être retournée en classe. Peut-être aurait-elle des dessins à me montrer plus tard. Si on leur donnait des exercices d'orthographe et d'écriture, Evie serait à l'aise. Nous avions déjà beaucoup travaillé la lecture et l'écriture à la maison, même avant qu'elle entre en maternelle. J'étais impatiente de l'entendre me raconter sa journée.

— Ohé ! Il y a quelqu'un ? (La main de Bryony passa devant mon visage.) Bon sang, Toni, je vous parle.

— Je… je suis désolée, marmonnai-je en sentant la chaleur me monter aux joues sous le regard inquisiteur de Mme Parnham. J'étais dans la lune.

— Ça, nous l'avions remarqué ! (Bryony se tourna vers les Parnham avec le sourire, mais je perçus la menace derrière son ton enjoué.) Vous pouvez faire des photocopies de ces fiches pour M. et Mme Parnham ? Et dépêchez-vous, s'il vous plaît. Ils ont un autre rendez-vous en ville.

— Tout de suite.

Je me levai et pris la liasse des mains de Bryony, qui m'avait déjà oubliée, trop occupée à se répandre en compliments à propos de la pochette de Mme Parnham, un sac pourtant assez vulgaire dont la fermeture ressemblait à un coup-de-poing américain orné de pierreries. Un modèle de la nouvelle gamme Alexander McQueen, apparemment.

On ne m'avait pas encore montré où se trouvait la photocopieuse, mais j'avais le sentiment que le moment était mal choisi pour interrompre Bryony dans son offensive de charme auprès de ses clients les plus précieux. Je m'apprêtai à poser la question à Jo, quand son téléphone sonna. Elle se lança dans une conversation animée avec un constructeur qui, d'après ce que je pouvais comprendre, ne s'était pas présenté pour la visite d'un appartement neuf à côté de la gare le matin même.

J'entrai dans le couloir à l'arrière de l'agence et regardai autour de moi. J'avais utilisé assez de photocopieuses dans ma vie ; faire quelques copies recto verso n'avait rien de bien sorcier. Je devais juste trouver cette fichue machine.

La porte de droite correspondait à la petite salle de réunion où s'était déroulé mon entretien. Sur celle du fond, un panneau indiquait « Toilettes du personnel ». Plus que deux.

J'ouvris la première, qui donnait sur une pièce plutôt spacieuse, avec un bureau en bois blond aux lignes pures et un fauteuil en cuir beige. Deux armoires de rangement esthétiquement superbes étaient disposées le long d'un mur, flanquées symétriquement par des photos de plages désertes, encadrées avec beaucoup de goût.

Je restai immobile une seconde, embrassant du regard le mur le plus long, tapissé du sol au plafond d'étagères accueillant des centaines de dossiers impeccablement étiquetés et aux couleurs parfaitement assorties – rien à voir avec des classeurs ordinaires gris ou noirs. Sur le bureau se trouvaient des accessoires luxueux appartenant visiblement à la même gamme : un support de Post-it, une agrafeuse et une perforatrice.

Je repérai également une porte dans un coin de la pièce. Souvent, on dissimulait les photocopieuses – machines plutôt disgracieuses – dans une armoire de plain-pied. Je posai donc mes fiches sur le bureau pour tenter de tourner la poignée, mais c'était fermé. Derrière moi, la voix de Bryony claqua comme un fouet :

— Vous pouvez m'expliquer ce qui vous autorise à venir fouiner chez moi ? (Je sursautai et fis volte-face.) Les Parnham attendent toujours.

— Je… je cherchais juste la photocopieuse, balbutiai-je. On ne m'a pas encore montré où sont les choses.

— Eh bien, vous pouvez constater qu'elle n'est pas là, répliqua-t-elle d'un ton acerbe. Essayez le bureau d'à côté.

Je me hâtai de récupérer les papiers, apercevant au dernier moment une fiche tombée sur le sol à côté de son fauteuil.

— Désolée, bredouillai-je en me maudissant intérieurement pour cette nouvelle bévue.

Ce premier jour s'annonçait déjà comme le pire de toute mon existence.

Je poussai la porte d'une toute petite pièce. Elle était là, enfin, occupant presque tout l'espace disponible : une photocopieuse multifonction.

Devant le panneau de commande numérique, je poussai un soupir de soulagement : nul besoin de mot de passe, on pouvait obtenir un recto verso d'une simple pression sur un bouton.

Quelques minutes plus tard, j'étais de retour dans l'agence, tendant les copies à Bryony.

Elle les prit sans dire merci et reporta son attention sur M. et Mme Parnham. Pour elle, je n'existais déjà plus.

29

Alors que baisse la lumière du jour, j'entame ma routine quotidienne.

D'abord, je compte les tic-tac de la pendule. Des milliers et des milliers de secondes, des blocs de temps perdu qui s'accumulent.

Je ne vois pas les aiguilles elles-mêmes, juste une forme ronde, mais j'entends le tic-tac marquant les secondes qui se transforment en minutes. Ma vie qui s'estompe.

Deux cent treize, deux cent quatorze, deux cent quinze...

De précieuses secondes qui s'écoulent, alors qu'Evie n'est plus là.

Je flotte à l'intérieur de moi-même, parmi mes cellules figées. J'imagine que je tends la main vers Evie, où qu'elle soit. Peut-être n'est-elle pas très loin ; à moins qu'elle ne soit à l'autre bout du monde.

J'aime à penser qu'il existe un lien fragile, mais intact, entre nous, et qu'elle le sent, même confusément. Une sensation, un souvenir de moi qui lui procurent une lueur d'espoir, de réconfort.

Je perds le compte des secondes ; il est temps de passer au respirateur.

Inspiration, expiration, pause. Inspiration, expiration, pause.

Des fragments d'Evie me traversent l'esprit.

Ses pieds, pâles et parfaits, avec les ongles de ses orteils qui brillent comme des coquillages récemment rejetés sur la plage. Ses petites dents blanches, impeccables, quand elle rit. Les poils fins et soyeux sur le côté de son visage.

Cette journée si chaude où, assise dans le jardin de la nouvelle maison, elle prenait le thé, entourée de ses peluches. Elle leur parlait comme si elles étaient réelles ; son rire argentin portait par-dessus la haie, jusque dans la rue. Liés par quelque mystérieuse synergie, tous ces petits riens représentent Evie.

Les secondes deviennent des minutes, des heures, des jours, puis des semaines, et enfin les mois se transforment en années. Et, lentement mais sûrement, l'image d'Evie s'estompe dans l'esprit de tous.

Cela fait longtemps que sa photo n'est pas parue dans les journaux. Evie, si jolie et si pleine de vie, n'est plus d'actualité. Et, pour la millionième fois, je me demande où elle se trouve à cette seconde précise.

Se rappellera-t-elle seulement mon visage ? Une partie de moi espère que non.

Je ne suis pas une mauvaise personne. J'ai juste commis de graves erreurs. Je me suis égarée.

Et j'ai été en dessous de tout avec Evie. Peut-être n'aurais-je jamais dû l'avoir. Je comprends maintenant qu'elle méritait bien plus que ce que j'avais à lui offrir.

Je commence mes exercices avec mon diaphragme. *Haut, bas ; haut, bas. Pause.*

Et on reprend. *Haut, bas ; haut, bas. Pause.*

Rien ne se produit.

La porte s'ouvre et je l'entends se refermer, doucement.

Quelqu'un est dans ma chambre.

30

TONI

Trois ans plus tôt

Le reste de la semaine s'écoula laborieusement. Au moins Evie ne se faisait-elle plus prier chaque matin pour aller à l'école. Mais, si elle ne pleurait plus, ses beaux yeux bleus avaient perdu leur étincelle. Même la nouvelle boîte de Lego achetée par sa grand-mère ne suffit pas à restaurer sa bonne humeur.

À l'agence, je ne croisais pas souvent Dale, qui effectuait des estimations dans tout le comté, mais Bryony était là la plupart du temps. Elle m'attribua l'ancien poste de travail de Phoebe, et je décidai de ne pas soulever la question des courants d'air. Quand je fis mine de poser une petite photo d'Evie dans un cadre sur mon bureau, elle me regarda sévèrement.

— Ma fille, Evie, dis-je en guise d'explication. Je peux mettre cette photo là, n'est-ce pas ?

— Bien sûr, lâcha-t-elle sur un ton glacial. Tant que vous n'encombrez pas votre espace de travail avec toutes sortes d'objets personnels...

Dans mon souvenir, le bureau de Bryony était vierge. Je notai également que Jo n'avait rien sur le sien.

J'avais vite su me rendre utile en répondant au téléphone et en soulageant Jo d'une partie de son boulot, mais j'étais impatiente de prendre toute ma place et de réellement m'approprier mon poste.

— Je peux vous accompagner, si vous voulez, proposai-je quand Bryony annonça qu'elle allait faire visiter une propriété à Linby, un village verdoyant à quelques kilomètres. Juste pour me familiariser avec le terrain.

— Ce ne sera pas nécessaire, Toni. Vous n'êtes qu'assistante, ne l'oubliez pas. Les visites avec les clients ne sont pas de votre ressort. Votre travail consiste à rester ici, à l'agence.

— D'accord.

Grand bien lui fasse. J'essayais simplement de faire preuve de bonne volonté.

— Jo va vous montrer comment envoyer un mailing ciblé. Ça devrait vous occuper.

Derrière elle, Jo bâilla ostensiblement à mon intention.

Le téléphone sonna et je renseignai rapidement quelqu'un sur nos horaires d'ouverture. Je raccrochai. Bryony n'avait pas bougé. Elle se tenait à côté de mon bureau, les yeux baissés. J'allais lui demander si elle se sentait bien quand je compris ce qu'elle regardait avec une telle intensité.

C'était la photo d'Evie.

Une fois Bryony partie, Jo nous prépara une tasse de thé. Je décidai de profiter de l'occasion pour connaître l'opinion de ma collègue sur l'attitude négative de ma patronne.

— Elle est très susceptible, n'est-ce pas ? Je veux

parler de Bryony, précisai-je. (Jo me tendit une tasse de thé fumant et un Kit Kat ; je la remerciai d'un signe de tête.) J'ai le sentiment que rien de ce que je fais n'est assez bien pour elle. Si je reste assise à me tourner les pouces, elle me demande si je n'ai rien de mieux à faire. Mais, dès que j'essaie de faire preuve d'initiative, elle me descend en flammes.

— Elle finira par se calmer, répondit Jo. Mais tu as raison, elle est très susceptible. Ça lui vient d'une profonde insécurité.

Je faillis m'étrangler. Insécurité ? Bryony ? Voilà deux mots que je n'aurais jamais eu l'idée d'associer.

Jo dut lire mon incrédulité sur mon visage.

— Je sais qu'elle semble très sûre d'elle-même et bien dans sa peau, mais ce n'est pas le cas. Pas vraiment. (Elle posa sa tasse et soupira.) Écoute, si je te dis quelque chose à propos de Bryony, tu me promets que ça restera entre nous ?

— Bien sûr.

J'avalai une gorgée de thé, me demandant ce qu'elle allait me révéler. Pour être honnête, je me sentais un peu gênée d'entendre des ragots sur ma chef dès ma première semaine. Mais tout ce qui m'aiderait à comprendre Bryony contribuerait à abattre la barrière qui se dressait apparemment entre nous.

— Il y a environ dix-huit mois, on avait prévu une soirée pour le personnel de l'agence. On était censés dîner tous les quatre chez Hart, mais Phoebe a eu des maux d'estomac et la mère de Dale a fait une mauvaise chute. Résultat, on s'est retrouvées, Bryony et moi, à jacasser toutes les deux autour d'une table pour quatre.

Je ne parvenais pas à imaginer pire scénario : être coincée seule avec Bryony, et tenter de faire la conversation. Même dans l'un des établissements les plus réputés de la ville pour sa cuisine.

— Tu peux deviner la suite. On s'est empiffrées, et on a bu beaucoup trop de vin. Vers la fin de la soirée, Bryony s'est mise à me faire des confidences. Elle se sentait soulagée de pouvoir enfin parler à quelqu'un.

J'avais beau faire, je n'arrivais pas à concilier l'image de la personne que me décrivait Jo avec la Bryony James dont je venais de faire la connaissance. Cette femme semblait si maîtresse d'elle-même et de sa vie. Je la voyais mal s'épancher de la sorte.

— À l'époque, elle en était à sa troisième tentative de FIV. (Jo baissa la voix, comme si elle craignait que Bryony ne puisse nous entendre depuis Linby.) Elle en était malade. Son besoin d'enfant était tel qu'elle n'en dormait plus.

— Oh, mon Dieu ! murmurai-je, éprouvant immédiatement de la compassion.

— Et, souviens-toi, ça remonte à dix-huit mois, poursuivit Jo. Elle a refait un traitement depuis. Je pense que toute cette histoire de bébé la ronge et que son attitude glaciale est sa façon de se protéger.

Je songeai à la manière dont le regard de Bryony s'était attardé sur la photo d'Evie. Ce que j'avais interprété comme une expression un peu malsaine n'était sans doute que pur désir. Sans le savoir, j'avais été témoin d'une profonde tristesse habituellement enfouie sous une froideur de surface.

— Tu crois qu'elle se lance dans un nouvel essai de FIV ? demandai-je.

— Pas sûr, mais elle s'est montrée distante ces derniers mois, répondit Jo. Elle a évité toute discussion personnelle avec moi, probablement parce qu'elle n'a pas envie d'en parler. Et je ne peux pas lui en vouloir.

— Ce doit être vraiment très dur.

— Son mari m'a l'air d'un pisse-froid. Je ne l'ai rencontré qu'une fois. C'est un médecin consultant à l'hôpital, ajouta Jo en détachant l'une des gaufrettes de son Kit Kat pour en croquer la moitié. Ils habitent une maison magnifique à Ravenshead. Je n'y suis jamais allée, mais elle m'a montré des photos de leur nouvelle cuisine et de certains aménagements. C'est nickel.

— Comme son bureau, observai-je. Tout y est à sa place.

— Tu sais, je pense que ça l'aide à s'en sortir, dit Jo, la bouche pleine. Tout, dans sa vie, est organisé et parfait. Même elle. C'est sans doute comme ça qu'elle arrive à supporter tout le reste.

Je hochai la tête, éprouvant une certaine culpabilité à disséquer ainsi, avec notre psychologie de comptoir, la vie d'une collègue dans ce qu'elle avait de plus intime.

— Merci de m'en avoir parlé, Jo.

Et je le pensais vraiment. Ce que j'avais appris me permettait déjà de voir Bryony sous un jour nouveau, même si j'avais le sentiment que travailler avec elle ne serait pas une partie de plaisir.

— De rien, répondit Jo. Mais garde ça pour toi. Si elle savait que je t'ai tout raconté, elle ne me le pardonnerait jamais.

31

TONI

Trois ans plus tôt

Je venais de raccrocher le téléphone quand la porte s'ouvrit. Ce n'était pas Bryony, comme je m'y attendais, mais de nouveau M. et Mme Parnham.

Jo leva les yeux, mais elle avait déjà un client en ligne. Pas de problème, je me sentais tout à fait capable de gérer la situation.

— Monsieur et madame Parnham, quel plaisir de vous revoir ! (Je m'avançai pour leur serrer la main.) Je suis Toni.

— Bonjour, répondit M. Parnham en tendant le cou vers le fond de l'agence. Nous espérions parler à Bryony.

— Je suis désolée, elle est sortie pour une estimation, expliquai-je. Elle ne devrait pas tarder.

Les Parnham échangèrent un regard.

— Je peux peut-être vous aider ? proposai-je.

— Oui. Vous vous rappelez les photocopies que vous avez faites pour nous l'autre jour ? (Mme Parnham me remit une plaquette tirée de son sac.) Nous sommes très intéressés par cette maison et nous aimerions avoir plus de détails. C'est possible ?

— Bien sûr.

Je souris et les invitai à s'asseoir à mon bureau.

Même si elle semblait une source d'irritation constante pour Bryony, mon expérience me permettait d'extraire des informations de notre base les yeux fermés.

Je lançai un regard à Jo, qui écarquilla les yeux et secoua la tête. M. Parnham remarqua notre manège et se retourna, surprenant l'expression de ma collègue.

— Il y a un problème ? dit-il en fronçant les sourcils.

— Pas le moindre, répondis-je d'un ton enjoué. Le temps d'accéder à la bonne fiche. Et voilà.

Je fis pivoter mon écran pour montrer aux Parnham les photos de l'intérieur de la propriété.

— Je ne comprends pas pourquoi Bryony ne nous a pas parlé de cette maison, s'étonna Mme Parnham. Elle correspond exactement à ce que nous cherchons. (Elle tapota ses longs ongles rouges sur le bord de mon bureau.) Elle nous a affirmé qu'elle n'avait aucun bien avec plus de cinq chambres à nous proposer, et rien autour de Berry Hill. Pourtant, celui-ci répond à ces deux critères.

Plissant les yeux, je lus les indications sur mon écran. Curieusement, la fiche signalait que la propriété en question faisait l'objet d'une offre d'achat, alors qu'elle était bel et bien disponible à la vente. Je me sentis soulagée que l'erreur ne vienne pas de moi.

— Je vais vous sortir le dossier complet, leur dis-je en cliquant sur le bouton « Imprimer ». C'est une maison tout à fait exceptionnelle, que nous avons en

166

catalogue depuis déjà quelques semaines. De vous à moi, je pense que le propriétaire serait prêt à négocier – dans les limites du raisonnable, bien sûr.

— Oh, je suis tout excitée ! (Mme Parnham se tourna vers son mari ; sa peau tannée, rose de plaisir, contrastait de façon saisissante avec ses cheveux orange coiffés en arrière.) Quand pouvons-nous visiter ?

— Je suis sûre que Bryony pourra vous fixer une date dès son retour, lança obligeamment Jo depuis son bureau, alors qu'elle venait enfin de raccrocher.

— Bob, il n'y a pas un instant à perdre, dit Mme Parnham à son mari d'un ton implorant. Quelqu'un pourrait faire une offre…

— Vous voulez bien prendre contact avec le propriétaire pendant que nous sommes là, Toni ? S'il vous plaît, insista fermement M. Parnham.

— Bien sûr, répondis-je d'un air radieux. J'ai son numéro sous les yeux.

Cinq minutes plus tard, j'avais fixé un rendez-vous au samedi matin pour les Parnham.

— Une personne de l'agence vous y retrouvera, leur assurai-je sans savoir qui s'en chargerait.

— Merci beaucoup, Toni. (Mme Parnham serra ma main entre les siennes alors que le téléphone se remettait à sonner.) Nous vous sommes très reconnaissants.

Je les raccompagnai. Alors que je me retournai vers Jo, mon sourire s'effaça devant son expression.

— Merde, Toni ! Qu'est-ce qui t'a pris de…

Juste à ce moment-là, la porte s'ouvrit derrière moi, me heurtant violemment l'épaule.

— Aïe !

Je fis volte-face. Mais, au lieu du client désolé auquel je m'attendais, j'eus droit à une Bryony à l'air furieux.

— Je viens de tomber sur les Parnham, vociféra-t-elle en claquant la porte. Qu'est-ce que vous avez fait, BON DIEU ?

Jo enfouit son visage dans ses mains.

— Comment avez-vous osé ? poursuivit Bryony. Dès que je vous ai vue, j'ai su que vous ne nous apporteriez que des ennuis. Et vous ! lança-t-elle à Jo. Comment avez-vous pu la laisser…

— J'étais au téléphone avec un client, répondit calmement Jo. Aviez-vous expressément interdit à Toni de s'occuper des Parnham ?

— Je ne pensais pas que c'était nécessaire, cracha Bryony, blême de rage. Toute personne dotée d'un minimum de bon sens saurait que…

— Tout va bien, ici ?

Dale se tenait dans le couloir. Il avait dû rentrer par-derrière, directement depuis le parking.

— Parce que, de là où je me trouve, j'ai l'impression que la Troisième Guerre mondiale a éclaté.

Apparemment, je m'étais méprise sur son compte. Je ne trouvais plus trace de la personnalité bon enfant qu'il avait affichée au cours de l'entretien.

— Bryony, dit-il sèchement, qu'est-ce qui se passe ?

— Je me suis absentée une heure, voilà ce qui se passe. Et ça a suffi à votre nouvelle recrue, Mme Cotter ici présente, pour me coûter une énorme commission en fourrant son nez dans mes affaires.

Je retins mon souffle.

— Bryony, s'il vous plaît. (Dale fronça les sourcils.) Tâchez de rester professionnelle.

— Vous ne direz plus ça quand vous découvrirez qu'elle vient probablement de nous faire perdre l'un de nos plus gros clients. Les Parnham.

Dale ouvrit la bouche, la referma, puis me regarda.

— Ils sont venus à l'agence pour voir Bryony, expliquai-je, la bouche sèche. Je leur ai dit qu'elle serait bientôt de retour, mais ils m'ont demandé des renseignements sur une propriété qui les intéressait. J'ai pensé rendre service en leur…

— C'est bien le problème, m'interrompit Bryony, ivre de rage. Vous n'avez pas *réfléchi*.

Mes années d'expérience me soufflaient que quelque chose ne collait pas. Je n'avais fait que fournir des informations aux Parnham et leur fixer un rendez-vous pour une visite. Une tâche absolument normale dans n'importe quelle agence immobilière – nous étions là pour ça.

— Ce n'est pas à vous de leur présenter des propriétés. Ce sont *mes* clients. C'est *mon* travail.

Je m'étais retenue assez longtemps. Bryony avait quelque chose à cacher et, à en juger par l'expression du visage de Dale, si je n'y prenais pas garde, elle allait parvenir à me faire porter le chapeau.

— Ils avaient déjà les informations en leur possession, Dale.

Je saisis la plaquette que les Parnham avaient rapportée à l'agence. Bryony s'avança brusquement pour s'en emparer, mais Dale fut plus rapide.

— Ils… ils n'auraient pas dû avoir celle-là, bafouilla Bryony en rougissant. Je pensais l'avoir gardée. Je ne la leur ai jamais remise.

— La propriété de Dan Porterhouse, fit Dale d'un ton songeur. Pourquoi ne pas la leur avoir proposée, Bryony ?

— Ils m'ont dit qu'elle correspondait exactement à ce qu'ils cherchaient, ajoutai-je. (J'eus droit à un regard assassin de Bryony.) Il y avait une erreur dans la base : la fiche indiquait qu'elle n'était pas disponible.

— M. et Mme Parnham ont refusé de partir avant que Toni convienne d'un rendez-vous avec le propriétaire, intervint Jo. Elle n'a pas vraiment eu le choix.

Je me tournai vers elle, les yeux pleins de gratitude.

— Si ce n'est pas vous qui leur avez donné cette plaquette, qui alors ? insista Bryony comme si elle m'avait prise la main dans le sac.

Soudain, je me rappelai avoir ramassé une feuille égarée sur le sol dans son bureau, au moment où je cherchais la photocopieuse. Je pensais l'avoir laissée tomber, mais…

— Je ne vois pas où est le problème, Bryony. Vous devriez féliciter Toni, qui vous a obtenu une visite pour un bien à 1,5 million de livres, dit Dale d'un ton sévère. Une propriété que vous semblez avoir accidentellement marquée comme vendue. Poursuivons cette conversation en privé, voulez-vous ?

Bryony lui emboîta le pas d'un air un peu penaud, mais non sans m'avoir décoché un dernier regard haineux.

— Oh, mon Dieu, soupirai-je en m'asseyant lourdement à mon bureau. J'ai fichu une sacrée pagaille, et je ne suis même pas certaine de comprendre ce que j'ai fait.

— J'ai essayé de te prévenir, pendant que j'étais au téléphone, fit Jo à voix basse. Évite de mettre le nez dans les affaires de Bryony. Tu ne sais jamais ce qu'elle est en train de magouiller.

Je la considérai d'un air perplexe.

— Elle met ses clients en concurrence, m'expliqua Jo en jetant un coup d'œil nerveux vers le fond de l'agence afin de s'assurer que nous étions bien seules. Elle ne propose pas cette propriété aux Parnham pour les pousser à en acheter une autre, tout aussi hors de prix. Pendant ce temps, elle trouve un acquéreur pour la maison de Dan Porterhouse. De cette façon, elle double sa commission. Et, le plus souvent, ça marche.

Je secouai la tête, incrédule. C'était contraire à la déontologie, et tout simplement malhonnête. Pire, ce genre de comportement trahissait la confiance de clients fidèles, comme les Parnham, qui faisaient appel à elle depuis des années.

Jo et moi travaillâmes en silence pendant un moment. Mes mains tremblaient légèrement et mon cœur battait la chamade.

Dix minutes plus tard, Bryony traversa l'agence en trombe, serrant son sac et son manteau contre elle.

Jo était de nouveau en ligne, et Bryony s'approcha du bord de mon bureau.

— Vous me le paierez, dit-elle entre ses dents, si bas que personne à part nous ne pouvait l'entendre. Vous regretterez d'avoir fourré votre nez dans mes affaires.

Puis elle s'éclipsa, laissant la porte vitrée vibrer derrière elle.

32

L'INSTITUTRICE

Trois ans plus tôt

Harriet esquiva la fragile tasse en porcelaine remplie de thé qui passa à côté d'elle avant de voler en éclats contre le mur.

— Le thé se boit chaud ! cria sa mère. CHAUD. Pas tiède. Tu sais comme je déteste quand les choses sont tièdes, pauvre idiote !

Harriet se retourna et regarda, une seconde ou deux, le liquide brun foncé couler sur le mur crème, telles des larmes sales.

— Quand est-ce qu'elle sera là ? Quand est-ce que tu vas te décider à te bouger le postérieur pour enfin *faire* quelque chose ?

— Mère, je t'ai déjà dit…

— Je ne veux pas le savoir. (La vieille femme se couvrit les oreilles avec les mains.) Je ne veux ni t'entendre ni te voir. Je ne t'ai jamais voulue.

Harriet fit volte-face et sortit de la chambre sans prononcer un mot, fermant doucement la porte derrière elle.

Sa mère continua à l'agonir d'injures tandis qu'elle redescendait calmement au rez-de-chaussée, fredonnant

Annie's Song en pensant au visage affable de John Denver. Le torrent d'obscénités la poursuivit jusque derrière la porte du salon, même avec des boules Quies dans les oreilles.

Tout cela était tellement *inutile*.

Harriet s'assit devant le secrétaire ancien et respira à fond plusieurs fois. Elle ferma les yeux pour freiner la vague de souffrance qu'elle sentait monter en elle, tentant d'ériger une barricade contre la personne pitoyable qu'elle était.

Elle posa les mains à plat sur les beaux panneaux en chêne du bureau, qui n'avaient rien perdu de leur éclat après toutes ces années. Ce meuble superbe avait appartenu à son père. C'était même la seule trace tangible qu'elle gardait de lui. Sa mère y avait veillé.

Harriet se rappelait fort bien ces moments où, cachée derrière le canapé et serrant son nounours mangé aux mites, elle avait regardé sa mère remplir un sac-poubelle après l'autre avec les costumes, les chemises et les chaussures de son père. Ensuite, elle avait dû l'aider à les traîner dans le jardin, où ils étaient restés des mois, exposés aux éléments, se désagrégeant lentement.

Mais, quand Harriet s'installait à ce secrétaire, elle pouvait presque percevoir sa présence. Ces derniers temps, elle avait senti comme un fil d'acier se former en elle, dissipant la peine que lui causait la déception de sa mère. La guidant en silence, lui redonnant espoir.

Pourtant, ce soir, Harriet ressentait un picotement désagréable dans la poitrine.

Même si elle aimait se considérer comme une enseignante à part entière, elle n'était pas allée au bout de ses études supérieures, et avait quitté l'université pour devenir assistante pédagogique – « larbin », comme le répétait cruellement sa mère.

Elle était tellement plus capable que ses collègues diplômés de St Saviour ; mais, parce qu'elle ne possédait pas le précieux bout de papier délivré par une université, ses compétences ne comptaient presque pour rien.

Si son père avait vécu, tout aurait été différent. Avec son soutien, elle aurait achevé ses études.

Il avait trébuché sur un pavé qui dépassait de la chaussée et était tombé sous un bus dans Oxford Street. Harriet n'avait que cinq ans. L'âge des enfants qu'elle avait dans sa classe.

Sa mère n'avait jamais aimé Londres et, après la mort du père de Harriet, elle s'était empressée de déménager.

Elles s'étaient installées à Nottingham quelques mois plus tard. Sa mère avait acquis un vieux pavillon victorien grinçant de partout dans une ruelle de Lenton, un quartier qu'elle n'avait choisi que parce qu'il apparaissait dans le *Livre du Jugement dernier*, de la fin du XIe siècle.

À l'époque, Lenton n'était qu'un village – plutôt aisé, d'ailleurs. Mais, avec les années, les maisons environnantes avaient progressivement été aménagées en chambres meublées ; à présent, elles se retrouvaient cernées par des étudiants. Mais sa mère refusait catégoriquement de quitter le quartier pour quelque chose de plus petit et de plus pratique.

— On ne me sortira de cette maison que dans une caisse, aimait-elle dire en narguant Harriet.

Elle se redressa sur sa chaise et tira sur la poignée en cuivre pour lever le rideau du secrétaire à cylindre, révélant une douzaine de tiroirs et de compartiments. Un spectacle agréable à l'œil. Ce meuble lui rappelait le psychisme humain. D'une simplicité apparente, vu de l'extérieur ; mais, dès que l'on commençait à s'intéresser à ce qui se cachait sous la surface, on découvrait toutes sortes de complexités.

Harriet ne se souvenait que trop bien de ce que pouvait ressentir un enfant soumis trop tôt à une tragédie brutale, et des difficultés rencontrées pour faire face à tous les bouleversements qui s'ensuivent. La seule manière de traverser ces épreuves consistait à développer une armure invisible pour ne plus jamais souffrir. Et plus on s'y prenait tôt, plus c'était efficace.

Elle ouvrit un long tiroir étroit et en sortit une clé. Quand sa mère serait dans son bain, Harriet monterait à l'étage de la vieille maison grinçante et continuerait à préparer la chambre. Tout devait être parfait pour le moment où arriverait leur invitée. Elle avait fini par comprendre que c'était la seule manière de calmer sa mère.

En attendant, Harriet avait un coup de téléphone important à passer.

33

JOURNAL DE SURVEILLANCE

Trois ans plus tôt, 6 septembre

Chronologie
Arrivée au poste de surveillance : 14 h 30

14 h 35   Maison observée pendant dix minutes.
           Zéro mouvement.
14 h 45   Entrée dans le jardin de derrière.
14 h 48   Entrée dans la maison.
14 h 52   Début de la fouille complète de la propriété. Objets demandés trouvés.
15 h 12   Sortie de la propriété.

Départ du poste de surveillance : 15 h 16

OBSERVATIONS GÉNÉRALES

Propriété en désordre.
Pas de ligne fixe/raccordement internet.
Pas de système d'alarme ni de serrures de sécurité.
Pas de verrous aux fenêtres.
Attends instructions.

34

TONI

Trois ans plus tôt

Après que Bryony eut claqué la porte de l'agence de manière théâtrale, je m'efforçai de ne pas laisser cet incident me perturber outre mesure dans mon travail le reste de l'après-midi.

À 15 heures, Dale m'appela dans son bureau.

— Je suis désolé de la façon dont vous avez été mise en porte-à-faux aujourd'hui, Toni, dit-il. Ça ne se reproduira plus.

— Bryony est partie ? Je veux dire, vous l'avez...

L'idée qu'on ait pu renvoyer quelqu'un à cause de moi m'horrifiait.

— Non, non. (Il sourit.) Nous avons simplement eu une conversation sur les règles de déontologie qui s'appliquent à tout le personnel de cette agence, sans exception. Comme vous avez probablement déjà pu vous en apercevoir, Bryony n'aime pas qu'on lui dicte sa conduite. Elle est sacrément bonne dans son job, mais elle a parfois besoin d'être rappelée à l'ordre.

Je hochai la tête en silence.

— En tout cas, votre enthousiasme fait plaisir à voir. (Dale sourit.) Ne laissez pas cet incident vous décourager et continuez à nous faire bénéficier de toute la richesse de votre expérience.

J'acquiesçai, mais me demandai en mon for intérieur ce que Bryony aurait eu à dire à ce sujet.

— Au cours de votre entretien, vous avez fait allusion à une sorte de bouleversement dans votre vie. Je crois me souvenir vous avoir entendue mentionner des « circonstances indépendantes de votre volonté ». (Dale leva la main.) Ne vous inquiétez pas, je n'essaie pas de vous tirer les vers du nez. Mais, si un jour vous avez besoin de parler, je suis là. Un patron, c'est aussi là pour ça.

Je remuai sur mon siège.

— Merci.

— Je sais que vous avez une fille en bas âge et que vous venez de vous installer dans la région. Et, maintenant, un nouveau travail. Parfois, il faut du temps pour trouver ses marques, mais je suis sûr que vous pouvez compter sur le soutien de votre famille.

C'était gentil à lui de me manifester de l'intérêt, mais j'aurais préféré qu'il en reste là.

Quelques instants de silence me permirent de respirer.

— Oui, répondis-je. Un nouveau départ est toujours un défi.

Il me regarda.

Je ne tenais vraiment pas à avoir cette conversation, mais il était si charmant que je ne voulais pas qu'il pense avoir affaire à une ingrate. Peut-être valait-il mieux en finir maintenant.

— Mon mari est décédé il y a deux ans, dis-je d'une voix égale. Je n'ai plus que ma fille, Evie. Et ma mère, aussi. Nous sommes très proches.

— Mon Dieu, j'étais loin de me douter, Toni. (Son visage se plissa dans une expression de pitié.) Je suis sincèrement navré.

— Mais la vie continue, n'est-ce pas ? ajoutai-je d'un ton désinvolte. Il le faut bien.

Pendant une ou deux secondes, nos regards se croisèrent.

— Bien, fit Dale, qui se leva rapidement et fit le tour de son bureau pour poser la main sur mon épaule.

Je sentis la chaleur de ses doigts à travers le tissu léger de mon chemisier.

— Ma porte est toujours ouverte, sachez-le, conclut-il.

— Merci, Dale.

Je souris, respirant le parfum subtil et musqué de sa lotion après-rasage. L'espace d'une seconde, je résistai à l'envie folle de clore les paupières et d'appuyer ma tête sur sa poitrine. J'avais oublié ce que cela faisait d'avoir quelqu'un sur qui compter, quelqu'un qui était là pour vous.

Cela me manquait terriblement.

— Vous vous sentez bien, Toni ?

Il recula d'un pas et m'examina d'un air soucieux.

— Oui, bien sûr. (Je clignai des yeux en marchant vers la porte.) Encore merci.

— Un problème ? voulut savoir Jo quand je retournai dans l'agence.

— Non. (Je souris.) Dale est un type épatant, tu ne trouves pas ?

— Hmm, approuva-t-elle.

Elle s'était déjà replongée dans ce qu'affichait l'écran de son ordinateur.

Une fois à mon bureau, je continuai à lancer des regards furtifs dans sa direction. Je ne pouvais pas m'empêcher de m'inquiéter de la tournure que prenaient mes relations avec Bryony.

— Ne te fais pas de bile, me rassura Jo en voyant mon expression. Tu n'as rien à te reprocher.

Je n'avais pourtant pas cette impression.

Une demi-heure avant la fermeture, Jo nous fit un thé que nous bûmes tranquillement en terminant la journée.

— Ça fait du bien, merci, dis-je.

Je tins la tasse entre mes mains, savourant sa chaleur. Le reste de mon corps me semblait glacé, bien que le chauffage ait été allumé tout l'après-midi.

— Tu as l'air crevée, dit Jo. En rentrant, tu devrais te faire couler un bon bain chaud avec des bougies. Chouchoute-toi un peu.

— Ça me paraît compromis, marmonnai-je.

Une heure ou deux, rien qu'à moi, pour me plonger dans un livre ou prendre un bain et oublier tous mes soucis : ce genre de luxe appartenait au passé. Levant les yeux, je vis que Jo m'observait. Je la gratifiai d'un faible sourire et soulevai ma tasse pour me couvrir le visage.

— Toni, je ne veux pas mettre mon nez dans ce qui ne me regarde pas, mais est-ce que tu es une mère célibataire ? C'est juste que tu as mentionné le fait que tu venais de t'installer dans la région avec ta fille, dit Jo d'une voix hésitante. Comprends-moi bien, je ne juge pas. J'ai le plus profond respect pour les femmes qui élèvent seules leurs enfants.

— C'est mon cas. (Je souris.) Mais pas par choix. Mon mari, Andrew, est décédé.

Après avoir parlé à Dale, la dernière chose dont j'avais envie était de remettre ça sur le tapis.

— Oh, mon Dieu, je suis sincèrement désolée. (Elle posa sa tasse et mit la main sur sa bouche.) Je ne voulais pas me montrer indiscrète, je…

— Ça va, je t'assure. J'aurais préféré que ça n'arrive pas, mais qu'est-ce qu'on peut y faire, à part apprendre à vivre avec ? Même si, la plupart du temps, j'ai encore un peu de mal.

J'eus un petit rire, mais le visage de Jo resta grave.

— Je n'imagine pas ce que tu as enduré. (Elle secoua la tête.) Ce que tu *continues* d'endurer, jour après jour. Et ta petite Evie… Elle n'a que cinq ans, c'est ça ?

— Elle a fêté son anniversaire il y a deux mois, confirmai-je.

Je me rappelai la quinzaine de marmots – les amis de maternelle d'Evie – qui, ce jour-là, s'étaient déchaînés dans la piscine à balles.

Après, Evie m'avait dit : « C'était le meilleur anniversaire du monde de TOUT l'univers, maman. »

J'avais regardé ses joues rouges et ses yeux brillants en me promettant que, après notre déménagement, je lui offrirais chaque année une fête encore plus belle avec ses nouveaux amis.

À présent, je ne me sentais plus aussi confiante.

Trop polie pour continuer l'interrogatoire, Jo se posait visiblement des questions. Et ainsi, pour la deuxième fois de la journée, j'expliquai ce qui était arrivé à Andrew.

Son visage se décomposa, mais, Dieu merci, elle ne fondit pas en larmes. Sinon, je n'aurais sans doute pas pu retenir les miennes.

Une chose m'était particulièrement pénible : chaque fois que je relatais l'accident d'Andrew, les circonstances le faisaient passer pour quelqu'un d'incompétent. Je me sentais coupable rien que de formuler mentalement ce mot à son sujet ; mais, quoi que je dise aux gens et quelle que soit ma façon de le dire, tout semblait être de sa faute. Pas moyen d'ignorer que, sur le papier, il était le responsable de la mission cette nuit-là.

C'était un aspect qui continuait de me tourmenter, mais que j'avais gardé pour moi. Heureusement, personne n'avait manqué de tact au point de soulever la question.

Parfois, au petit matin, cela me rongeait de l'intérieur. Je me demandais comment il avait pu commettre une telle erreur d'appréciation.

Mais, alors que j'en parlais à Jo, j'avais juste une sensation de vide.

— Je suis navrée, Toni, dit-elle en s'essuyant les yeux avec sa manche. Je ne m'attendais pas à ça. Et je comprends ce que tu peux ressentir. Ma sœur... eh bien, elle aussi a perdu son mari en service actif, il y a quelques années. Ç'a été un enfer pour elle. Ça l'est toujours, d'ailleurs.

— Je suis désolée de l'entendre, Jo, fis-je avec une grimace de compassion.

J'espérais qu'elle n'aurait pas envie de m'en parler, parce que je ne me sentais pas la force de l'écouter.

— Je fais de mon mieux pour la soutenir, mais c'est dur, tu sais ? poursuivit Jo, le regard perdu en direction de la vitrine. Elle habite dans le Sud. Alors, je vais la voir plusieurs fois par an, quand c'est possible ; sinon, je reste en contact par téléphone ou *via* Skype. Mais je ne suis pas sûre que ce soit suffisant.

— Ta sœur a de la chance de t'avoir.

Jo haussa les épaules.

— J'ignore si le peu que je fais est efficace. Ça l'a presque détruite. Mais elle n'a pas d'enfants. Toi, tu jongles entre ton travail et ton rôle de mère. Tu m'épates.

Elle jeta un coup d'œil à la pendule.

— C'est bientôt l'heure. Je vais aller vérifier que la porte de derrière est bien fermée et tout éteindre. Tu veux bien baisser le rideau ? (Elle marqua une pause.) Une dernière chose. J'espère qu'on sera amies. Quand on se connaîtra mieux, tu pourras peut-être me présenter Evie. Et si tu as besoin d'un coup de main… Moi, je n'ai personne. En revanche, du temps, j'en ai plus qu'il n'en faut.

J'avais les joues en feu. C'était tellement gentil de sa part, mais je n'étais pas encore prête à laisser entrer dans ma vie quelqu'un que je venais à peine de rencontrer. Néanmoins, grâce à sa sollicitude et au simple fait qu'elle ait eu connaissance d'une expérience similaire, je me sentais un peu plus normale.

184

— Merci, Jo, répondis-je en souriant. Ça me touche beaucoup.

Les routes étaient encombrées en ce vendredi soir, et ma voiture progressa à une allure d'escargot pendant des kilomètres. Une grosse goutte s'écrasa sur le pare-brise ; une autre suivit, puis encore une autre. En quelques minutes, l'averse se transforma en pluie torrentielle. Les essuie-glaces furent vite dépassés par les événements. Soudain, je distinguai à peine le véhicule qui me précédait.

Dans la file qui avançait au pas, je dus baisser ma vitre pour essuyer le pare-brise à l'aide d'un vieux chiffon crasseux trouvé dans le vide-poche de la portière. Tout mon côté droit fut trempé en un clin d'œil.

Heureusement, l'épisode fut de courte durée ; mais, après la journée que j'avais connue, c'était trop.

La chaleur et la pression montèrent à l'intérieur de ma tête, et je ne pus retenir mes larmes plus longtemps. Cette horrible impression que je pensais avoir enfin laissée derrière moi, ce sentiment que tout allait de nouveau de travers, était de retour pour de bon.

J'en vins à me demander si les choses pouvaient encore s'envenimer.

35

TONI

Trois ans plus tôt

Quand j'arrivai enfin à la maison, quarante bonnes minutes plus tard que l'heure habituelle, je trouvai Evie d'humeur massacrante.

Pendant le trajet, j'avais espéré, je l'avoue, que ma mère l'aurait prise chez elle pour quelques heures après l'école. Un peu de temps à moi, pour me remettre les idées en place, n'aurait pas été de refus – surtout aujourd'hui.

— Je ne sais plus quoi faire, me chuchota maman derrière sa main.

Nous regardions Evie assembler furieusement ses Lego ; si elle ne faisait pas attention, elle allait finir par se coincer un doigt.

— Calme-toi, mon petit chou. C'est vendredi, lui dis-je d'un ton dégagé même si je me sentais probablement aussi frustrée qu'elle. Plus d'école jusqu'à lundi.

— Je ne veux pas y retourner. Plus jamais, répondit-elle d'un air renfrogné. Ça ne me plaît pas, là-bas.

— Qu'est-ce qui ne te plaît pas, Evie ?

Pas de réaction.

— Je ne peux pas t'aider si tu ne me dis rien, insistai-je alors que mon rythme cardiaque montait d'un cran. Un de tes camarades de classe est méchant avec toi ?

— Ça ne me plaît pas, c'est tout, répéta Evie. Je déteste cette école. Je déteste tout le monde, là-bas.

Ma mère se tourna vers moi.

— Le fait que tu aies repris le travail n'arrange pas les choses, Toni.

— Maman, s'il te plaît.

— C'est vrai, enfin. Evie a besoin de stabilité, en ce moment. Tu dois penser à elle, pas à ta carrière.

— Quelques heures à temps partiel, je n'appelle pas vraiment ça une « carrière », répliquai-je sèchement. Mais j'ai des factures à payer. En plus, j'emmène Evie à l'école tous les jours ; tous les enfants n'ont pas cette chance.

— C'est vrai. Mais tous n'ont pas eu à endurer la même chose qu'Evie. Tu dois…

— Maman, la coupai-je, laisse tomber. S'il te plaît.

Ma mère savait toujours tout mieux que moi : comment mener ma vie, comment élever ma fille… La liste était interminable.

— Je rentre, dit-elle avec brusquerie en se levant et en attrapant son sac. Je vois bien que je dérange. Au revoir, Evie, ma chérie. Mamie t'appellera demain.

Elle envoya un baiser à travers la pièce, mais Evie ne réagit pas.

— Maman, ne prends pas la mouche, je ne voulais pas…

Elle passa devant moi d'un pas raide et claqua la porte en sortant.

Mon cou était douloureux ; je me sentais nauséeuse ; j'avais chaud.

Je regardai avec envie mon sac, imaginant le soulagement qui m'attendait à l'intérieur, dans la poche à fermeture Éclair.

C'était le week-end. J'avais eu une semaine éprouvante, à tout point de vue, mais je n'avais ni à conduire ce soir ni à rester attentive pour mon travail. Je pouvais enfin me détendre.

J'étais tellement sur les nerfs ; un peu d'aide me ferait du bien. Où était le mal ?

Le fait que ce soit encore l'après-midi me retenait tout de même. Ce serait comme de boire un verre en milieu de matinée. Seuls les alcooliques faisaient cela. Maureen, l'ancienne patronne de l'agence immobilière où je travaillais, s'éclipsait tous les matins dans l'arrière-boutique, réglée comme une horloge.

À son retour, les pastilles à la menthe ne couvraient pas l'odeur d'alcool dans son haleine, mais elle était tellement plus relax après ses premières lampées de la journée. C'était devenu un sujet de plaisanterie pour le reste du personnel et, à l'époque, je n'avais pas vraiment compris pourquoi Maureen se comportait ainsi.

À présent, je comprenais.

Quand elle avait pris sa retraite, j'avais postulé avec succès pour la remplacer. Je me demandai où elle était maintenant, et si elle avait toujours besoin de son petit coup de pouce du milieu de matinée.

Parfois, j'avais l'impression de devenir comme elle.

En même temps, j'étais loin – très loin – d'avoir un problème aussi grave que l'avait de toute évidence été celui de Maureen. Un comprimé de temps à autre ne comptait pas vraiment. Je n'étais pas dépendante. À la fin, les médecins avaient administré à Andrew de telles doses qu'il ignorait le plus souvent quel jour on était. Une manière comme une autre de rendre la douleur supportable pour le peu de temps qui lui restait.

Les pharmaciens avaient toujours fourni ses médocs comme des bonbons, sans poser de questions. Je n'avais aucune raison de croire que cela changerait ici, à Nottingham, si je voulais continuer à utiliser ses ordonnances.

Je me demandais quelquefois si l'État ne préférait tout simplement pas épargner au public la vue de gens comme Andrew, les faisant peu à peu disparaître dans une bulle médicamenteuse. À cette époque, j'avais presque envié à Andrew son bouclier chimique invisible. Ce tampon qui l'isolait de la souffrance et du traumatisme du monde réel.

Je prendrais bien un comprimé maintenant.

Baissant les yeux sur mes doigts, je m'aperçus que je m'étais rongé certains ongles jusqu'au sang. Un tel niveau d'anxiété n'était pas souhaitable. Si je n'agissais pas tout de suite, j'allais avoir du mal à fonctionner normalement.

Je défis la fermeture Éclair de la petite poche dans mon sac et sortis un comprimé pour calmer mes nerfs à vif. Juste un.

J'en avais besoin pour tenir le coup en ce moment, je n'avais pas honte de l'admettre. Même la personne la plus équilibrée a le droit de s'appuyer sur une béquille de temps à autre. Mais pas question que les employés d'un cabinet médical fourrent leur nez dans ma vie privée pour en faire des gorges chaudes. Je ne voulais d'ailleurs pas qu'on me prescrive des antidépresseurs. J'avais entendu trop d'histoires horribles sur des gens devenus accros et transformés en zombies.

En apparence, la société semblait de plus en plus ouverte et tolérante face à la maladie mentale ; mais, en privé, on continuait à chuchoter des mots comme « cinglé » ou « taré » dans le dos de ceux qui en souffraient.

Dans le milieu professionnel, cela restait considéré comme une maladie honteuse. Les employés qui produisaient un certificat médical pour dépression ou troubles anxieux passaient encore, aux yeux de certains patrons, pour des tire-au-flanc. Voilà pourquoi je n'étais pas prête à faire appel à un médecin.

Je regardai Evie, qui assemblait ses briques sans enthousiasme. Elle s'était calmée après le départ de maman, mais son silence ne lui ressemblait pas.

Je ressentais vivement la souffrance d'Evie, comme de fines aiguilles me piquant la peau. Je ne supportais pas de la voir si malheureuse. Ce n'était pas ce que j'avais prévu en déménageant ici.

Sur un coup de tête, je pris mon portable et sortis de mon sac la lettre de Tara, avant de composer son numéro. Elle décrocha à la troisième sonnerie.

— Je suis tellement contente de t'entendre, j'en pleurerais, fit-elle d'une voix entrecoupée.

Son entrée en matière, si sentimentale, nous fit éclater de rire. Il nous fallut à peine cinq minutes pour oublier les années écoulées et nous retrouver, comme avant.

J'évoquai ma pénible journée.

— Tu sais, Toni, toi et moi, on en a suffisamment bavé pour ne pas se laisser impressionner par ce genre de petits désagréments au boulot. Contente-toi d'ignorer ta garce de chef.

C'était un bon conseil… pour les moments où je me sentais le courage de le suivre.

Je tentai d'aborder le sujet de sa maladie, sa sclérose en plaques.

— Pas maintenant, dit-elle fermement. Pour l'instant, je veux tout savoir sur Evie et toi, et sur votre nouveau départ.

Je lui parlai donc de notre maison minable, de ma mère qui me rendait folle et, plus généralement, de tout ce que je faisais de travers – mais, cette fois, en choisissant d'en rire avec elle. Vingt minutes plus tard, au moment de raccrocher, j'eus l'impression de sortir d'un massage relaxant, après m'être soulagée de mon fardeau sur Tara. Mon cœur avait retrouvé un rythme plus régulier et mes idées se remettaient peu à peu en place.

Evie paraissant absorbée par son petit monde, je montai au premier. Si je parvenais à progresser dans l'aménagement de cette maison, le sentiment d'avoir accompli quelque chose remplacerait peut-être le mauvais pressentiment qui s'emparait de moi chaque fois que j'introduisais la clé dans la porte.

En voyant les sacs-poubelle qui s'entassaient dans ma chambre, mon premier réflexe fut de faire demi-tour, mais je ne cédai pas. Cela ne m'avancerait à rien.

Je fis un pas en avant, avec une détermination que j'étais loin de posséder. Je me figeai et regardai autour de moi, mes yeux explorant la moindre parcelle d'espace.

Quelque chose semblait différent.

Au premier abord, rien n'avait changé, mais… je ne sais pas, quelque chose dans l'air ambiant…

Quand j'avais emballé nos affaires, j'avais fermé les sacs-poubelle en faisant des nœuds. À présent, certains étaient défaits. La peau de mes bras me picota.

Je jetai un coup d'œil à l'intérieur. À première vue, il ne manquait rien. En même temps, il était difficile d'avoir une certitude avec tout ce bazar. Toutes sortes de choses étaient tombées quand les sacs avaient été transportés à l'étage depuis le salon.

Je secouai piteusement la tête devant mon imagination débordante. Peut-être sombrais-je progressivement dans la folie… Bientôt, mon entourage se mettrait à hocher la tête et à sourire avec indulgence, avant d'échanger des regards soucieux dès que j'aurais le dos tourné.

Je fermai la porte et redescendis au rez-de-chaussée, me tenant à la rampe de l'escalier. La dernière marche me parut un peu floue, vue d'en haut.

J'éprouvais un profond soulagement que la première semaine de classe d'Evie soit enfin derrière nous. Avec un peu de chance, le week-end nous donnerait l'occasion de passer un peu de temps ensemble et, une fois qu'elle serait plus détendue, j'aborderais de nouveau le sujet de l'école – en douceur. En l'amadouant, j'étais sûre de pouvoir l'amener à me révéler ce qui n'allait pas. Les premières semaines, dans n'importe quelle nouvelle situation, étaient toujours un mauvais cap à franchir : tout le monde le savait. Evie ne faisait pas exception, et je m'inquiétais probablement pour rien.

C'était mon problème : je m'inquiétais beaucoup trop, et à propos de *tout*.

Alors que je reprenais juste le polar que je venais à peine d'entamer, le téléphone sonna.

Je saisis le combiné sans fil.

— Allô ?

— Madame Cotter ? Harriet Watson à l'appareil, de l'école St Saviour. Je vous appelle simplement pour faire un point sur la première semaine d'Evie.

— Oh, bonsoir.

Je me levai pour m'isoler dans la cuisine, fermant la porte derrière moi. Même si une partie de moi se demandait pourquoi la maîtresse d'Evie téléphonait, le comprimé miracle commençait à faire effet. Je me sentais détendue et prête à avoir cette conversation.

— Tout va bien, j'espère ?

Il y eut un silence, comme si Harriet attendait que je dise autre chose.

— La semaine a été assez calme, poursuivit Mlle Watson. Evie est plutôt réservée, elle ne participe pas beaucoup et se mêle assez peu à ses camarades. Mais je suis certaine qu'elle trouvera rapidement ses marques.

— Elle ne semble pas s'être fait d'amis. (Sans prévenir, mes yeux se mirent à me piquer.) Elle était de nouveau dans tous ses états en rentrant aujourd'hui ; elle a encore dit qu'elle ne voulait pas retourner à l'école lundi. Mais elle refuse de m'expliquer pourquoi.

— Apparemment, Evie a moins de facilité à s'intégrer que nous ne l'avions anticipé, reconnut Harriet. J'appelais justement pour vous informer que je l'ai incluse dans mon petit groupe de travail, où elle pourra bénéficier d'une attention un peu plus personnalisée. Si cela vous convient, bien sûr.

— C'est très gentil à vous, mademoiselle Watson, dis-je avec gratitude. Merci.

— Je ne voudrais pas vous donner l'impression de me mêler de ce qui ne me regarde pas, mais l'expérience m'a montré qu'il était très important de faire tout ce qui est en notre pouvoir à l'école pour aider les enfants à s'adapter dès le départ, en particulier quand… quand ils ont rencontré des difficultés sur le plan familial, dit Harriet. J'ai l'intention d'animer une série d'ateliers après les cours, deux ou trois fois par semaine. Il s'agira de séances en tête à tête, conçues pour développer la confiance en soi et la sociabilité, et pour préparer les enfants aux défis qui les attendront plus tard. Je ne peux prendre qu'un ou deux élèves, mais j'ai d'ores et déjà sélectionné Evie, parce que je crois que cela lui fera énormément de bien. Si vous êtes d'accord, bien entendu.

Il y eut quelques secondes de silence, le temps que j'absorbe ce qu'elle m'avait dit.

— Absolument, répondis-je enfin. Merci encore, ça me semble parfait.

Je sentis mes épaules libérées d'un poids. Voilà quelqu'un qui essayait de m'aider, plutôt que de dresser un obstacle de plus sur ma route.

Je l'écoutai me donner davantage de détails sur ces fameux tête-à-tête.

— Il est préférable que vous cessiez de lui poser des questions à propos de l'école, poursuivit Harriet. Nous lui expliquerons qu'elle a été spécialement choisie pour ce programme extrascolaire, ce qui est le cas, et, avec un peu de chance, nous observerons les premiers résultats dès la semaine prochaine.

Cette femme semblait réellement comprendre ma fille. En moins de huit jours, elle avait remarqué les réticences d'Evie en classe et avait déjà pris des mesures pour y remédier. J'éprouvai une profonde gratitude.

— Merci beaucoup pour votre aide. En ce moment, les choses sont un peu difficiles à la maison, et j'apprécie vraiment...

Ma voix s'entrecoupa.

— N'en dites pas plus. Je comprends, madame Cotter, fit Harriet d'un ton apaisant. Je reprendrai contact avec vous pour vous indiquer les jours où vous devrez chercher Evie un peu plus tard.

— J'informerai ma mère, dis-je.

— Pardon ?

Je restai silencieuse. L'espace d'une seconde, je ne parvins pas à retrouver le fil de notre discussion.

— Madame Cotter ?

Puis ça me revint.

— Oui, c'est moi qui conduis Evie à l'école tous les matins, mais c'est sa grand-mère qui la reprend l'après-midi, expliquai-je. Je travaille jusqu'à 17 heures.

— Je vois, répondit Harriet d'une voix un peu tendue. Peut-être pourriez-vous aménager vos horaires ? Nous devons faire un effort toutes les deux, vous et moi. C'est très important pour l'intégration d'Evie.

— Oui, bien sûr, me hâtai-je d'acquiescer, honteuse. Je demanderai à mon employeur. Mais, comme je viens de commencer, ce sera probablement ma mère pendant un certain temps.

Quand Harriet raccrocha, je ne tenais plus en place. Comme le faisait maman, elle m'avait donné le sentiment de privilégier égoïstement ma carrière au détriment de ma fille. J'aurais dû lui dire de se mêler de ses affaires.

Je secouai la tête pour dissiper cette impression que tout le monde en avait après moi. Au moins Harriet Watson essayait-elle de m'aider. Même si nous n'avions rien en commun, une partie de moi sentait qu'elle me comprenait. Qu'elle savait ce que j'avais eu à endurer avant d'arriver là.

36

L'INSTITUTRICE

Trois ans plus tôt

Harriet replaça le téléphone sur sa station de charge et se tourna vers la porte où se tenait sa mère.

— Quand ? demanda la vieille femme d'une voix rauque, clopinant jusqu'à la table où Harriet était assise. Quand est-ce que tu auras tout réglé ?

— Bientôt, répondit Harriet. Je n'arrête pas de te le répéter, mère. Très bientôt.

— Je l'espère pour toi. J'ai déjà été très patiente, alors ne pense pas t'en tirer avec des promesses. Elle a besoin de nous.

Harriet regarda sa mère sortir de la pièce avec raideur. De dos, on aurait dit une goule en chair et en os, les cheveux serrés dans un chignon transparent, sa chemise de nuit légère flottant au-dessus du sol. Presque une vision de circonstance, à quelques semaines de Halloween.

Sous peu, Harriet monterait discrètement procéder à quelques ultimes préparatifs dans la chambre au dernier étage. Elle avait conscience que ce n'était pas la bonne chose à faire. Mais, quand mère avait une idée en tête, rien ne pouvait l'en dissuader ; elle était bien placée pour le savoir.

Harriet tendit l'oreille, jusqu'à ce que le bruit du monte-escalier s'atténue et qu'elle perçoive les pas de sa mère sur le palier. La porte de la chambre s'ouvrit et se referma.

Silence.

Puis un couvercle de poubelle claqua dans le jardin derrière la maison des voisins ; de jeunes étudiantes passèrent dans la rue en riant, pleines d'une confiance en soi que Harriet n'avait personnellement jamais éprouvée.

Parfois, dans les moments de calme, elle se demandait ce que lui réservait l'avenir. Quand sa mère aurait disparu et qu'elle se retrouverait seule dans cette immense et vieille baraque.

Elle aspirait à un nouveau départ. Une famille à elle. Surtout un enfant, pour lui offrir l'amour et l'affection qu'elle n'avait jamais connus elle-même, mais qu'elle avait vu d'autres gens témoigner à leur progéniture.

Certaines personnes semblaient incapables d'apprécier ce qu'elles avaient. À ses yeux, elles méritaient qu'on leur prenne ces choses précieuses pour les donner à quelqu'un qui en prendrait soin et les aimerait.

Quelqu'un comme Harriet.

37

EVIE

Trois ans plus tôt

Evie n'arrivait pas à fermer l'œil. Allongée dans son lit, elle fixait l'obscurité. La nouvelle veilleuse étoilée que lui avait offerte mamie pour son anniversaire était censée rendre la nuit moins effrayante. C'était du moins ce que prétendait l'emballage. Mais, pour elle, cela ne changeait rien du tout.

Maman avait expliqué à Evie qu'elle était très, très fatiguée. Elles s'étaient couchées à la même heure, alors que maman était une adulte. Evie avait remarqué qu'elle la regardait de nouveau comme si elle ne la voyait pas vraiment.

Maman dormait déjà. Evie le déduisait de sa respiration, qu'elle entendait distinctement parce que les portes de leurs chambres avaient été toutes les deux laissées entrouvertes. Parfois, les cris de maman la réveillaient en pleine nuit. Alors Evie allait voir, et maman lui disait : « Qu'est-ce qui t'arrive, mon petit chou ? Tu as fait un mauvais rêve ? » Et Evie répondait : « Non, c'était toi. » Et maman disait : « Ah, tu as fait un mauvais rêve à propos de maman ? »

Evie ne savait pas exactement comment lui expliquer,

et elle se sentait toujours si fatiguée au milieu de la nuit qu'elle préférait tout simplement retourner au lit.

Une respiration lente et profonde signifiait que maman dormait bien.

Elle ne s'apercevrait de rien si Evie se glissait hors de son lit pour descendre grignoter un biscuit ou boire un verre de jus d'orange comme elle le faisait parfois, même si elle n'avait pas le droit d'en prendre plus d'un avant d'aller faire dodo, parce que maman disait qu'elle ferait pipi toute la nuit.

Maintenant, il faisait vraiment très noir, comme quand elle se couvrait les yeux avec son doudou. Dans son ancienne chambre, il y avait des réverbères dans la rue. Pas ici.

Elle tâcha de se concentrer sur les minuscules étoiles qui constellaient le plafond, mais elles semblaient ternes, pas scintillantes ou brillantes comme dans son ancienne chambre. Evie se demandait quelquefois si, depuis les vraies étoiles dans le vrai ciel, papa veillait sur elle pendant qu'elle dormait. Mamie lui avait garanti que oui.

— Mais comment tu es sûre ? avait voulu savoir Evie à plusieurs reprises.

— Pour moi, il n'y a aucun doute possible ma chérie. Ton papa veille *toujours* sur toi, nuit et jour, répondait invariablement sa grand-mère.

Parfois, l'idée que son père la surveille en permanence l'inquiétait un peu. Ainsi, quand elle avait volé un biscuit avant le repas du soir, ou encore la fois où elle avait fait manger deux friandises à Igor, le chat de mamie, alors que celle-ci lui avait expliqué que ça pouvait lui donner la diarrhée. Evie ne voulait surtout pas décevoir son papa.

Elle n'aimait pas cette nouvelle maison ; elle avait l'impression d'étouffer. Et elle était tellement silencieuse la nuit, comme si tout était mort.

Dans leur ancienne maison, les conduites grinçaient et il y avait des bruits rassurants dans la grande rue toute proche. Elle ne s'était jamais sentie seule, là-bas. Parfois, quand elle jouait avec ses Lego, Evie imaginait que papa était toujours là, derrière elle, dans son fauteuil, en train de regarder Sky Sports ou de lire son magazine de cyclisme.

Elle ne pleurerait pas. Non, pas question.

Pleurer, c'était bon pour les bébés : c'était ce que disaient tout le temps les autres enfants à l'école.

Evie gardait de vagues souvenirs de maman et papa l'emmenant manger une pizza au restaurant pour lui faire plaisir. Ou d'elle et papa allant nager, quand maman voulait lire en paix.

Tout ça s'était arrêté, bien sûr, après l'accident. Et, maintenant, papa ne rentrerait plus. Plus jamais.

D'abord, mamie lui avait promis que papa allait guérir à l'hôpital en Afghanistan et qu'il serait « complètement rétabli », mais ce n'était pas ce qui s'était passé.

Puis, mamie n'avait plus rien dit, et plus tard… c'est là que maman lui avait expliqué que papa était parti chez les anges. Tout était allé si vite.

Mamie et maman avaient toujours dit qu'elle pouvait aller parler de l'accident de papa à la gentille dame à l'hôpital. Si elle le souhaitait, Evie pouvait aussi leur parler, à *elles*, de ce qu'elle ressentait et de la façon dont tout avait changé. Mais elle n'en avait pas envie.

Evie n'aimait pas parler aux gens de ce qui la rendait triste. Elle ne s'était pas encore fait d'amis dans sa classe, et elle n'aimait pas Mlle Watson et ses questions dans cet épouvantable petit groupe.

Mlle Watson disait à Evie qu'elle voulait que tout le monde apprenne à la connaître parce qu'elle était nouvelle dans la région. Elle disait aussi qu'Evie devait être sage à la maison pour aider sa maman. Mais ses questions l'avaient fait se sentir toute drôle à l'intérieur, comme si on lui avait aplati au fer à repasser son joli petit cœur rose et gonflé. Maintenant, elle avait l'impression qu'une crêpe grise pendait dans sa poitrine.

C'était vraiment difficile de faire comprendre les choses à des adultes. Alors, Evie préférait se taire. Aujourd'hui, en rentrant de l'école, elle était bouleversée, mais elle avait bien vu que maman la regardait comme si elle était déçue.

Evie n'avait pas su ce qui se passerait. Elle n'avait pas su que papa tomberait dans un précipice et serait tout cassé en mille morceaux. Dans son ancienne école, quelqu'un avait piétiné l'Action Man d'Arthur Chapman pendant la récréation et Mlle Bert avait dû le jeter, parce qu'on ne pouvait pas le réparer.

Quand la cloche avait sonné la fin de la classe aujourd'hui, elle avait été si contente que ce soit vendredi et qu'elle n'ait plus à retourner dans cette horrible école pendant deux jours. Mais, ensuite, maman était allée répondre au téléphone dans la cuisine. Après,

202

elle était revenue au salon avec ce sourire qu'elle a toujours quand elle veut faire croire à Evie qu'elle va aimer quelque chose qui ne va pas lui plaire.

Elle avait annoncé à Evie qu'elle avait été spécialement choisie pour participer à un club, après la classe, *seule* avec Mlle Watson.

— Tout se passera bien. (Maman avait serré sa main un peu trop fort, et ses yeux avaient de nouveau été embrumés, comme si elle avait du mal à voir Evie correctement.) Mlle Watson croit en toi, Evie. Elle veut t'aider à t'adapter.

Evie ne s'adapterait jamais. Ni à cette maison, ni à St Saviour.

Elle en était persuadée.

38

La chambre paraît parfaitement tranquille, mais quelque chose a changé dans l'air. Quelle que soit la personne qui a très discrètement ouvert et fermé la porte, elle est toujours là. Je sens sa présence.

Il y a un long silence, pendant lequel les murs semblent se rapprocher. J'ai l'impression de respirer plus difficilement. Bien sûr, avec la machine, impossible de vraiment savoir.

Quand je l'entends enfin, sa voix me paraît plus rauque que dans mon souvenir.

— J'ai appris ce qui s'est passé, mais j'avais besoin de le voir pour le croire.

Quelques pas feutrés en provenance de la porte. C'est presque inaudible, mais je suis sensible au moindre frottement, même étouffé, de semelles souples sur le sol dur. Mon ouïe est plus fine qu'avant, comme si mon corps cherchait à compenser le fait que toutes mes autres fonctions physiologiques soient devenues inutiles à la suite de mon attaque ou de la pathologie, quelle qu'elle soit, qui m'a paralysée depuis.

Je perçois un souffle ; elle s'est encore approchée de mon lit, mais je ne la vois toujours pas.

— Ce qui est arrivé à Evie est entièrement votre faute.

Derrière la voix apparemment calme, je discerne un léger tremblement ; derrière l'assurance de façade, une certaine inquiétude.

C'est vrai. C'est ma faute si Evie a été enlevée. Je n'ai pas besoin d'*elle* pour me le rappeler. D'ailleurs, plus que quiconque, elle a sa part de responsabilité. Je n'aurais jamais dû l'écouter. Ses mots sont un poison.

Dans ma cage thoracique, mon rythme cardiaque s'emballe ; pis, je sens la nausée monter dans ma poitrine. Si je régurgite ma nourriture liquide, je risque de m'étouffer avant l'arrivée des infirmières.

J'entends de nouveau l'infime bruissement. Elle se déplace, mais frôle les murs, restant volontairement hors de mon champ de vision.

Après un dernier pas, elle apparaît enfin sur ma droite.

Un halo de couleurs non identifiables, à côté de ma tête, un peu en retrait.

Si seulement je pouvais faire pivoter mes yeux, juste…

— Vous ne pouvez pas bouger, si j'ai bien compris, pas même d'un millimètre, poursuit-elle. On ignore si vous êtes capable de voir ou d'entendre, mais j'ai tout de même des choses à vous dire. (Elle change légèrement de position.) À vous montrer, aussi.

Je n'aime pas son ton.

Je me mets à rouler violemment la tête, les doigts de ma main gauche se tendent à en avoir mal en direction du bouton d'urgence qui pend au bout d'un cordon à quelques centimètres de là.

Je m'époumone pour attirer l'attention de l'infirmière, afin qu'elle me débarrasse de l'intruse.

Mais bien sûr, dans le monde réel, je reste complètement immobile, passive.

Maintenant qu'elle a cessé de parler, il n'y a plus que le tic-tac de la pendule, le souffle rauque du respirateur et l'air épais, écœurant, qui se dépose à la surface de ma peau, tel un vernis toxique.

Je me demande comment elle est entrée. Les infirmières font-elles seulement attention aux allées et venues dans ma chambre ? Le personnel médical passe trois ou quatre fois par jour pour procéder à différentes mesures et relevés, et s'assurer que le respirateur fonctionne correctement. Plus les brèves visites de la docteure Shaw et du docteur Chance.

La fille de salle est venue tôt ce matin pour un rapide coup de balai à franges sous mon lit, laissant derrière elle un air chargé du désinfectant âcre qui m'irrite la gorge. Une de ses collègues l'imitera plus tard.

Aucune d'elles ne prendra un moment pour me regarder vraiment. Personne ne me parlera. Sauf, bien sûr, si la gentille infirmière est de nouveau de service.

Mais, pour l'instant, je suis seule avec quelqu'un que je croyais ne jamais revoir. Quelqu'un avec qui j'espérais ne plus jamais respirer le même air.

Evie, je chuchote.

— Vous continuez de penser à Evie ? À ce que vous avez fait ?

Tous les jours. Sans exception.

— Vous n'aviez qu'une chose importante à faire : prendre soin d'elle. (Le halo de couleurs s'approche.) Vous croyiez être à la hauteur ? C'est ridicule. Personne ne l'a enlevée. Vous l'avez abandonnée.

Je ne l'ai pas abandonnée, crié-je. *On l'a enlevée. Quelqu'un a pris Evie.*

Puis, soudain, elle est juste à côté de moi et son visage est au-dessus du mien. Ses yeux fixent les miens, ses lèvres sont serrées en une grimace terrible, entre haine et colère.

Elle ramène le bras en arrière avant d'agiter la main devant moi. L'espace d'un instant, je pense qu'elle va me frapper, mais je m'aperçois qu'elle tient quelque chose entre ses doigts, quelque chose de blanc et de rigide.

Elle finit par approcher le bout de carton. Une photographie d'Evie. Son beau visage est plus âgé ; ses yeux d'azur sont des lacs de tristesse. La tache de naissance en forme de fraise est partiellement visible dans son cou.

Je ne l'ai pas vue depuis trois ans ; elle en avait cinq, alors. Sur la photo, elle en paraît huit.

Une force rayonne depuis mon plexus solaire. Je la sens monter dans mon corps, ma poitrine, ma gorge, et brusquement elle est là, qui envahit ma tête, tel un explosif liquide.

Et je cligne des yeux.

Pour de vrai.

Au-dessus de moi, les traits de l'intruse se figent, puis semblent se décomposer. Elle recule, stupéfaite.

— Mais… vous ne pouvez pas bouger… ils ont dit…

Sa voix s'éloigne et se rapproche. Son visage surgit devant moi. Elle pense qu'elle a pu l'imaginer et elle tient à vérifier.

J'ai vraiment cligné des yeux. Je tente de remettre ça, mais rien ne se passe.

Je ferme les paupières en serrant fort, ou du moins j'essaie. Mais elles restent figées à leur place et, une fois de plus, je ne bouge que dans ma tête.

Je cligne des yeux à plusieurs reprises. En succession rapide. Une véritable rafale.

Rien ne se produit.

J'ignore comment j'y suis arrivée la fois où ça a marché, en quoi c'était différent. Je ne sais pas comment le refaire.

La porte s'ouvre. L'intruse sursaute et regarde derrière elle.

— Madame McGovern ? (C'est la voix du docteur Chance.) Les infirmières m'ont prévenu de votre présence.

Mon cœur semble bondir dans ma gorge.

Dites-lui ! crié-je. *Dites-lui que je viens de cligner des yeux !*

— Oui, répond-elle en se détournant de moi. Ravie de vous rencontrer. Je suis sa sœur.

— Je suppose que quelqu'un vous a informée de son état actuel ?

Je n'ai pas de sœur.

— Ou... oui, fait-elle d'une voix entrecoupée par l'émotion.

Quelle actrice.

— Son absence totale de mouvement nous préoccupe beaucoup. Votre sœur est incapable de respirer ou d'avaler sans assistance. (Il marque une pause.) Très bientôt, il faudra prendre de graves décisions.

Dites-lui que j'ai cligné des yeux. Dites-le-lui, je vous en supplie.

— Bien sûr, je comprends. Quelle tristesse, ajoute-t-elle en reniflant. (J'entends le bruissement d'un mouchoir en papier qu'on extrait précipitamment d'un sac à main.) Je lui ai parlé et je l'ai bien observée, mais rien, aucune réaction. J'ai l'impression qu'elle n'est plus parmi nous. C'est comme si elle est déjà partie.

— En effet, dit le docteur Chance à voix basse. Et peut-être vaut-il mieux y penser de cette manière.

Je suis là, crié-je. *Je suis toujours là !*

— Si vous voulez bien me suivre, madame McGovern, nous serons plus à l'aise pour discuter dans mon bureau. La docteure Shaw, ma collègue, pourra peut-être se joindre à nous.

La porte s'ouvre. Et se referme.

Et je me retrouve seule.

Entre le tic-tac de la pendule et les halètements de la machine que je ne remarque presque plus, la chambre est silencieuse.

La lumière baisse. Maintenant que le soleil s'est déplacé sur le côté du bâtiment, la pièce redevient froide et clinique.

La masse indistincte des feuilles balaie le verre lorsque le vent soulève la branche vers la fenêtre. Sur mon visage, elles me piqueraient et me griffreraient ;

mais, depuis mon lit, elles semblent douces et étouffées. Comme la respiration d'Evie pendant la nuit.

Fixant le plafond blanc laqué de mon regard flou, je tente une nouvelle fois de cligner des yeux. Rien ne se produit. Cette sensation de saturation explosive dans ma tête a disparu. Je me sens complètement vide, privée de vie.

Je projette au plafond la photo d'une Evie plus âgée. L'intruse l'a agitée devant moi à peine quelques secondes, mais cela a suffi pour que je la grave dans mon esprit. Je me représente les joues rondes et lisses d'Evie et le doux reflet de ses cheveux tombant en cascade sur les épaules de sa robe écossaise rouge au col en dentelle blanche. J'efface les larmes interminables saisies par le flash.

J'essaie de faire comme si je n'avais pas vu la peur et la tristesse dans ses yeux, et c'est pourtant ce qui m'obsède.

Je me répète les paroles cinglantes de l'intruse : « Vous n'aviez qu'une chose importante à faire : prendre soin d'elle. »

Je sais que je suis entièrement responsable de ce qui est arrivé à Evie.

Tout était ma faute.

39

L'INSTITUTRICE

Trois ans plus tôt

Harriet Watson avait nourri certains soupçons à l'encontre de la mère d'Evie Cotter. Mais, à présent, elle était entièrement convaincue qu'ils étaient fondés.

Elle avait d'abord remarqué l'étrange somnolence de Mme Cotter le jour de sa visite. Pendant qu'elles prenaient le thé à la cuisine, leur conversation avait été parsemée de silences distraits – pas plus d'une ou deux secondes chaque fois – de la part de la mère d'Evie.

Peut-être que les factures impayées et les relevés de cartes de crédit avaient quelque chose à y voir. Dès qu'elle s'était aperçue de leur présence sur la table, Toni s'était hâtée de les mettre de côté.

Néanmoins, Harriet n'avait pas été *absolument* certaine de l'état de dépendance de Toni Cotter.

Mais aujourd'hui, au téléphone, elle avait clairement eu du mal à articuler. Harriet elle-même avait hésité à continuer la conversation, dans l'attente d'une explication qui n'était jamais venue. Toni s'était tue, jusqu'à ce qu'elle reprenne l'initiative. De toute évidence, elle n'avait pas conscience de son état. D'ailleurs, c'était ce qui l'avait trahie. Alors que l'appel se poursuivait,

Toni avait eu un comportement très émotionnel, pour finir presque au bord des larmes. Harriet avait donc préféré abréger la communication.

Elle replaça le téléphone sur sa station de charge et s'assit sur un tabouret. De l'autre côté de la fenêtre de la cuisine, son regard se posa sur la pourriture humide qui s'attaquait à la clôture de la maison d'à côté.

De son poste d'observation, elle pouvait voir deux chaussettes dépareillées qui pendaient à la corde à linge des voisins depuis des mois, par tous les temps. Le coton avait commencé à s'effilocher ; bientôt, il n'en resterait rien.

Une quinzaine d'années plus tôt, la maison d'à côté avait été aménagée en quatre studios pour étudiants avec cuisine et salon communs. Harriet se rappelait l'époque de M. et Mme Merchant, quand tout était encore impeccable : les clôtures régulièrement traitées à la créosote, des plates-bandes sans mauvaises herbes qui empiétaient jusque sur l'étroite allée en façade.

De nos jours, trop de gens semblaient considérer l'entretien d'une maison et d'un jardin comme une sorte de passe-temps désuet, pensa Harriet. Même le nouveau domicile des Cotter, pourtant à peine plus grand qu'une boîte à chaussures, aurait eu terriblement besoin d'un bon coup de balai.

Si ses soupçons étaient avérés, Harriet doutait que Toni soit réellement capable de mettre de l'ordre chez elle et de fournir à sa fille un foyer stable.

Harriet continua à regarder par la vitre éclaboussée de pluie, mais maintenant elle ne voyait plus rien. Son esprit avait d'autres préoccupations. Que devenait la petite Evie pendant que sa mère déambulait dans un brouillard médicamenteux ? Quel genre de médecin était assez inconscient pour distribuer des calmants comme des Smarties à une jeune femme visiblement en bonne santé ?

Ses responsabilités lui tenaient à cœur. Comme elle avait déjà décidé de prendre Evie sous son aile, elle ne pourrait pas fermer les yeux sur le comportement de sa mère. De toute évidence, elle était tombée sur une situation assez inhabituelle, en ce sens que Mme Cotter avait autant besoin de son aide que son enfant.

Harriet avait la ferme intention de découvrir ce qui se passait exactement derrière la porte du 22 Muriel Crescent, à l'abri des regards.

À son avis, cela s'apparentait à de la négligence pure et simple.

40

TONI

Trois ans plus tôt

Je n'eus aucun contact avec ma mère le samedi. Elle appela mon portable pendant que je me trouvais à l'étage ; Evie répondit et lui parla brièvement. Je n'étais pas inquiète ; elle se manifesterait dès qu'elle serait revenue à de meilleures dispositions.

Refusant de me morfondre toute la matinée, je décidai d'emmener Evie à Hucknall.

— Tu me montreras où tu travailles ? me demanda-t-elle, ravie.

Sa bonne humeur et son sourire faisaient plaisir à voir – un heureux changement.

— Bien sûr, mon petit chou, répondis-je. Tu pourras même dire bonjour aux collègues de maman.

Remarquable par son statut de dernière demeure du poète Byron, Hucknall était aussi un ancien bourg prospère où il était agréable de faire ses courses. C'était à la fois beaucoup plus petit que Nottingham, et plus attirant que Bulwell – pour ce que j'en avais vu. Un aller-retour dans la matinée me permettrait de faire d'une pierre deux coups : distraire Evie et faire un peu de shopping.

Après avoir garé la voiture dans la ruelle habituelle près de l'agence, je me dirigeai vers le centre avec Evie, main dans la main. Je me sentais tellement fière de ma fille et de son trop-plein d'énergie : elle était intelligente, elle avait de la conversation, les questions se succédaient sur ses lèvres. Je reconnaissais enfin mon Evie. Enjouée, dynamique. Et ce n'était pas un hasard si cette Evie-là attendait le week-end pour apparaître. Quand il n'y avait pas école.

Nous flânâmes un peu en cheminant dans l'activité grouillante de High Street. Une brise glaciale nous giflait parfois les joues, mais sans vraiment nous gêner. Tout au plus me rappelait-elle que Noël approchait, et qu'Andrew et les Noëls en famille appartenaient au passé.

Pour la première fois depuis longtemps, je me demandai si je pourrais rendre Noël plus joyeux, juste pour Evie et moi. Avec le peu d'argent que nous avions de côté, pourquoi ne pas nous réjouir de ce nouveau départ, plutôt que de nous lamenter sur ce que nous avions perdu ?

Plusieurs magasins arboraient déjà leur décoration pour Halloween, dans quelques semaines. Evie repéra un costume de sorcière dans la vitrine d'une boutique de cartes de vœux.

Je notai mentalement de le lui acheter, dès que j'aurais touché mon premier salaire. Ce serait beaucoup plus cher que mon idée d'origine, à savoir une razzia chez *Poundworld*. Mais, bon sang, j'avais précisément repris le travail pour pouvoir me permettre de nouveau ce genre de choses.

Au moment où apparut la devanture de l'Agence Gregory, je songeai que, si Bryony était au bureau, elle n'apprécierait guère ma visite à l'improviste avec Evie. Nous nous étions quittées sur ce que j'espérais n'être qu'une manifestation de mauvaise humeur de sa part, mais qu'on aurait aisément pu interpréter comme des menaces.

Mon estomac se noua, et je me félicitai de ne pas avoir pris de petit déjeuner avant de partir. Je poussai la porte de l'agence. Malheur. Tout le monde était là : Dale, Bryony et Jo. Toutes les têtes se tournèrent vers nous.

— On est juste passées dire bonjour, fis-je avec désinvolture en laissant la porte entrebâillée derrière moi, pour bien montrer à Bryony que je n'avais pas l'intention de m'éterniser. On ne veut pas déranger.

Bryony parut surprise, puis son regard se fixa tout de suite sur Evie. Elle se précipita vers nous.

— Bonjour, Evie. Je m'appelle Bryony. (Elle lui tendit la main et je me sentis fière quand ma fille la serra avec assurance.) J'ai vu ta photo sur le bureau de ta maman, mais tu es encore plus jolie en vrai.

Evie jeta un coup d'œil en direction du cadre posé sur mon bureau et son visage s'épanouit en un large sourire. Elle adorait les compliments.

Je restai sans voix. Je ne connaissais personne qui souffre d'un trouble dissociatif de l'identité, mais Bryony ne devait pas en être loin. Le dragon cracheur de feu avait cédé la place à une femme douce et accommodante qui avait su mettre Evie immédiatement à l'aise.

216

— Bonjour, Evie. (Dale sourit.) Tu es venue nous aider à vendre quelques maisons ?

Evie secoua la tête d'un air grave.

— Juste pour dire bonjour aux collègues de maman.

— Ah, je vois, répondit Dale en me faisant un clin d'œil.

Dans son jean noir et son polo à rayures, il était bien plus détendu qu'à l'accoutumée. Il n'avait sans doute aucune visite de prévue aujourd'hui, me dis-je tout en étant certaine que nous en avions quelques-unes de programmées.

— Et si je nous préparais quelque chose à boire ? proposa Jo, qui se leva de son bureau et se dirigea vers nous. (Je me sentis un peu coupable de l'avoir ignorée jusqu'à présent.) Bonjour, Evie. Moi, c'est Jo. Qu'est-ce que tu dirais d'un jus d'orange, et peut-être même d'un biscuit ?

Evie me regarda et je hochai la tête.

— Oui, merci, dit-elle.

Jo lui tendit la main.

— Alors, suis-moi. Comme ça, tu pourras choisir.

À ma grande surprise, Evie accepta l'invitation de Jo et disparut à l'arrière avec elle sans manifester la moindre hésitation.

— Elle est adorable, dit Bryony avec effusion. Je ne sais pas comment vous faites pour venir travailler, Toni. Moi, je voudrais rester constamment avec elle.

— Elle va à l'école maintenant, répondis-je en me demandant si elle me lançait une pique. Alors, ça colle bien avec mes horaires.

— Je ne la quitterais pas des yeux, poursuivit-elle en en rajoutant. Le petit ange. Elle est à croquer !

Cinq minutes plus tard, Evie nous rejoignit, portant avec précaution un plateau garni d'un assortiment de gâteaux secs.

— Tu t'en tires comme un chef, Evie, la félicita Bryony.

— Maman, Jo m'a prise en photo dans la cuisine.

— Oh, quelle rabat-joie ! (Jo arriva derrière elle, avec les boissons.) Ça devait être une surprise, tu te rappelles ?

Je fronçai les sourcils, n'étant pas sûre de comprendre.

— On voulait te faire un économiseur d'écran avec des photos d'Evie pour ton retour, lundi. (Jo roula des yeux.) Mais, maintenant, Evie a vendu la mèche.

— Oh ! Et moi, je peux en avoir un aussi ? fit Bryony avec un visage épanoui.

Je souris et poussai légèrement Evie, mais elle ne me rendit pas mon sourire.

J'espérais qu'elle n'allait pas me faire un caprice. Ces derniers temps, elle semblait vraiment d'humeur changeante.

41

TONI

Trois ans plus tôt

Dimanche matin, à 10 heures, maman vint chercher Evie pour l'emmener au parc comme convenu.

— Tu ne veux pas entrer pour une tasse de thé ? lui proposai-je alors qu'elle demandait à Evie de prendre son manteau depuis le pas de la porte.

Une invitation pas très alléchante, je le reconnais.

— Non, je préfère y aller directement, répondit-elle sur ce ton offensé qu'elle employait d'ordinaire pour me faire comprendre que j'avais fait quelque chose de mal, mais qu'elle ne souhaitait pas en parler.

— Qu'est-ce qu'il y a ? insistai-je, décidée à crever l'abcès. Ces derniers temps, tu prends la mouche pour un rien.

Elle me gratifia d'un sourire contrit et secoua la tête.

— Tu sais, Toni, j'aimerais vivre dans ton petit monde. Ce monde où tu n'as jamais tort et où tu oublies, quand ça t'arrange, les besoins des autres.

Je ne comprenais pas où elle voulait en venir.

— Mais, de toute façon, ce n'est pas pour moi que je m'inquiète.

Elle se renfrogna et fit un discret signe en direction d'Evie.

— Elle va bien, soupirai-je. Et elle irait encore mieux si tu arrêtais de tout dramatiser.

— Elle rentre dans sa coquille. (Son visage se rembrunit.) Elle a les nerfs à vif, Toni. Et ce silence, ça ne lui ressemble pas. J'espère que tu en as conscience ?

J'eus comme la sensation de quelque chose qui se libérait en moi, quelque chose qui voulait la faire taire.

— Ne sois pas ridicule, répliquai-je sèchement. Le cas d'Evie n'a rien d'exceptionnel. De nombreux enfants ont du mal à s'intégrer en arrivant dans une nouvelle école.

— Il ne s'agit pas seulement de l'école, répondit-elle posément. Elle ne dort pas bien, elle perd du poids. Regarde-la.

Evie enfila sa veste légère et leva vers moi un visage épanoui.

— Au revoir, maman, gazouilla-t-elle. À tout à l'heure.

Elle ne me semblait pas particulièrement traumatisée.

— D'accord, on en reparlera plus tard, concédai-je à ma mère même si je n'en avais aucunement l'intention.

Je me penchai pour déposer un baiser sur la tête d'Evie.

— À bientôt, mon petit chou. Amuse-toi bien.

Maman la prit par la main et je fis mine de fermer la porte derrière elles.

— Tu pourrais profiter de notre absence pour nettoyer ce bazar, dit-elle en fixant un coin de la pièce.

Je suivis son regard, mais un fauteuil dans le passage m'empêchait de voir à quoi elle faisait allusion.

— Je la ramènerai après lui avoir donné son thé, ajouta-t-elle.

Et, sur ces mots, elles s'en allèrent.

Après avoir fermé la porte, je m'adossai au mur, les yeux clos. Enfin tranquille. Quelques heures sans responsabilités, sans exigences, sans mère paranoïaque à satisfaire. J'avais mille choses à faire dans cette maison, mais je les chassai toutes de mon esprit.

D'abord, un café. Ensuite, un long bain chaud en compagnie du livre dans lequel j'avais essayé d'avancer ces deux dernières semaines.

J'allai dans la cuisine pour remplir la bouilloire. Un petit coup à la fenêtre me fit lever les yeux. Mon cœur se serra en voyant Sal, la voisine. C'était bien ma veine. Je me serais volontiers cachée derrière la porte, le temps qu'elle se décourage, mais c'était trop tard.

— Apparemment, j'arrive juste au bon moment, dit-elle quand j'ouvris.

Elle me fit un sourire édenté qu'elle accompagna d'un signe de tête en direction de la bouilloire, tandis qu'elle entrait sans y avoir été invitée.

— Comme vous n'êtes jamais venue la prendre, cette tasse de thé, je me suis dit : autant faire le premier pas.

— Ah, oui, répondis-je, un peu crispée. Le problème, Sal, c'est que ma mère est partie au parc avec Evie pour les deux prochaines heures et qu'il me reste encore pas mal de choses à déballer.

— Je vais vous aider, proposa-t-elle d'un ton enjoué. Ça ne me dérange pas, je n'ai rien d'autre à faire de la journée.

D'après ce que j'avais pu constater, elle et ses fils ne savaient pas trop quoi faire d'*aucune* de leurs journées.

— Merci, mais ce ne sera pas nécessaire, dis-je fermement, horrifiée à l'idée de devoir passer des heures en sa compagnie, sans échappatoire. Mais je peux faire une pause de dix minutes pour bavarder.

— Alors, dit-elle pendant que je posais deux mugs fumants sur la table, comme ça, vous avez rencontré not' Col, l'autre jour ?

— Oui, répondis-je.

J'imaginais qu'il m'avait probablement traitée de tous les noms. Autant en profiter pour rétablir la vérité.

— Il vous a raconté ce qui s'était passé ?

Elle but bruyamment une gorgée de café et hocha la tête en me souriant.

— Il vous a fait une belle frayeur, si j'ai bien compris.

— Oui, en effet. (Quelque chose laboura l'intérieur de ma gorge.) J'ai vraiment pensé qu'Evie avait disparu. J'ignorais ce qui avait bien pu lui arriver.

— Oui, mais Col m'a dit que vous l'aviez laissée seule toute la matinée.

— N'importe quoi ! (Comment osait-elle venir chez moi, et pratiquement m'accuser de négligence ?) J'étais en haut, c'est tout. J'ai encore beaucoup à faire et…

— La petite a dit à Col que vous étiez au lit et qu'elle n'avait pas pu vous réveiller.

L'idée de sa crapule de fils interrogeant ma fille me donna la nausée.

— Eh bien, elle s'est trompée. (Les yeux de Sal s'attardèrent sur mes mains et je m'aperçus que je serrais le bord de la table comme un étau.) J'avais mal à la tête, c'est tout. Je m'étais allongée, mais je ne dormais pas.

— Ah, je vois. Les enfants, hein ? Toujours à raconter n'importe quoi...

Je ne cherchais pas l'affrontement, mais je tenais à être absolument claire. Une meilleure occasion ne se présenterait peut-être pas.

— Mais le plus important, Sal, c'est que Colin n'aurait jamais dû encourager Evie à venir chez vous sans m'en avoir parlé, dis-je. C'était vraiment irresponsable de sa part. Les gens pourraient se faire des idées.

Son visage se rembrunit et le sourire bon enfant disparut.

— Qu'est-ce que vous insinuez ?

Ma gorge se serra.

— Je dis simplement qu'un homme adulte emmenant une fillette de cinq ans sans le consentement de sa mère ne serait pas du meilleur effet aux yeux de...

Elle fit claquer sa main à plat sur la table, et je sursautai. Elle me réduisait à un paquet de nerfs sous mon propre toit.

— Ça suffit. Je vous ai assez entendue, siffla-t-elle. Not' Col a bien assez d'ennuis avec les flics sans que vous commenciez à répandre vos mensonges dégueulasses.

— Sal, je ne dis pas que Colin avait de mauvaises intentions. (Je me rassis, les mains tendues, paumes vers l'avant, en un geste d'apaisement.) Je dis juste que quelqu'un pourrait se méprendre. Tout ce qu'il avait à faire, c'était de me prévenir…

— Vous étiez dans les vapes, complètement sonnée…

— Je vous l'ai expliqué, je m'étais simplement allongée…

— Vous étiez défoncée. (Je vis une lueur d'hésitation dans son regard, puis le dépit prit le dessus.) Je le sais, parce que Col n'a pas réussi à vous réveiller.

Un frisson glacé me parcourut le dos. Le silence tomba entre nous, une ou deux secondes qui semblèrent durer une éternité, le temps que je comprenne le sens de ces mots.

Quand je repris la parole, ma voix tremblait.

— Vous me dites qu'il est entré dans ma chambre ?

Je me levai, posant le bout de mes doigts sur le rebord de la table pour me remettre d'aplomb.

Elle serra les lèvres d'un air satisfait.

— Vous feriez mieux de partir, dis-je avec autant de dignité que je pouvais en rassembler. Et que votre fils ne s'avise pas de revenir chez moi, sinon j'appelle la police.

Elle se leva à son tour et laissa volontairement tomber son mug, qui vola en éclats sur le sol, répandant du café dans toute la cuisine.

— Mais qu'est-ce qui vous prend ? criai-je, reculant pour protéger mes pieds nus.

Cette femme était cinglée.

— Je ne vous conseille pas de mêler les flics à tout ça. (Elle agita son téléphone vers moi d'un air menaçant.) Sinon, quelqu'un pourrait se mettre dans la tête de leur montrer pourquoi votre gamine était livrée à elle-même pendant des heures. Tout est là. Vous devriez remercier not' Col. Elle aurait pu sortir en courant sur la route ou tomber dans l'escalier.

J'ouvris la bouche pour répliquer, mais les mots me manquèrent.

Je n'avais absolument rien à dire pour ma défense.

42

TONI

Trois ans plus tôt

Je restai clouée sur place, muette, alors que Sal sortait comme un ouragan. La porte claqua si violemment derrière elle que j'ignore comment la vitre demeura intacte. Ma fureur à l'idée que son repris de justice de fils se soit introduit chez moi s'était déjà transformée en une gêne et une honte profondes. Combien de temps avait-il passé dans ma chambre ? Combien de photos, combien de vidéos de moi dans cet état ? Et si… s'il m'avait *touchée*… J'en étais malade.

Je baissai le menton et fermai les yeux. Je sentis mes ongles s'enfoncer dans mes paumes.

Comment avais-je pu laisser se produire une chose pareille ?

Il aurait pu nous faire n'importe quoi, à moi ou à ma fille. Comment avait-il pu oser ?

Et pourquoi Evie n'avait-elle pas dit qu'il était entré dans la maison ?

Ouvrant les yeux, j'avançai jusqu'à la fenêtre. Je baissai les stores, fermai la porte de derrière à clé et me réfugiai au salon. Là, je tirai les rideaux, laissant juste un intervalle suffisant pour faire entrer un peu de

226

lumière. Soudain, je pris mon téléphone pour appeler Tara. J'avais besoin de parler à quelqu'un, de tout déballer avant d'exploser.

Mon cœur se serra lorsque je tombai directement sur sa messagerie. J'aurais dû raccrocher, mais, avant que je ne me ravise, un torrent de paroles angoissées se déversa de ma bouche.

Je tempêtai contre Bryony au boulot, Evie à l'école et Colin, le sale type d'à côté. J'étais sur le point d'enchaîner sur l'attitude de ma mère quand une voix désincarnée m'annonça que mon temps était écoulé. Je ne m'étais même pas enquise de la santé de Tara.

Je jetai mon téléphone de côté, exaspérée par ma propre nullité.

L'envie me submergea de me cacher dans un coin sombre pour n'en plus jamais sortir.

J'attrapai mon sac à main et, sans réfléchir, avalai deux comprimés avec du thé froid trouvé dans une tasse posée sur le sol, espérant qu'ils agiraient plus vite que de coutume.

J'avais terriblement besoin de quelques heures d'oubli le plus total. Je n'étais pas capable d'affronter les pensées et les possibilités qui ricochaient à l'intérieur de ma tête.

Un homme dans la maison avec ma fille, pendant que je dormais. Pendant que j'étais complètement *dans les vapes*.

Avant de m'effondrer sur le canapé, je me rappelai le commentaire acerbe de ma mère sur le « bazar » à nettoyer. J'allumai et regardai à côté du fauteuil. Le spectacle qui m'attendait me laissa pantoise.

Deux mois avant sa mort, Andrew avait acheté un splendide vase en cristal pour notre dixième anniversaire de mariage. Il y avait fait graver nos noms et la date de notre grand jour. J'y tenais énormément : c'était son dernier cadeau.

À présent, il gisait en morceaux dans un coin du salon. Cassé, sans espoir de réparation.

Hier, je l'avais délicatement déballé de ses nombreuses couches de papier bulle et lavé à la main, avec précaution, avant de le poser près de la cheminée.

Ça, je m'en souvenais. Mais comment il avait été brisé, alors là…

Pourtant, en observant les éclats de cristal, je tressaillis.

Je fis un pas en arrière. Quelque chose ne collait pas.

Des fragments manquaient, arrachés çà et là à ma mémoire, tels des pansements laissant des intervalles de temps lisses qui restaient un mystère.

Mes mains se mirent à trembler.

Je me précipitai dans la salle de bains à l'étage, me penchai au-dessus des toilettes et enfonçai les doigts dans ma gorge.

Vingt secondes plus tard, le contenu de mon estomac se trouvait au fond de la cuvette. Et aussi, avec un peu de chance, les deux calmants que je venais de prendre. J'espérais être intervenue à temps.

Après une douche rapide, j'enfilai ma robe de chambre molletonnée et retournai au rez-de-chaussée. Dans la cuisine, je me fis couler un verre d'eau froide au robinet de l'évier et l'emportai avec moi au salon, où je m'assis dans l'obscurité, tentant de mettre de l'ordre dans mes idées.

Je savais, sans le moindre doute, que la mesure la plus efficace et la plus intelligente à prendre sans plus tarder était de me débarrasser de ces calmants.

Je voulais le faire, vraiment.

Je n'avais qu'à sortir ce maudit flacon de mon sac, à aller dans la salle de bains, à jeter les derniers comprimés dans la cuvette des toilettes et à tirer la chasse. Ensuite, je n'aurais qu'à faire un crochet par ma chambre, à ouvrir la boîte à chaussures cachée sous mon lit, à glisser la main sous les certificats de naissance, mariage et décès, et à saisir les deux autres petits flacons bruns – pleins, ceux-là. Puis à les jeter, eux aussi.

Mais, alors que je m'imaginais montant l'escalier, je sus que je n'en étais pas capable. Pas encore.

Ces comprimés étaient tout ce que j'avais. Tout ce qui me séparait de l'effondrement. Depuis la mort d'Andrew, ils avaient fait office de barrage contre un tsunami de souffrance et de chagrin prêt à m'écraser au moindre signe de faiblesse.

J'avalai mon verre d'eau d'un trait.

Je ne pouvais pas me passer de ma seule défense, pas encore. J'en avais la ferme intention, mais j'avais juste besoin de temps pour me faire à cette idée. Devenir plus forte.

Après tout, ce serait totalement contre-productif de me débarrasser des comprimés pour me retrouver incapable de fonctionner normalement.

Il est vrai que, la plupart du temps, j'avais honte de me considérer comme une mère. Pourtant, si pitoyable que je sois, je parvenais à assurer presque quotidiennement certains de mes devoirs de parent. Ce qui valait tout de même mieux que d'être internée et de laisser ma fille affronter la vie sans moi.

Je devais garder les comprimés pour le moment, comme simple filet de sécurité. Je pris conscience que je ne pouvais pas me débrouiller sans eux, même si je me sabotais moi-même en les prenant.

Je me retrouvais piégée dans un enfer que j'avais créé de mes propres mains.

43

TONI

Trois ans plus tôt

Le lundi matin, alors que je l'aidais à enfiler son manteau dans le vestibule, Evie se montra peu communicative.

— Qu'est-ce qui ne va pas, mon petit chou ? demandai-je en sachant pertinemment que son aversion pour l'école était la cause de son attitude.

Elle se contenta de fixer le mur, sans un mot.

Préférant ne pas accroître son stress, je n'étais pas entrée dans le détail de ses nouvelles activités avec Harriet Watson, après la classe. Avec un peu de chance, elle apprécierait de passer du temps en tête à tête avec une adulte qui ne soit ni moi ni maman. Peut-être aurait-elle même l'impression de bénéficier d'un traitement de faveur.

Harriet m'avait conseillé de ne pas la pousser à parler de l'école. Je changeai donc rapidement de sujet.

— Et si on faisait un saut chez *McDo*, plus tard ? proposai-je. Pour le thé. Qu'est-ce que tu en dis, ma grande ?

Elle me gratifia d'un petit sourire, mais on était loin des bonds et des cris perçants qui accueillaient

231

d'ordinaire la perspective d'un repas chez *McDonald's* un jour de semaine. J'en vins presque à regretter d'avoir suggéré cette dépense que je pouvais difficilement me permettre. À en juger par le peu d'entrain suscité, j'aurais pu m'en passer.

Ignorant mon mal de tête, je meublai le silence d'Evie en faisant la conversation pour deux sur le chemin de l'école. À notre arrivée, elle franchit les grilles sans faire d'histoires, à mon grand soulagement.

Cette nouvelle docilité de la part de ma fille m'inquiéta presque davantage que si elle avait piqué une colère.

Les effets de ma prise de bec de la veille avec Sal se conjuguaient avec une sensation de léthargie et de mollesse. Je ne pus m'empêcher de penser que j'avais tout de même absorbé des traces des deux comprimés que j'avais tenté de vomir.

Je me préparai un café et m'allongeai sur le canapé avec mon livre, réglant mon téléphone pour un réveil deux heures plus tard, au cas où je m'endormirais.

J'ouvris mon bouquin, tâchant de reprendre ma lecture à l'endroit où je l'avais interrompue, des semaines plus tôt. Comme je n'y comprenais rien, je décidai de recommencer depuis le début.

J'eus du mal à me concentrer. Le personnage féminin n'était vraiment pas très futé, c'est le moins qu'on puisse dire. Elle soupçonnait son fiancé de la tromper avec sa meilleure amie ; l'intrigue, simpliste, décrivait son projet de les tuer tous les deux.

Si seulement la vie était aussi facile.

Je refermai le livre et le laissai tomber par terre, avant de clore les paupières.

— Bryony est derrière, m'annonça Jo à voix basse dès mon arrivée dans l'agence. J'ai failli t'envoyer un texto ce week-end, mais je ne voulais pas te déranger. Tu as vu comment elle a réagi avec Evie ? C'est incroyable, non ?

— J'espère que ce n'était pas juste de la poudre aux yeux parce que Dale était là, répondis-je avec lassitude.

— Fais comme si de rien n'était, me conseilla Jo. Propose-lui une tasse de thé, par exemple.

Jo était animée de bonnes intentions, mais je n'avais aucune raison de lécher les bottes de Bryony. Je n'avais rien à me reprocher. Contrairement à *elle*, qui avait floué ses plus fidèles clients. Bien sûr, mon courage indigné m'abandonna dès qu'elle apparut.

— Jo, pouvez-vous appeler les Wilton, s'il vous plaît ? lança Bryony en tendant un morceau de papier à ma collègue et en paraissant ignorer ma présence. Je vous ai noté plusieurs horaires pour une visite de la grange aménagée.

Elle portait une jupe noire, une veste rouge vif et des talons aiguilles noirs d'une hauteur vertigineuse. Ses cheveux parfaitement coiffés tenaient dans un chignon impeccable.

Je me levai et parlai à son dos.

— Bonjour, Bryony. J'allais me préparer une boisson chaude. Vous voulez quelque chose ?

Elle se retourna et fronça légèrement le nez, comme si elle avait décelé une odeur désagréable.

— Non, merci, répondit-elle sèchement. Toni, cet après-midi, j'aimerais que vous vous occupiez des archives. Elles sont à l'arrière, et c'est un peu le bazar. Vous classerez les anciennes fiches de propriété par ordre alphabétique.

Derrière elle, je vis les yeux de Jo s'agrandir. Je n'aurais sans doute pas pu imaginer de tâche plus assommante à confier à quelqu'un dans une agence immobilière.

— D'accord, dis-je d'un ton enjoué, ignorant la brûlure des muscles se contractant dans mes épaules et mon cou.

— Et quand vous aurez terminé, poursuivit Bryony, épluchez donc la base de données pour vous assurer que personne n'a été assez bête pour marquer un bien déjà vendu alors qu'il est toujours disponible.

Elle tourna les talons et sortit avec raideur, sans me laisser le temps de répliquer.

— Aïe. (Jo fit la grimace.) C'était un peu brutal, même pour elle.

44

TONI

Trois ans plus tôt

Apparemment, la chance était de mon côté, parce que l'après-midi se révéla l'un des plus chargés depuis que je travaillais à l'agence. Il y eut un flux régulier de clients et Jo était débordée.

— Le classement des archives attendra plus tard, dit Bryony en faisant la moue.

Je m'occupai d'un dépôt de caution et pris rendez-vous pour la visite d'une chambre d'étudiant meublée sur le marché depuis le matin.

Quelque chose m'avait tracassée depuis mon arrivée. Alors que je tendais la main vers un bloc-notes, je mis soudain le doigt dessus : la photo d'Evie avait disparu de mon bureau. Je regardai à l'intérieur des tiroirs du caisson, mais elle ne s'y trouvait pas. J'allais en toucher un mot à Jo quand un jeune couple entra.

— Un ami nous a signalé une maison avec deux chambres à louer dans Muriel Crescent, à Bulwell, dit la femme en écartant une longue frange châtain terne. C'est au 61.

Je souris, m'apprêtant à leur dire que j'habitais justement dans Muriel Crescent, avant de me raviser. Je ne tenais pas à ce qu'ils viennent frapper à ma porte à Noël si la chaudière tombait en panne ou autre mésaventure similaire.

— Asseyez-vous, je vous prie. Le temps d'afficher les détails…, ajoutai-je en pianotant sur mon clavier.

— Malheureusement, ce bien a déjà été loué, intervint Bryony derrière moi, apparemment surgie de nulle part. (Les clients se retournèrent pour la regarder.) Ce matin. Mais Toni aura certainement quelque chose de comparable à vous proposer dans le voisinage.

— Bien sûr, dis-je en fronçant les sourcils.

Je n'avais pas remarqué de panneau « À louer » dans ma rue et, en général, j'entamais l'après-midi en épluchant les nouvelles annonces, afin d'avoir une vue d'ensemble à jour pour mes clients. J'ignorais comment celle-là avait pu m'échapper.

En vingt minutes, j'avais trouvé deux propriétés comparables et pris rendez-vous pour les visites. Après leur départ, et juste par curiosité, j'effectuai une recherche sur les biens disponibles à la location dans Muriel Crescent. Rien n'avait été enregistré dans la base de données.

Bryony vint poser une pile de fiches cartonnées sur le coin de mon bureau, m'enveloppant dans un nuage de son parfum douceâtre et fleuri.

— Pouvez-vous me remettre ces fiches contact au propre, Toni ? dit-elle sans me regarder. Elles sont un peu écornées. Et tâchez de commencer le classement des archives avant de rentrer, s'il vous plaît.

Je jetai un coup d'œil à la pendule sur le mur. À une heure de la fermeture, elle faisait exprès de me surcharger de travail.

— Je croyais que les informations concernant nos clients étaient toutes dans la base ? remarquai-je d'un ton désinvolte.

C'était plus fort que moi. À notre époque, qui utilisait encore des fiches manuscrites ? Elle se comportait comme une garce par pur dépit ; j'en avais conscience, et je voulais qu'elle le comprenne.

— Je vous ai demandé votre avis ? répliqua-t-elle sèchement, haussant ses sourcils impeccablement épilés. Quand je vous dis de faire quelque chose, Toni, vous ne discutez pas.

— Très bien, soupirai-je en tendant le bras vers la pile. (Puis je me rappelai.) Oh, à propos, aucune propriété dans Muriel Crescent ne figure dans la base. Avons-nous un document papier avec les détails ?

— Toni, répondit Bryony d'un air peiné comme si je l'incommodais physiquement. Ce bien est à peine rentré qu'un locataire a sauté sur l'occasion. Je m'en suis occupée personnellement. Maintenant, avancez un peu dans votre travail : vous avez perdu assez de temps comme ça en parlant pour ne rien dire.

— Probablement une autre de ses magouilles, chuchota Jo derrière sa main après que Bryony eut regagné son bureau.

— Tu as vu la photo d'Evie quelque part ? lui demandai-je, pointant du doigt l'endroit où elle était avant qu'elle ne disparaisse.

Jo fit une grimace.

— Non. C'est bizarre.

— Elle était toujours là samedi, quand j'ai fait un saut.

— Parles-en à Bryony. (Jo haussa les épaules.) Ce ne serait pas la première fois qu'elle se permet de déplacer des objets personnels.

Quelques minutes plus tard, Bryony revint dans l'agence et je lui posai la question.

— Comment ça, est-ce que j'ai « vu » votre photo ? Qu'est-ce que vous insinuez ?

— Eh bien, elle n'est plus sur mon bureau, expliquai-je. Je me disais simplement…

— Vous pensez que c'est moi qui l'ai prise ?

— Non, bien sûr, Bryony, c'est juste que…

J'avais du mal à m'exprimer. Dressée devant moi de manière imposante, elle me fixait du regard. Sentant que je perdais mes moyens, je préférai battre en retraite.

— Désolée, je n'avais pas l'intention de vous accuser de quoi que ce soit. Je l'ai probablement égarée.

Sans un mot de plus, elle tourna les talons, accrocha quelque chose sur le panneau d'affichage destiné aux clients et repartit dans son bureau.

Je travaillai sans relâche, réécrivant la moitié des fiches.

Au même moment, Evie participait à son premier tête-à-tête avec Harriet Watson. J'espérais de tout mon cœur que Harriet contribuerait à dissiper l'humeur morose dans laquelle semblait se complaire Evie. En dépit des réserves de ma mère, je lui étais reconnaissante de ne pas ménager ses efforts pour développer de bonnes relations avec ma fille.

Quand les choses devinrent enfin plus calmes dans l'agence, je décidai d'aller m'attaquer aux archives.

— Si je ne suis pas revenue dans une demi-heure, viens me chercher, dis-je à Jo. Je serai sans doute morte d'ennui…

En guise de réponse, Jo s'étrangla de rire.

Dans le local, la photocopieuse débitait bruyamment des plaquettes par dizaines. Je ne comptai pas moins d'une vingtaine de cartons, rien que pour l'année précédente, étiquetés A-C, B-F, etc. Avec un soupir, je me penchai pour en prendre un au hasard. Sentant quelque chose me toucher l'épaule, je poussai un cri.

— Désolé ! (Dale recula, les mains levées.) Je suis vraiment navré, Toni. Je ne voulais pas vous effrayer. Je vous ai dit bonjour, mais vous ne m'avez pas entendu à cause de la machine.

Il m'avait tapotée dans le dos pour m'informer de sa présence. Mon cœur battait la chamade.

— Oh, mon Dieu, je suis un vrai paquet de nerfs ! (J'eus un petit rire.) Désolée.

Je le toisai et me sentis rougir alors que je humais son parfum. Il portait de nouveau cette lotion après-rasage si agréable.

— Je voulais vous demander si tout s'était bien passé aujourd'hui, dit-il. (Il lança un regard en direction de la porte et se pencha pour me parler à l'oreille, à voix basse.) J'espère que ça n'a pas été trop… difficile ?

Nous savions tous les deux exactement à quoi – et à qui – il faisait allusion.

— Ç'a été…, commençai-je.

Puis, saisie d'une folle impulsion, je me montrai un peu plus franche :

— Sauf que Bryony ne m'a confié que des tâches absurdes. C'est ridicule. Je pourrais faire tellement plus…

Dale hocha la tête.

— Compris. Je vais garder un œil sur la manière dont la situation évolue dans les prochains jours. Je n'aimerais pas que toute votre expérience soit gaspillée.

La gaspiller ? Ils n'avaient même pas commencé à l'exploiter.

— Je dois classer ces archives, lui expliquai-je en désignant le carton que je venais de faire tomber.

— Laissez-moi ramasser ça pour vous.

Alors qu'il passait devant moi, il trébucha légèrement et se retint à mon épaule, son visage si proche du mien que c'en était embarrassant. Nos regards se croisèrent un instant.

— Oh, excusez-moi. (Bryony se tenait dans l'embrasure de la porte.) Je dérange, peut-être ?

Dale toussa et s'écarta de moi.

— J'aidais juste Toni, se hâta-t-il de répondre. Avec les cartons.

— Je vois. (Sa bouche sembla se réduire à une petite ligne crispée et elle me lança un coup d'œil furieux.) Toni, laissez donc les archives pour aujourd'hui et retournez vous occuper des fiches contact.

J'acquiesçai et quittai le bureau sans un regard ni pour l'un ni pour l'autre.

Une fois dans le couloir, j'entendis la porte se fermer et, alors que je m'éloignais, des voix s'élever.

De retour dans l'agence, je racontai à Jo ce qui venait de se passer.

— Elle avait l'air hors d'elle, soulignai-je. Elle se comportait comme si Dale était son employé, et non l'inverse.

— Ne me dis pas que tu n'as toujours pas compris ? fit Jo, narquoise. Tu n'es tout de même pas aussi naïve !

— Compris quoi ? (Puis tout devint clair.) Ils sont ensemble ?

Jo, qui venait de boire une gorgée de thé, faillit s'étrangler. Elle secoua la tête.

— Bryony a le béguin pour Dale, mais l'attirance n'est pas réciproque. Dale était fiancé à son amie d'enfance, Mia. Ils allaient se marier quand Mia a été tuée dans un accident de voiture. Ça remonte à dix-huit mois environ.

— Oh, non, chuchotai-je. Pas étonnant qu'il ait fait preuve d'autant de compréhension quand je lui ai parlé d'Andrew. Il savait exactement ce que je ressentais.

— Depuis, c'en est devenu gênant. (Jo roula des yeux.) Bryony vient tous les jours tirée à quatre épingles. Elle n'essaie même plus de cacher ses intentions.

— Mais elle est mariée. Tu m'as dit toi-même qu'elle et son mari voulaient à tout prix avoir un enfant.

— Ne le prends pas mal, Toni, mais tu es un peu naïve. Tu n'as toujours pas compris que certaines personnes rêvent de tout avoir ?

241

45

L'INSTITUTRICE

Trois ans plus tôt

Harriet Watson posa devant Evie la petite coupe de raisins sans pépins et de fraises coupées en tranches.

— Quelque chose à grignoter, fit-elle avec un grand sourire. Je l'ai préparé exprès pour toi.

Evie regarda les fruits, sans y toucher.

— Alors, qu'est-ce qu'on dit ? l'encouragea Harriet.

— Merci, marmonna Evie.

— Tu ne manges pas ?

L'enfant prit un grain de raisin, l'examina et le fourra dans sa bouche.

— Maman m'emmène chez *McDonald's* pour le thé.

L'estomac de Harriet se révolta à cette idée.

— Ce genre de nourriture va te pourrir l'estomac, dit-elle d'un ton crispé. Ta maman devrait le savoir.

— C'est pour me faire plaisir. (Evie fronça les sourcils.) J'aime trop ça.

— Ce que l'on sert dans ces restaurants contient beaucoup trop de sel et de sucre, expliqua Harriet. Si tu en manges souvent, tes papilles gustatives ne voudront plus goûter autre chose. Tu peux même devenir dépendante.

Evie la regarda.

— C'est juste une fois.

— Enfin, assez parlé de ça. Je voudrais mieux te connaître, Evie. Et si tu commençais par me parler de tes amis dans ton ancienne école ?

Evie mit un autre grain de raisin dans sa bouche et mâcha lentement.

— Qu'est-ce que vous faisiez ensemble ? Et comment s'appellent-ils ?

— Daisy, Nico et Martha, répondit Evie, légèrement ragaillardie. On jouait ensemble à la récréation, on mangeait ensemble au déjeuner. Et on s'asseyait l'un à côté de l'autre à l'heure du conte. Ce sont mes meilleurs amis.

— C'est merveilleux, remarqua Harriet. Tu dis qu'ils *sont* tes meilleurs amis, mais plus maintenant. C'est terminé, n'est-ce pas ?

— Non, se hâta de dire Evie, ce *sont* toujours mes meilleurs amis.

— Mais tu ne les vois jamais. Ils sont restés à Hemel Hempstead. (Harriet se mit à parler plus bas.) On m'a dit qu'une nouvelle petite fille était devenue leur amie. J'ai bien peur qu'elle n'ait pris ta place quand tu as déménagé.

— Ce sont toujours mes amis. (Evie repoussa la coupe de fruits.) Maman a dit qu'on irait bientôt les voir.

— Oh, je pense que ta maman t'a dit ça pour te réconforter. (Harriet sourit.) Est-ce qu'elle tient toujours ses promesses ?

Evie réfléchit un moment, mais ne répondit pas.

— Inutile de te mettre dans des états pareils. Après tout, tu n'as pas perdu tes amis. C'est *toi* qui es partie. Tu les as laissés tomber pour venir vivre ici, à Nottingham.

— J'voulais pas, protesta Evie en entrelaçant ses doigts sur la table. J'voulais pas venir habiter à Muriel Crescent.

— Mais ta maman ne t'a pas écoutée, n'est-ce pas ?

Evie la regarda avec une expression mélancolique.

— Et ta mamie non plus, renchérit Harriet. C'était son idée, ce déménagement. C'est elle qui t'a arrachée à tes amis pour venir ici. Tu le savais ?

Evie secoua légèrement la tête et baissa les yeux sur ses mains qu'elle ne pouvait s'empêcher de tordre.

— Ta maman et ta mamie ne te disent pas tout. Elles pensent que tu es trop petite, trop bête. Moi, je vais te dire la vérité, Evie. Je suis ton amie et tu pourras toujours me faire confiance, parce que je sais ce qui est le mieux pour toi.

Evie se tint coite.

— Tu comprends ? Je suis ton amie et tu peux tout me dire pendant nos petites séances seules toutes les deux. Je n'en parlerai à personne, c'est promis. Croix de bois, croix de fer, si je mens, je vais en enfer, ajouta-t-elle en mimant le dessin d'une croix sur sa poitrine. Et toi, tu promets que tout cela restera entre nous ?

Assise immobile, Evie finit par acquiescer.

— Je ne t'ai pas entendue.

— Oui.

— Si tu es très sage, je réussirai peut-être à faire venir tes amis à Nottingham pour qu'ils te rendent visite, annonça Harriet d'un air jovial. Ça te plairait ?

Evie hocha la tête.

— Pardon ?

Harriet mit sa main en coupe autour de son oreille.

— Oui, mademoiselle Watson.

— Parfait. Maintenant, parle-moi des amis de ta maman.

Evie se mit à fredonner.

— Veux-tu arrêter de jouer avec tes doigts et lever la tête ?

Evie écarta les mains et les posa à plat sur la table. Elle regarda Harriet.

— Elle n'a que mamie.

— Personne avec qui maman va prendre un café ou qui passe bavarder à la maison ?

Evie réfléchit et secoua la tête.

— Juste mamie.

— Et avant, quand vous habitiez dans votre ancienne maison, est-ce que maman avait des amis ?

Evie acquiesça.

— Paula et Tara.

— Paula et Tara, répéta Harriet. Mais maman ne les voit plus.

— Non. Elle n'a plus d'amis, juste mamie.

— Parfait. (Harriet sourit.) Alors, on n'est pas bien, là, à bavarder toutes les deux, juste toi et moi ?

— Oui, répondit Evie d'un air absent.

— Peut-être que je pourrais aussi devenir l'amie de ta maman et de ta mamie.

— Mamie ne vous aime pas, dit brusquement Evie. Elle vous trouve trop... ritaire.

— C'est ce qu'elle a dit ? (Le sourire de Harriet s'effaça.) Autoritaire ? Intéressant. Est-ce que ta mamie a dit autre chose à mon propos ?

— Elle a dit que vous n'étiez pas une vraie maîtresse comme Mlle Akhtar.

— Beaucoup de gens font la même erreur, dit Harriet en tapotant la table du bout des doigts. Mais je suis bien une vraie maîtresse, je t'assure. Tu le sais, n'est-ce pas, Evie ?

Evie observa les yeux d'acier de Mlle Watson et la courbe crispée de sa bouche, censée ressembler à un sourire, mais qui n'en était pas un.

— Oui, répondit-elle.

46

TONI

Trois ans plus tôt

Au lieu de me garer devant chez moi dans Muriel Crescent, je remontai toute la rue, qui n'était pas bien longue, et ralentis au niveau du numéro 61. Les stores étaient baissés et, malgré l'absence de tout panneau « À louer », il s'en dégageait une impression d'abandon : il n'y avait rien sur le rebord des fenêtres, un journal gratuit dépassait de la fente de la boîte aux lettres et le carré de pelouse en façade aurait eu bien besoin d'une tonte.

La personne ayant sauté sur l'occasion avant même que la propriété ne soit sur le marché n'avait visiblement pas encore emménagé.

J'exécutai un demi-tour en trois manœuvres maladroites, bloquant brièvement une Audi noire aux vitres teintées qui venait d'arriver. Même si je ne distinguais pas le conducteur à travers le verre foncé, je fis un geste d'excuse de la main, mais il me répondit par un coup d'accélérateur, apparemment furieux d'avoir été retardé ne serait-ce que de vingt secondes.

Dès que j'eus franchi la porte, je saluai Evie, l'embrassant sur la tête. Elle grogna, déjà absorbée par ses Lego.

Maman posa le magazine TV qu'elle lisait, se leva et prit ses clés et son manteau. ·

— Il n'y a pas le feu, lui dis-je. (Je n'étais pourtant pas dans le bon état d'esprit pour faire amende honorable, d'autant qu'elle était visiblement toujours de mauvaise humeur.) À moins que tu n'aies quelque chose de prévu, bien sûr.

Elle s'arrêta un moment, regardant droit devant elle, comme si elle livrait une bataille intérieure. Puis elle posa son manteau.

— J'ai le temps de boire quelque chose. (Elle me suivit dans la cuisine, plaçant ses clés de voiture sur le plan de travail.) Pour être franche, Toni, je trouve difficile d'être en ta compagnie en ce moment. Ce que je vois m'inquiète, mais tu refuses de m'écouter.

Elle n'allait pas remettre ça… Je pensais que nous avions épuisé le sujet. Je remplis la bouilloire et l'allumai.

— Je t'écoute, maman, soupirai-je. Je reconnais qu'Evie est un peu renfermée, mais c'est provisoire. Sa vie a été complètement chamboulée, c'est une réaction normale.

— Je ne te parle pas d'Evie, mais de *toi*.

Alors que je tendais le bras vers les mugs dans le placard, je suspendis mon geste et tournai les yeux vers elle.

— Tu n'arrêtes pas d'oublier des choses et tu te mets en boule au moindre prétexte.

— Tu as un exemple ? demandai-je sur un ton de défi.

Elle était la championne de l'exagération.

— D'abord, tu m'as donné le mauvais horaire pour chercher Evie après la classe.

— Non, je pense que l'école – Harriet Watson, en fait – s'est trompée.

— Ensuite, tu te mets en colère et tu ne te rappelles même pas que tu t'es emportée, poursuivit maman en ignorant ma ligne de défense. Comme quand tu as jeté ce vase contre le mur, parce que le bruit de la télévision t'a réveillée. Tu dois consulter un médecin, Toni. Ce n'est pas normal que tu sois tout le temps fatiguée et irritable. Parfois, tu es pratiquement incapable de te concentrer, et Evie ne mérite pas ça.

Quelque chose m'étreignit dans la poitrine. L'espace de quelques secondes, je restai muette. J'étais à un tournant, j'en avais conscience. C'était l'occasion d'avouer à ma mère que je m'étais reposée sur mes calmants pour tenir le coup.

L'occasion de lui demander son aide et son soutien.

Je faillis ouvrir la bouche pour le lui dire. Mais mon esprit me présenta une série d'images de ce qui m'attendait : maman se faisant constamment du mauvais sang pour Evie et moi, perdant le sommeil, me harcelant pour que je jette les comprimés et consulte un médecin. Je ne me sentais pas de taille à affronter cela. Je n'en avais tout simplement pas l'énergie.

— Écoute, ç'a été dur pour tout le monde, dis-je en tentant de changer de sujet.

— Je sais combien ce vase comptait pour toi, insista-t-elle. Cette réaction ne te ressemble pas. Qu'est-ce qui t'arrive, ma chérie ?

— Tu n'étais pas là.

Je prenais un risque calculé, puisque je ne gardais aucun souvenir de ce moment.

— C'est vrai. Mais la pauvre Evie, si. Tu lui as fait peur, Toni. Elle m'a tout raconté le lendemain. J'ai d'abord pensé qu'elle exagérait, jusqu'à ce que je voie ce bazar.

— J'ai été pas mal stressée ces derniers temps, concédai-je. Je sais que tu désapprouves, mais ce nouveau travail est crucial pour moi. Je m'efforce de faire bonne impression. L'argent nous sera bien utile. Et puis, je me suis fait du souci pour Evie, à cause de ses problèmes d'intégration.

— Je n'aime pas cette femme… Watton.

— Mlle Watson, la repris-je de nouveau.

— Peu importe. À l'entendre, on croirait que c'est *elle*, la grand-mère d'Evie. J'ai vraiment dû me retenir pour ne pas lui rabattre son caquet, aujourd'hui.

— Pourquoi ? Qu'est-ce qu'elle a dit ?

— Oh, elle m'a juste fait comprendre que ce serait mieux si *tu* venais chercher Evie après ces nouvelles activités qui se terminent plus tard. En fait, j'ai l'impression qu'elle préférerait que je ne vienne plus du tout. C'est ma petite-fille, tout de même !

— Je suis sûre que ce n'est pas le cas, dis-je en me rappelant que c'était exactement ce que Harriet avait suggéré lors de son coup de téléphone.

Je mis une cuillerée de café instantané dans nos tasses et versai l'eau bouillante.

— De toute façon, je ne comprends pas pourquoi Evie doit aller à ces stupides séances. Elle préférerait rentrer à la maison, j'en suis persuadée.

— Pour ma part, je suis reconnaissante à Mlle Watson de l'intérêt qu'elle témoigne à Evie, répondis-je en allant chercher le lait dans le réfrigérateur. D'autant plus qu'elle semble le faire sur son temps libre.

Nous emportâmes nos cafés au salon. Maman tendit à Evie une briquette de jus d'orange.

— Qu'est-ce que vous avez fait, Mlle Watson et toi, ma chérie ? demandai-je à Evie.

Elle leva brièvement la tête.

— On a parlé, c'est tout, marmonna-t-elle.

— De quoi ? intervint ma mère.

— Des amis, répondit Evie en enfonçant sa paille dans le carton. Des amis de maman.

Je regardai ma mère en haussant un sourcil.

— *Mes* amis ?

— Cette femme a quelque chose de pas net. Je ne lui fais pas confiance. (Ma mère pinça les lèvres.) Pourquoi fourre-t-elle son nez dans ta vie privée ?

— Je lui ai dit que tu n'en avais pas, reprit Evie en aspirant bruyamment du jus par la paille.

— Oh, merci, Evie…

Je ris, mais le fait qu'elle n'ait énoncé que la triste vérité donnait à réfléchir.

— Elle a dit qu'elle pourrait devenir ton amie, ajouta Evie.

— Cette bonne femme me flanque la chair de poule, frémit maman. Je ne l'aime vraiment pas.

— Mlle Watson a dit qu'elle va faire venir Daisy, Nico et Martha. Bientôt, poursuivit Evie en sélectionnant un Lego.

Je haussai les épaules sous le regard désapprobateur de maman. J'étais sûre que Mlle Watson n'avait rien promis de tel à Evie. Elle l'avait visiblement encouragée à parler de ses amis, ce qui me semblait positif, dans la mesure où elle ne s'en était pas encore fait de nouveaux.

Quant à une visite de ses anciens petits camarades, c'était prendre ses désirs pour des réalités.

Notre vie d'avant était bel et bien derrière nous. Il n'y avait plus rien qui nous attendait là-bas.

47

TONI

Trois ans plus tôt

Après le départ de maman, je vidai le cartable d'Evie. Un bout de papier avait été glissé dans son cahier de liaison.

Madame Cotter, pourriez-vous m'accorder cinq minutes quand vous déposerez Evie à l'école demain matin ?
Cordialement,
H. Watson

Mon cœur se serra. De quoi voulait-elle me parler ? J'espérais que cela ne concernait pas de nouveau les problèmes d'intégration d'Evie.

Je me sentais épuisée, beaucoup trop fatiguée pour envisager de déballer quoi que ce soit à l'étage. Je décidai donc de me préparer un thé léger et d'aller pioncer sur le canapé, tandis qu'Evie regardait la télévision. Pas l'idéal d'un point de vue éducatif, j'en conviens ; mais, parfois, nécessité fait loi.

— Maman, on va au *McDo* ? demanda Evie.

J'avais complètement oublié. J'en aurais pleuré.

— Tu as promis, me rappela-t-elle, les yeux resserrés.

— Si tu veux, capitulai-je d'un ton las. Mets ton manteau et tes chaussures.

— Mlle Watson dit que c'est plein de sel et de sucre, et qu'on devient des pendants, commenta Evie tout en attachant les boucles de ses chaussures. Mais j'ai quand même envie.

En rentrant du *McDonald's*, je remarquai immédiatement la lumière dans la cuisine du numéro 61, même si je ne distinguais que des ombres en train de se mouvoir derrière les stores baissés. Une Audi noire était garée devant la maison, très similaire à celle qui avait semblé si pressée plus tôt dans la journée.

Avant d'aller me coucher, je jetai un coup d'œil furtif en direction du 61, presque pile en face de chez nous, de l'autre côté de la rue. Une lampe venait de s'allumer au salon, plongeant la pièce dans une faible lueur rose.

Une femme avança jusqu'à la fenêtre. J'aperçus une forme derrière elle : elle n'était pas seule. Avant qu'elle ne ferme complètement les rideaux, elle hésita quelques secondes, le visage dans l'intervalle.

Si j'avais été du genre paranoïaque, j'aurais juré qu'elle me regardait.

Le lendemain matin, Evie et moi prîmes le chemin de l'école à l'abri de nos parapluies à motifs de coccinelles assortis – à la fois une nouveauté et une distraction pour elle.

Je guettai la moindre manifestation d'enthousiasme de sa part à la perspective de retourner en classe. En vain. Elle ne se plaignait plus bruyamment, elle ne refusait plus d'entrer comme au début, mais son comportement n'avait pratiquement pas changé. Tout le trajet se déroula dans un silence maussade.

Je pouvais difficilement espérer que Harriet Watson fasse des miracles en une seule séance. Ce serait un travail de longue haleine, mais j'étais certaine que nous finirions par réussir.

Harriet Watson nous attendait aux grilles de l'école. Evie leva les yeux vers moi, légèrement inquiète, mais je serrai sa main pour la rassurer : tout allait bien, elle ne s'était pas attiré d'ennuis.

Nous marchâmes toutes les trois en direction du bâtiment.

— Maintenant, sauve-toi, Evie. Je te retrouverai en classe dans quelques minutes, dit brusquement Mlle Watson une fois à l'intérieur.

Je me baissai et Evie me fit une bise sur la joue avant de s'éloigner d'un pas nonchalant.

Mlle Watson me conduisit à la bibliothèque, un espace agréable et ouvert. Le plancher en bois qui résonnait sous nos pieds céda la place à de la moquette qui étouffait tous les sons. Les murs étaient couverts de livres aux couleurs vives et de tous les genres. Nous nous assîmes à une table ronde au fond.

— Merci d'être venue, commença Harriet en posant ses mains l'une sur l'autre sur la table. Je voulais vous informer de la façon dont s'est déroulée notre première séance, hier. Evie m'a semblé très réceptive et m'a parlé ouvertement de ses amis et de son ancienne école.

— Elle m'a raconté. (Je hochai la tête en souriant.) Elle a même cru que vous aviez l'intention d'inviter ses trois meilleurs amis.

Nous partageâmes un gloussement.

— Oh, mon Dieu. La petite Evie m'aura mal comprise. (Harriet sourit.) Je n'ai certainement rien promis de la sorte.

— Ne vous inquiétez pas, c'est aussi ce que je me suis dit. J'ai trouvé positif que vous l'ameniez à parler d'amitié. J'espère vraiment qu'Evie se fera vite de nouveaux camarades.

— Oui, approuva Harriet Watson. Mais ne vous en faites pas : je suis sûre qu'Evie forgera bientôt de solides amitiés à St Saviour. Sa participation à mon petit atelier pendant la journée l'y encouragera, puisqu'elle y retrouvera la plupart du temps le même groupe d'enfants. En fait, ça se passe ici même.

Elle tapota le dessus-de-table.

— C'est un endroit très agréable, dis-je en regardant autour de moi d'un air approbateur.

— Vous vous demandez probablement pourquoi j'ai souhaité vous parler, hasarda-t-elle. Je voulais juste insister une nouvelle fois pour que ce soit vous qui veniez chercher Evie après nos séances. C'est crucial.

J'éprouvai un certain agacement.

— Je poserai la question à mon employeur. Mais, comme je vous l'ai dit, je viens de prendre mon poste, alors il est sans doute un peu tôt pour modifier mes horaires.

— Je comprends, votre travail est important, madame Cotter, mais…

— Je poserai la question, répétai-je. Evie a tout à fait l'habitude d'être avec ma mère ; ce n'est pas comme si une inconnue venait la chercher. Elle aime sa mamie et…

— J'ai bien peur que ce ne soit précisément le problème, madame Cotter.

— Toni, s'il vous plaît, dis-je. Et excusez-moi, mais je ne comprends pas.

— C'est délicat.

Harriet soupira, posa les mains à plat sur la table et se pencha en avant.

— Je préfère que vous alliez droit au but, l'encourageai-je en sentant une vague de tension occuper progressivement l'espace entre mes omoplates.

— J'ai l'impression que votre mère… Comment s'appelle-t-elle, déjà ?

— Anita.

— Oui, bien sûr. J'ai l'impression que, s'agissant d'Evie, Anita pense avoir toujours raison. Comprenez-vous ce que j'essaie de vous dire ?

Je hochai lentement la tête. Je pouvais difficilement la contredire.

— Anita aime Evie de tout son cœur, cela ne fait aucun doute. Mais il me semble qu'elle croit savoir mieux que vous, la mère d'Evie, ou moi, une professionnelle de l'enseignement avec des années et des années d'expérience, ce qui est préférable pour l'éducation de votre fille.

Mais vous n'êtes pas une institutrice ! La pensée me traversa l'esprit, mais je devais bien admettre que, avec ou sans diplôme, elle n'avait pas tort.

Elle me regarda.

— Madame Cotter... Toni, loin de moi l'idée de vous offenser, mais...

— Pas le moins du monde, la coupai-je. Honnêtement, je ne me sens pas offensée. Vous semblez avoir bien cerné ma mère. Je suis impressionnée.

— Vraiment ? Oh, eh bien, c'est un soulagement.

— Elle et moi sommes souvent en total désaccord à propos d'Evie.

Je me retins d'en dire plus, parce que cela m'aurait paru un peu déloyal vis-à-vis de maman. Elle aurait été furieuse de nous entendre parler ainsi.

— Je serai franche. J'ai eu la très nette impression qu'Anita ne voyait pas d'un très bon œil mes séances en tête à tête avec Evie.

Je me mordis la lèvre et gardai le silence ; mais, intérieurement, j'eus envie de rentrer sous terre. J'espérais que maman n'avait fait aucune remarque déplacée à Harriet.

— Et, bien sûr, tout le monde sait que les enfants sont comme de petites éponges : ils absorbent les opinions et la désapprobation implicite des adultes de leur entourage. (Harriet pinça les lèvres.) Toni, je suis désolée d'avoir à vous dire cela, mais je pense que votre mère sabote involontairement le travail que nous nous efforçons d'accomplir avec Evie.

— Oh ! (Une grosseur se coinça au milieu de ma

gorge, entrecoupant légèrement ma voix.) Je suis sûre que maman ne ferait jamais…

— Comprenez-moi bien, se hâta d'ajouter Harriet. Il ne fait aucun doute dans mon esprit que votre mère est animée des meilleures intentions. Mais c'est bien le cœur du problème, n'est-ce pas ? Parce qu'elle ne sait pas *vraiment* ce qui est préférable pour Evie.

Je songeai à maman disant qu'Evie serait mieux à la maison qu'en compagnie de Harriet, à sa façon de reprocher au personnel enseignant les difficultés d'intégration de ma fille.

— Toni, reprit Harriet avec douceur, j'essaie simplement de vous faire comprendre ceci : pour donner toutes ses chances à Evie, vous devez limiter le temps qu'elle passe seule avec votre mère.

48

TONI

Trois ans plus tôt

Facile à dire. En pratique, ce ne serait pas envisageable du jour au lendemain.

— Je m'appuie sur ma mère pour le travail que je viens de trouver, expliquai-je. Je pourrais peut-être avoir une conversation avec elle, et tâcher de lui faire comprendre que nous devons collaborer.

Harriet eut un petit sourire sardonique.

— Elle vous écoute, alors ? Elle prend en compte vos opinions ?

Je soupirai. Elle avait mis en plein dans le mille.

— Vous n'avez pas eu la vie facile ces dernières années, Toni, poursuivit posément Harriet. Vous avez dû vous débrouiller toute seule, avec énormément de stress et de fatigue.

Je sentis avec horreur mes yeux et mon nez se mettre à me piquer.

— Votre mère vous a été d'un grand soutien dans le passé. Mais, maintenant qu'Evie va à l'école, le bien-être de votre fille doit devenir votre priorité.

Je hochai la tête, bien qu'Evie ait toujours été ma priorité.

— Notre prochaine séance est prévue mercredi. Si vous en avez la possibilité, je vous conseille vivement de parler à votre employeur dès aujourd'hui. Vous et moi devons travailler ensemble pour permettre à Evie de prendre le meilleur départ à St Saviour. (Harriet posa une main sur la mienne.) Les autres enfants sont parfois cruels. Nous ne voulons pas qu'Evie soit rejetée par ses camarades, n'est-ce pas ?

Je m'étais un peu arrangée pour mon rendez-vous avec Harriet Watson – effort sur ma coiffure et maquillage léger. De retour à la maison, j'enfilai donc un pantalon habillé et un chemisier, et partis tôt au travail.

J'avais une ou deux courses à faire en ville, et cela ne me ferait pas de mal d'arriver en avance au bureau. J'entrerais peut-être même dans les bonnes grâces de Bryony – une façon de préparer le terrain avant d'aborder le sujet de l'aménagement de mes horaires certains jours.

Après avoir garé la voiture, je m'acheminai dans High Street. Sous l'impulsion du moment, alors que je passais devant l'agence, je décidai de faire un saut pour saluer Jo.

Je l'observai quelques secondes derrière la vitrine : elle parlait en souriant devant l'écran de son ordinateur. Elle était probablement en train de skyper avec sa sœur, ce qui signifiait que Dale et Bryony s'étaient absentés.

Quand je poussai la porte, elle leva les yeux, s'attendant à accueillir un client. Son expression joviale disparut en me voyant.

— Désolée, chuchotai-je. Je dérange ?

Elle secoua la tête et me fit signe de patienter avec son index.

— Je dois te laisser, frangine. Toni vient d'arriver – c'est la nouvelle dont je t'ai parlé.

Je voulus faire le tour de son bureau pour faire un petit coucou à sa sœur.

— OK, à plus, lança Jo à l'écran, qu'elle éteignit.

— Oh ! (Je m'arrêtai dans mon élan.) J'allais lui dire bonjour.

— Désolée, je suis un peu sur les nerfs, répondit Jo avec un regard vers la porte. Manquerait plus que Bryony débarque et me surprenne en train de skyper. Je ne devrais pas le faire au bureau, mais la matinée a été tellement calme, et Internet est bien plus rapide qu'à la maison. Et toi, qu'est-ce qui t'amène d'aussi bonne heure ? Impatiente de revenir au boulot ?

Je souris.

— J'ai quelques courses à faire : passer à la banque, chez le pharmacien… Tu as besoin de quelque chose ?

— Non, merci, répondit Jo. Comme tu es là plus tôt, je vais en profiter pour prendre ma demi-heure de pause déjeuner. Pour une fois. Dale ne devrait pas tarder. Qu'est-ce que tu dirais d'aller manger un sandwich avec un café au snack d'à côté ? Vers midi et quart ?

— Parfait. (Ça me laissait quarante-cinq minutes, plus qu'il n'en fallait pour faire mes courses.) Je te retrouve sur place.

J'arrivai un peu en avance, mais Jo était déjà là, assise au fond. Posant lourdement mon cabas et mon sac à main sur une chaise libre, je me précipitai aux toilettes.

— J'en ai pour deux minutes.

Je souris, croisant les jambes dans une mimique qui se voulait comique.

Quand je revins à notre table, Jo parcourait le menu.

— C'est vraiment sympa, ici, dis-je en regardant les gâteaux maison qui garnissaient le comptoir et en humant l'odeur de café frais. On devrait faire ça plus souvent.

Jo roula des yeux.

— Je ne demanderais pas mieux, mais ils feraient une crise si je n'étais pas à l'agence presque tous les jours pour répondre au téléphone et accueillir les clients, déjeuner ou pas.

— Tu as droit à une pause, tu sais, dis-je en feuilletant le menu. Tu pourrais insister.

— Oui, je pourrais… si je voulais faire de ma vie un enfer. Quand elle n'est pas contente, Bryony a l'art et la manière de te torturer discrètement. J'espère vraiment que tu n'auras jamais à connaître cet aspect de sa personnalité.

— Je pense que je n'en suis pas loin, murmurai-je. D'ailleurs, à ce propos, notre petite discussion de l'autre jour m'a beaucoup aidée, merci.

— De rien. Sache simplement que je suis là pour toi si tu as besoin de parler. Je ne veux pas te forcer la main. Ce n'est pas toujours facile de s'ouvrir, surtout à quelqu'un qu'on connaît à peine.

J'avais beaucoup de mal à accorder ma confiance, et Jo, confusément, semblait le sentir.

— Avec toi, ce n'est pas aussi difficile, dis-je en fouillant dans mon sac à la recherche de mon porte-feuille. Tu sais écouter.

— J'ai des d'années d'expérience. (Elle sourit.) Avec ma sœur, essentiellement.

— Passons commande. Aujourd'hui, c'est moi qui régale, ajoutai-je en fronçant les sourcils alors que j'explorais les profondeurs de mon sac à main.

— Pas question, dit fermement Jo en se levant. C'est pour moi, fin de la discussion. Qu'est-ce que tu prends ?

Elle s'éloigna vers le comptoir tandis que je posais mon sac sur mon genou, étalant son contenu sur la chaise, déterminée à récupérer mon portefeuille. Je trouvai deux barrettes en verre appartenant à Evie – portées disparues depuis des mois –, une facture d'électricité en retard et un billet de cinq livres plié et couvert de miettes de biscuit.

— Les sandwiches arrivent, annonça Jo, qui revenait avec les cafés. (Elle jeta un coup d'œil à tout ce que j'avais déballé sur la chaise.) Ma parole, tu gardes tout ce que tu possèdes dans ce sac…

— Je cherche mon portefeuille, expliquai-je en sentant un goût de vomi dans ma bouche. Il n'est pas là.

Jo redevint immédiatement sérieuse.

— Regarde mieux. Parfois, une chose peut rester coincée derrière une autre.

— Mais j'ai tout sorti. (J'ouvris grand mon sac pour lui montrer.) Il n'est pas là, Jo. Oh, merde, merde, merde.

— Tu avais quelque chose dedans ? demanda-t-elle. À part tes cartes de paiement, je veux dire ?

— Je venais de retirer l'argent de la semaine, dis-je, les yeux voilés de larmes, alors que je scrutais désespérément le sol autour de nous. Je gère mieux mon budget quand j'utilise du liquide.

— D'accord. Parons au plus pressé et retournons à la banque. Tu as pu l'oublier là-bas.

— Non, j'en suis sûre. Après, je suis passée à la pharmacie et à la poste. J'avais encore mon portefeuille à la poste.

— Alors, commençons par là. Quelqu'un l'a peut-être ramassé et déposé au guichet.

Jo continuait à parler sur un ton calme et raisonnable, mais je savais qu'elle me ménageait. Qui allait rendre un portefeuille bien garni ?

— Oh, mon Dieu. (Soudain, mon cœur se serra : je venais de me rappeler.) Il contenait aussi une lettre d'Andrew, envoyée avant l'accident et reçue deux jours après sa mort. J'ignorais pourquoi je la gardais là. Pour l'avoir constamment près de moi, je suppose.

— Oh, Toni, non… (Jo me prit par le bras.) Allez, revenons sur tes pas, on aura peut-être de la chance.

Nous laissâmes nos cafés sur la table sans y avoir touché et Jo demanda à la serveuse d'emballer nos sandwiches pour que nous puissions les emporter à notre retour.

49

TONI

Trois ans plus tôt

— Je suis désolée, dis-je à Jo alors que nous remontions High Street d'un bon pas. Par mon étourderie, j'ai gâché ton repas.

— Ne sois pas ridicule, répondit Jo en me donnant le bras. Ça peut arriver à tout le monde.

Au bureau de poste, Jo prit l'initiative et avança directement au guichet. Sans surprise, personne n'avait déposé un long portefeuille noir bourré d'espèces. Nous fîmes le tour des rayons pleins d'enveloppes, de ruban adhésif et d'assortiments de stylos, mais c'était sans espoir.

— Tu es certaine que c'est le dernier endroit où tu l'avais encore en ta possession ? me demanda Jo.

Je nageais en pleine confusion. Je ne me rappelais même pas avoir sorti mon portefeuille, mais j'avais forcément dû le faire pour payer les timbres.

Puis, brusquement, ça me revint.

— J'ai mis les timbres dans mon portefeuille.

— Et, ensuite, tu l'as rangé dans ton sac ?

— Oui, j'en suis sûre. À cent pour cent.

— Alors, tu l'as peut-être laissé tomber en chemin, suggéra Jo.

Nous retournâmes au snack dans un silence morose, scrutant le sol en vain. La rue grouillait de gens faisant leurs courses et d'employés en pause déjeuner. Tous semblaient pressés, soucieux d'exploiter au mieux le temps dont ils disposaient.

C'est la raison pour laquelle la grande silhouette immobile plantée sur le trottoir d'en face attira mon attention. Je plissai les paupières pour tenter de voir, à travers les corps en mouvement, si c'était quelqu'un que je connaissais. Mais, qui que ce fût, la silhouette fit un pas de côté et se fondit dans l'une des ruelles entre les commerces.

Je me réprimandai intérieurement. J'étais ridicule. Non contente d'être une tête de linotte, je devenais paranoïaque. J'attendis devant le snack pendant que Jo récupérait nos sandwiches. Comme s'il me restait le moindre appétit.

— Je ne sais vraiment pas comment j'ai pu égarer ce fichu portefeuille entre ici et la poste, dis-je tandis que nous arrivions à l'agence.

— Vous êtes déjà là ? s'étonna Dale, la bouche pleine.

— C'est un peu la cata, répondit Jo. Toni a perdu son portefeuille.

Et il nous fallut répéter toute l'histoire à Dale. Alors que nous n'en étions qu'à la moitié, Bryony revint de déjeuner et ajouta son grain de sel.

— Que je comprenne bien : vous ne vous souvenez pas du dernier endroit où vous avez vu votre portefeuille ?

— Si. Je l'avais encore à la poste, répondis-je. J'ai acheté des timbres, je les ai rangés dans mon porte-feuille et, ensuite, je l'ai remis dans mon sac.

— C'est ce que vous croyez, mais peut-être qu'en fait vous l'avez posé sur le guichet.

— Non. Je l'ai remis dans mon sac.

— Mais il n'y est pas. Alors, soit vous l'avez laissé tomber au moment de…

— Je pense que je m'en serais aperçue, la coupai-je. (J'avais chaud, et j'éprouvais des difficultés à respirer normalement.) Je l'aurais remarqué.

— Je ne vois qu'une explication : quelqu'un l'a pris dans votre sac. (Bryony se tourna vers Dale.) Peut-être qu'on devrait prévenir la police.

— Pour leur dire quoi ? intervint Jo. Toni n'a pas de description à leur donner, elle n'est même pas sûre qu'il y ait un voleur.

Je secouai la tête d'un air abattu.

— Malheureusement, dit Dale, vu les circonstances, je crois qu'il va falloir vous faire une raison et en tirer les leçons pour…

— Vous semblez égarer pas mal de choses ces der-niers temps, l'interrompit Bryony. D'abord cette photo d'Evie sur votre bureau, maintenant votre portefeuille. Je me demande ce qui viendra après.

Ils échangèrent tous un regard.

— Excusez-moi, dis-je abruptement en me précipi-tant à l'arrière pour m'enfermer dans les toilettes.

Je m'aspergeai le visage d'eau froide au petit lavabo et respirai plusieurs fois à fond. J'avais réellement besoin de l'argent retiré à la banque aujourd'hui.

Comment allais-je m'en sortir ? En demandant de nouveau à maman de me faire l'aumône ? Nos relations n'étaient pas exactement au beau fixe, en ce moment. Cela ne ferait que lui donner plus d'armes pour me rabaisser.

Sans compter la perte de la lettre d'Andrew, la dernière chose qu'il m'avait écrite. Comment avais-je pu être aussi stupide ?

Pour les cartes de paiement, j'allais devoir prévenir la banque de toute urgence. J'avais l'impression que le sort s'acharnait sur moi.

On frappa doucement à la porte.

— Tout va bien, Toni ?

J'ouvris et sortis.

— Oui, merci, Jo. Je suis surtout en colère contre moi-même. (Je lui fis tout de même un petit sourire.) Mais merci pour ta sollicitude.

Elle écarta mon commentaire d'un geste de la main.

— Écoute, peut-être que tu as juste besoin de relâcher un peu la pression, poursuivit-elle avec bienveillance alors que nous retournions dans l'agence. (Je constatai avec soulagement que Dale et Bryony n'étaient plus là.) Et si on allait boire un verre un soir après le boulot, histoire de se détendre ? Qu'est-ce que tu en penses ?

— Je ne peux pas me le permettre en ce moment, répondis-je. Et je me vois mal demander à ma mère de garder Evie : elle en fait déjà bien assez.

— Et si je venais chez toi ? fit-elle d'un ton jovial. Je pourrais lire une histoire à Evie, pendant que tu prendrais tranquillement un bain. Ça te va ?

— Ça me va, cédai-je en souriant.

Mais ça ne m'allait pas vraiment. La maison était dans un désordre épouvantable, et j'angoissais à l'idée de laisser entrer quelqu'un dans ma vie alors que les choses les plus simples du quotidien me demandaient tant d'énergie. Sans parler de mes petits trous de mémoire.

Jo était pleine de bonnes intentions, mais j'aurais préféré qu'elle m'oublie.

50

TONI

Trois ans plus tôt

Trop préoccupée par ce que j'avais perdu dans ce portefeuille, je ne parvins pas vraiment à me concentrer le reste de l'après-midi. Mais je me plongeai néanmoins dans la tâche abrutissante consistant à remettre au propre les fiches contact.

En consultant mon portable, je m'aperçus que j'avais un appel en absence de Tara. Après mon message décousu de l'autre jour, elle tenait sans doute à s'assurer que j'étais toujours de ce monde. Je n'étais pas capable de lui parler pour l'instant ; après ma mésaventure d'aujourd'hui, je me sentais réellement en dessous de tout.

Je n'aurais jamais cru pouvoir éprouver de la reconnaissance envers Bryony, mais le travail assommant qu'elle m'avait confié se révéla parfait pour faire passer les heures jusqu'à la fermeture. Quand je lui apportai enfin les fiches mises au propre, elle n'était pas là, mais sa porte était grande ouverte. J'entrai et posai mon paquet sur le bord de son bureau, toujours aussi impeccable.

Alors que j'allais sortir, je remarquai dans le coin que la porte donnant sur la réserve était entrebâillée.

Quelque chose de brillant attira mon regard. Je fis un pas en avant, et me figeai en reconnaissant l'objet en question.

Sur une étagère, et visible uniquement à travers l'entrebâillement, se trouvait la photo d'Evie dans son cadre argenté. Celle que j'avais « perdue ».

Je restai plantée là, incrédule.

— Qu'est-ce que vous faites ici ?

Le ton froid et cassant de Bryony derrière moi me fit sursauter.

— Oh ! J'étais... je vous ai rapporté les fiches, répondis-je en désignant de la tête la pile bien droite sur son bureau.

Elle croisa les bras et s'appuya contre le chambranle de la porte.

— C'est la deuxième fois que je vous trouve en train de fouiner chez moi. (Elle plissa les paupières.) À l'avenir, ne vous avisez plus d'entrer en mon absence. Et pourquoi me regardez-vous de cette manière ?

— Je... c'est juste que quelque chose a attiré mon attention dans la réserve, bafouillai-je. C'est... on dirait la photo d'Evie, celle que j'avais sur mon bureau.

— Quoi ?

Elle passa à côté de moi avec raideur, dressée sur ses talons vertigineux, et poussa la porte.

— Où ça ? Oh, je la vois. (Elle saisit la photo et sourit ; son visage s'adoucit.) Quel petit ange. Qu'est-ce que ça fait là ?

— Je l'ignore, répondis-je en prenant le cadre qu'elle me tendait. Ce n'est pas moi qui l'y ai mise.

— Eh bien, ce n'est certainement pas moi non plus. (Elle secoua la tête.) La femme de ménage l'aura trouvée par terre dans l'agence et l'aura rangée là.

— Oui, c'est sans doute ce qui s'est passé.

Sauf que la femme de ménage aurait dû connaître sa place. Après tout, elle était restée sur mon bureau une semaine entière avant de disparaître.

— À l'avenir, je vous conseille de faire plus attention à vos affaires. (Bryony fronça les sourcils alors que je m'éloignais vers la porte.) Vous semblez perdre pas mal de choses, en ce moment. Que cela ne devienne pas une habitude.

Plutôt que de réagir à la critique à peine voilée de Bryony, je retournai m'asseoir à mon bureau. Je posai la photo d'Evie à plat devant moi.

La porte de l'agence qui se refermait derrière un client me tira de ma morne rêverie.

— Ça va, Toni ? demanda Jo, le visage plissé par l'inquiétude.

— Désolée. (Je secouai la tête et souris.) Ça va. Je pensais juste à quelque chose que m'a dit Bryony.

— Tu as l'air bouleversée, articula-t-elle avec prudence, comme si elle craignait de me voir fondre en larmes. J'espère qu'elle n'a pas aggravé les choses.

— Non. Elle m'a fait réfléchir. Regarde. (Je lui montrai la fameuse photo « perdue ».) Je l'ai trouvée dans la réserve, dans son bureau.

Jo parut perplexe.

— Qu'est-ce qu'elle faisait là ?

— D'après Bryony, la femme de ménage a pu l'y

mettre. Elle pense que le problème, c'est moi, avec ma manie d'égarer des trucs.

— C'est injuste. Perdre son portefeuille, ça peut arriver à tout le monde.

— Mais ce n'est pas seulement le portefeuille, tu comprends ? (Je haussai les épaules.) Cette photo a disparu de mon bureau. À la maison, j'oublie sans arrêt toutes sortes de choses. Et si je devenais dingue sans m'en apercevoir ?

Jo rit.

— Toni, tu es peut-être un peu étourdie actuellement, parce que tu ne sais plus où donner de la tête, mais je t'assure que tu es saine d'esprit. Plus ou moins.

Je souris à ce trait d'humour, mais mon visage se redécomposa vite.

— Parfois, j'ai l'impression que je ne suis pas à la hauteur, dis-je en me surprenant à exprimer mes doutes. Et je suis nulle, comme mère, en ce moment.

Jo secoua la tête.

— Tu es trop dure avec toi-même. On a tous fait des choses dont on n'est pas très fiers. Bon sang, je le sais mieux que personne.

Elle faisait probablement allusion à son passé. Je ne relevai pas, me demandant si elle allait en dire plus, mais non.

— C'est juste que… Je ne sais pas. Je déteste cette impression de n'avoir aucun contrôle sur moi, ou sur les événements.

— Oui, je vois ce que tu veux dire, répondit-elle.

Mais j'en doutais. Elle n'était pas au courant pour les comprimés et les trous de mémoire. Et je n'avais certainement pas l'intention de lui en parler. Je n'ajoutai rien, laissant le sujet s'épuiser de lui-même.

Mais, dans le fond, quelque chose continuait de me tracasser. Quelque chose ne collait pas.

51

TONI

Trois ans plus tôt

— Madame Cotter ? Di Wilson à l'appareil, du service des urgences traumatologiques du Queen's Medical Centre. Votre mère vient d'être admise, à la suite d'une chute à son domicile. Elle m'a demandé de vous en informer.

— Oh, non ! (Je me redressai brusquement, portant la main à ma gorge.) Elle va bien ? Quand est-ce arrivé ?

Jo leva les yeux du rapport d'estimation qu'elle était en train de saisir pour Bryony.

— À l'heure du déjeuner, poursuivit Di. Elle s'est contusionné le tibia. C'est douloureux et elle a un vilain bleu ; elle est pas mal secouée, aussi. Mais, à part ça, elle va bien. Elle se remettra.

— Elle est rentrée ?

— Non. Elle est toujours chez nous, aux UT.

Quand je raccrochai, je vis que Jo avait fait venir Dale et Bryony.

— Ça va, Toni ? s'enquit Dale.

Je bredouillai.

— Ma mère est à l'hôpital, et je n'ai personne pour chercher Evie, et…

Il leva la main.

— Allez-y, dit-il avec bienveillance. J'espère qu'il n'y a rien de grave. Si je peux faire quoi que ce soit, n'hésitez pas.

Bryony s'approcha et posa la main sur mon bras.

— Moi aussi. (Je regardai sa main avec incrédulité.) Je pourrais chercher Evie à l'école : elle me connaît, maintenant.

— Merci beaucoup. (J'attrapai ma veste et mon manteau.) Je vous enverrai un texto, Bryony, dès que j'y verrai plus clair. Mais ne vous en faites pas : je serai à l'agence demain, sans problème. Encore merci.

— Ne vous inquiétez pas pour ça, Toni.

Bryony sourit, et je sentis un petit frisson me parcourir les deux bras.

Le temps que je trouve à me garer à l'hôpital, il était presque 15 heures. Je devais être à l'école à 16 h 30 au plus tard, pour passer prendre Evie après sa séance avec Mlle Watson.

Je me ruai dans les toilettes mixtes près de l'entrée. J'avais la sensation d'avoir du papier de verre dans la gorge et je sentais un mal de tête homérique menacer à la base de mon crâne.

Je m'assis sur la cuvette et, sans réfléchir, je défis la fermeture Éclair de la poche dans mon sac à main. J'en sortis un comprimé que j'avalai, sans eau. Juste un.

À l'accueil, je donnai le nom de ma mère à la réceptionniste, qui m'indiqua la direction d'une salle d'attente. J'aperçus maman, blottie dans un coin de cet endroit bondé et bruyant. Assise contre le mur, elle avait les yeux baissés. Elle n'était plus que l'ombre de la femme dominatrice et véhémente que je connaissais et affrontais régulièrement. Elle me parut plus petite ; plus vulnérable, d'une certaine manière.

Je me frayai un chemin entre les corps meurtris et les fauteuils roulants. Des bambins couraient dans tous les sens, brandissant les jouets en piteux état qu'ils avaient trouvés dans l'espace chaotique réservé aux jeux.

— Toni ! (Elle s'anima en me voyant.) Tu es venue…

— Mais voyons, bien sûr que je suis venue !

— Je pensais… Enfin, comme on s'était disputées…

— Ne dis pas de bêtises. Tu sais que tu peux toujours compter sur moi.

Ses yeux brillèrent et elle me tendit la main. Je sentis ses doigts trembler légèrement entre les miens.

— J'ai vraiment eu peur, ma chérie. Je ne comprends pas comment j'ai pu être aussi idiote.

— Qu'est-ce qui s'est passé ?

— J'ai glissé dans l'escalier, répondit-elle d'un air incrédule. Et tu sais comme je fais bien attention à ne rien laisser traîner sur les marches…

Je hochai la tête. Je n'avais pas oublié. Pendant mon enfance, dès que je rentrais de l'école, elle me faisait ranger mes affaires dans ma chambre. Elle avait la hantise du danger que pouvait représenter n'importe quel objet abandonné dans l'escalier.

— J'ai trébuché sur mes chaussures en descendant. Je n'y voyais rien, parce que j'avais égaré mes lunettes. Je ne les ai toujours pas retrouvées, d'ailleurs.

Je la dévisageai.

— Tu as laissé tes *chaussures* dans l'escalier ?

Les chaussures qui traînent, la bête noire de ma mère.

— Justement pas ! protesta-t-elle avec véhémence. (Elle baissa les yeux vers ses mains, se calma un peu.) Il y avait deux paires, Toni. Sur des marches différentes.

— Quoi ?

— Je ne me rappelle même pas les avoir portées, et encore moins les avoir posées là. (Elle secoua la tête, probablement perturbée par les pensées qui devaient tourbillonner en elle.) J'ai peur. Je lis des choses sur la démence sénile. Et je ne suis plus toute jeune.

Je levai brièvement les coudes pour atténuer la sensation de moiteur sous mes bras.

Je ne savais pas quoi lui répondre, mais je ne parvenais pas à la quitter des yeux. Pendant quelques secondes, il me sembla contempler une version diminuée de la femme qui, encore récemment, sortait de chez moi comme un ouragan avec son air moralisateur.

Je regardai ses grands yeux bleus embués, sa peau pâle et douce, la façon dont elle se mordait l'intérieur de la lèvre pour retenir ses larmes. Elle approchait à peine les soixante-dix ans, mais cet épisode l'avait clairement secouée.

— Tu as dû oublier de les ranger, c'est tout, marmonnai-je, incapable de cacher mon inquiétude. Avec les problèmes d'Evie à l'école, on s'est toutes les deux fait pas mal de mouron.

— C'est complètement enflé. (Maman examina la partie inférieure de sa jambe, avec son bandage rudimentaire.) J'attends qu'on me fasse un pansement correct.

— Je peux rester avec toi une heure ; après, je devrai aller chercher Evie, dis-je en lui tapotant la main. Mais ne t'en fais pas : on viendra toutes les deux te tenir compagnie chez toi ce soir.

Le silence s'installa entre nous. Je tentai d'échanger des banalités, mais elle n'était pas d'humeur – ça se comprenait.

Je consultai ma montre : 15 h 45.

Elle avait les yeux mi-clos, son visage pâle et moite avait pris une teinte cireuse. Visiblement, elle souffrait beaucoup, en dépit des antidouleurs qu'on lui avait donnés pendant qu'elle attendait.

Je soupirai et me levai. Maman patientait depuis plus de deux heures ; il était temps d'aller poser quelques questions au personnel. À ce moment-là, un infirmier apparut, qui appela son nom. Nous l'aidâmes à monter dans un fauteuil roulant, que je poussai derrière l'infirmier, manquant de peu le pied d'un bambin, ce qui me valut un déluge de paroles peu amènes de la part d'une grosse Italienne.

Je souris avec grâce et pointai du doigt un panneau invitant les parents à ne pas laisser leurs enfants sans surveillance.

— Par ici, dit l'infirmier en m'indiquant l'entrée d'une pièce spacieuse.

Il ferma la porte derrière nous, nous isolant subitement dans un environnement au calme apaisant. Je soufflai enfin.

— Je sais, commenta-t-il, c'est un peu la folie, hein ?
(Il eut un large sourire.) Croyez-le ou non, ce n'est
même pas une journée particulièrement chargée. Vous
auriez dû être là la semaine dernière.

Il s'assit devant un ordinateur et pianota sur le clavier. Au bout de quelques secondes, il pivota sur son
fauteuil pour faire face à maman.

— D'accord. Anita, c'est ça ? Moi, c'est Tom. Ne
vous inquiétez pas, on va bien s'occuper de vous.

Elle leva les yeux d'un air triste et délaissé, et
acquiesça. Je ressentis une bouffée d'émotion ; soudain,
je voulus la serrer contre moi, comme je l'aurais fait
avec Evie.

— Alors, qu'est-ce qui est arrivé à votre jambe ?
demanda Tom.

Maman était fatiguée, mais je la laissai tout de même
expliquer les choses avec ses propres mots. Elle ne
mentionna pas ses inquiétudes à propos de sa mémoire.

Tom ouvrit différents instruments stérilisés. Consultant
la pendule sur le mur, je m'aperçus qu'il était presque
16 heures.

— Je suis désolée, dis-je à Tom. Je dois aller chercher ma fille à l'école.

— Je vois.

Il dévisagea ma mère et je suivis son regard. Elle
était au bord des larmes.

— Ça ira, maman ? demandai-je, alarmée. Je dois
partir. Evie m'attend.

Elle hocha la tête, mais ne répondit pas. Elle semblait complètement dans les vapes.

— Vous ne pouvez vraiment pas rester ? (Tom prit un peu de coton hydrophile dans un paquet.) Je pense qu'elle a réellement besoin de votre présence.

J'avalai la boule que j'avais dans la gorge et tirai sur les derniers boutons de mon chemisier pour laisser entrer un peu d'air. L'espace d'une seconde, je me sentis moi aussi au bord des larmes. Je n'avais personne vers qui me tourner pour m'aider avec Evie, et pourtant je voulais vraiment être là pour maman. Mais la sécurité d'Evie passait avant tout.

Puis je me souvins.

— Donnez-moi une seconde, dis-je en sortant mon portable. J'ai peut-être une solution.

52

TONI

Trois ans plus tôt

Je sortis de l'hôpital pour composer le numéro de Bryony. Son téléphone sonna, mais je tombai directement sur sa messagerie. Je refis un essai et laissai un message.

— Bryony, c'est Toni. Je sais que je m'y prends à la dernière minute, mais j'appelle pour demander si vous pourriez passer chercher Evie à 16 h 30. Je suis toujours aux urgences avec ma mère. Elle est un peu secouée et j'aimerais autant rester avec elle. (Je consultai ma montre.) Si vous pouviez me rappeler dans les cinq prochaines minutes, ce serait parfait ; sinon, pas de problème, j'irai moi-même.

À la fin de la communication, je téléphonai à St Saviour.

Le répondeur s'enclencha aussitôt : « Nos bureaux sont ouverts de… »

J'envisageai de laisser un message, avant de me raviser. Je n'avais pas les idées claires. Je m'inquiétais pour maman, pour Evie… Quelques minutes supplémentaires dehors me feraient du bien, histoire de prendre un peu l'air et de voir si Bryony me rappelait.

L'air, encore humide après une averse récente, était revigorant. Je regardai la couche de béton mal entretenue devant l'entrée : elle aurait eu bien besoin d'être remplacée. Une brise rafraîchissante éventa mon visage et mon cou brûlants ; un instant, j'eus la tentation de m'asseoir juste là pour mettre de l'ordre dans mes pensées.

J'imaginai Bryony écouter mon message et se précipiter vers sa voiture. La compréhension dont elle avait fait preuve cet après-midi m'avait stupéfiée. Plus encore, sa volonté de m'aider avait semblé sincère. Peut-être commençait-elle enfin à se dégeler. Si stupide que cela puisse paraître, une crise se révélait parfois nécessaire pour rapprocher les gens.

J'attendis une minute de plus avant de retourner à l'intérieur. Je frappai à la porte de la salle de soins et entrai.

Tom parlait à maman sur un ton rassurant.

— Ah, vous voilà. Votre mère me disait justement que sa mémoire lui causait quelques soucis. (Il me regarda.) Elle oublie des choses qu'elle a faites, elle égare des objets aussi.

— Non. (Je secouai la tête.) Pas avant aujourd'hui. Elle ne se rappelle pas avoir posé ses chaussures dans l'escalier. Celles sur lesquelles elle a trébuché. C'est bien ça, maman ?

— Il n'y a pas que ça, répondit-elle en se tordant les doigts. Il m'arrive d'oublier des choses, mais je ne voulais pas t'embêter avec ça.

— Quoi, par exemple ?

Je jetai un coup d'œil à la pendule : 16 h 05, et toujours aucune nouvelle de Bryony. J'allais devoir partir.

— Écoute, il faut que j'aille récupérer Evie maintenant. On reparlera de tout ça à mon retour.

Ma respiration était devenue rapide et superficielle.

Tom fronça les sourcils. J'aurais préféré que maman ne fasse pas allusion à ses préoccupations devant lui ; en creusant la question, il ne l'inquiéterait que davantage.

— J'ai cru pouvoir me faire remplacer, lui expliquai-je, mais je n'ai pas réussi à joindre la personne à laquelle je pensais. Désolée.

— Ça va aller, dit ma mère.

Mais sa voix tremblait et elle se mordit la lèvre.

— Oh, maman. (Je m'agenouillai à côté d'elle et lui pris la main.) Je m'en veux, mais il faut que je te laisse. Je ramènerai Evie ici, et ensuite on rentrera toutes les trois et on passera la soirée ensemble. D'accord ?

Elle hocha la tête, les yeux brillants de larmes.

— Je suis navrée, dis-je à Tom. Je serai de retour aussi vite que possible.

J'eus l'impression de parcourir des kilomètres sur ces maudits escarpins prêtés par maman, qui me serraient et me pinçaient les pieds. Quand j'eus payé le parking et franchi la barrière, je rejoignis une longue file de véhicules qui attendaient à la sortie du complexe hospitalier.

À 16 h 12, je retrouvai enfin la grand-route.

Ce serait vraiment juste pour arriver à la demie, mais j'avais laissé un message sur le répondeur de l'école pour les prévenir.

Je me sentais un peu hébétée – mais de façon agréable, comme si l'anxiété qui me rongeait avait été contenue. En principe, je n'aurais pas dû conduire, j'en avais conscience. Mais j'étais bien, et il s'était écoulé un bon moment depuis que j'avais avalé le comprimé. Il n'en restait probablement rien dans mon organisme.

Maman et Evie avaient besoin de moi, et je ne les laisserais pas tomber.

Je pris un raccourci par de petites rues afin d'éviter les parties les plus encombrées de la ville, passant devant un marchand de journaux où une bande de garçons à vélo mangeait des friandises en criant à l'intention d'autres gamins sur le trottoir d'en face. Plus loin, des ouvriers, en gilets fluorescents et casques de protection, se la coulaient douce, adossés à leurs barrières rouge et blanc, exposant leurs bedaines aux regards des piétons et des automobilistes.

Le comprimé que j'avais avalé plus tôt m'avait fort heureusement coupée de la réalité. J'avais le sentiment de pouvoir mieux me concentrer, au lieu de me laisser distraire par les millions de soucis qui tourbillonnaient dans ma tête.

J'écoutai Smooth Radio, reprenant en chœur de vieilles chansons passées de mode, mais qui me remontaient le moral. Pendant dix minutes, mes problèmes s'envolèrent. Je roulai sans obstacle sur ma route, la circulation progressant lentement, mais sûrement. Puis, à l'approche de Moor Bridge, je tombai sur un bouchon.

Deux files qui s'étiraient jusqu'à la bretelle de contournement.

— Merde.

J'avais huit minutes pour arriver à l'école d'Evie.

Le cœur battant, j'appuyai sur l'écran de mon smartphone, affichant l'info trafic en temps réel de la BBC. Il y avait eu un accident près de l'hôpital de la ville : je resterais donc coincée jusqu'au rond-point, où je pourrais prendre la direction de Bulwell.

Je déboîtai sur la voie de droite, espérant avancer un peu, mais je m'aperçus vite que tout le monde avait eu la même idée. C'était pourtant ma seule chance d'arriver à l'heure.

Il était 16 h 25 ; la circulation était bloquée et ne donnait aucun signe d'amélioration.

53

JOURNAL DE SURVEILLANCE

Trois ans plus tôt, 9 septembre

Chronologie
Arrivée au poste de surveillance : 11 heures

11 h 05	La mère de Toni Cotter quitte son domicile pour faire les courses chez *Sainsbury's*.
11 h 10	Entrée dans la maison par la fenêtre de la salle de bains restée ouverte.
11 h 20	Mise en place des obstacles prévus pour provoquer une blessure accidentelle.
11 h 25	Départ de la propriété.

Départ du poste de surveillance : 11 h 30

OBSERVATIONS GÉNÉRALES

Maison propre et bien rangée

Bonus : la vieille dame avait laissé ses lunettes chez elle. En ai profité pour les prendre. Devrait contribuer à causer l'accident.

Attends instructions.

54

L'INSTITUTRICE

Trois ans plus tôt

— Écarte-toi de la fenêtre, Evie, s'il te plaît, dit Harriet Watson. Ce n'est pas encore l'heure.

— C'est l'heure quand la grande aiguille est sur le six, répondit Evie. C'est vous qui l'avez dit.

— Eh bien, comme tu peux le constater, elle n'est pas tout à fait sur le six, répliqua sèchement Harriet. Il reste au moins deux minutes.

Aucun doute, cette petite était futée. Beaucoup trop pour son propre bien, pensa Harriet.

Le visage d'Evie se rembrunit.

— Où est Mlle Akhtar ? C'est elle, ma vraie maîtresse.

Harriet fit un pas dans sa direction et l'enfant s'assit, se recroquevillant sur sa chaise.

— *Je* suis chargée de ces séances après la classe. (Harriet parla lentement, d'une voix très nette.) Elles ne concernent pas Mlle Akhtar.

Evie croisa les bras et se détourna. Harriet vint se planter devant elle et se jucha au bord de la table.

— Ta maman s'inquiète beaucoup pour toi. Tu le sais, n'est-ce pas ?

L'enfant fronça les sourcils.

— Non, dit-elle.

— Non, *mademoiselle Watson*, la reprit Harriet. Elle m'a dit qu'elle se faisait du souci à ton sujet. Et ta mamie également. À St Saviour, il n'y a pas de place pour les vilaines filles.

— Je ne suis pas vilaine !

Les yeux d'Evie s'écarquillèrent et sa lèvre inférieure trembla.

— Toi, tu le sais. Et moi aussi, Evie, la rassura Harriet d'un ton doucereux. Mais ce n'est pas le cas de tout le monde. Je veux pouvoir dire à ta maman que tu es sage, crois-moi. Mais…

L'enfant la regarda avec des yeux brillants.

— De toi à moi, c'est Mlle Akhtar qui pense que tu es vilaine.

— Ce n'est pas vrai, protesta Evie, une larme coulant sur sa joue rose. Je ne suis pas vilaine.

— Je le sais bien, Evie, dit Harriet en adoptant un ton bienveillant. D'ailleurs, je lui ai expliqué que, quand tu es avec moi, tu es très sage. J'ai eu raison, n'est-ce pas ?

Evie hocha légèrement la tête, comme si elle-même n'en semblait pas entièrement convaincue. D'un air de défi, elle essuya ses larmes avec la manche du sweat-shirt de l'école.

Pendant la séance d'aujourd'hui, Evie n'avait pas cessé de se plaindre, de se faire prier. Elle avait refusé de dessiner et volontairement cassé deux craies de cire. Elle avait continuellement bâillé et compté ses doigts pendant que Harriet tentait de lire avec elle. Et, au cours des dix dernières minutes, son regard n'avait pratiquement pas dévié de la pendule.

— Tu comprends, si Mlle Akhtar te signale au directeur, tu ne pourras plus jamais revenir, Evie. Ils t'enverront là où vont les enfants pas sages.

Evie écarquilla les yeux de frayeur.

— Où ça ?

— C'est à des kilomètres d'ici, répondit Harriet. Tu seras peut-être même obligée d'habiter là-bas, loin de ta maman et de ta mamie, loin de moi.

La fillette éclata en sanglots.

— Là, là, sèche tes larmes. (Harriet lui tendit un mouchoir en papier, regardant avec répugnance les joues striées de larmes d'Evie et son nez qui coulait.) Je leur dirai de ne pas t'envoyer là-bas. Si tu es d'accord, bien sûr. Si tu préfères rester avec moi…

Evie renifla et s'essuya le nez, sans jamais quitter Harriet des yeux.

— Mais, d'abord, tu dois me promettre que notre petite conversation sera notre secret. Tu ne dois rien dire à maman ou à mamie, c'est compris ? Tu peux faire ça ?

Evie hocha la tête.

— Pas un mot sur l'école pour enfants pas sages. J'ai ta promesse ?

— Oui, ronchonna-t-elle. C'est comme dans *Matilda*, avec Mlle Legourdin ?

Harriet soupira. C'était le problème, de nos jours. Plutôt que de préparer les enfants aux dures réalités de l'existence, on leur bourrait le crâne de bêtises à la télévision et au cinéma.

— *Matilda*, c'est juste une histoire stupide. (Harriet saisit avec dégoût le mouchoir d'Evie et le jeta à la poubelle.) Je suppose que ta maman se met parfois en colère contre toi ?

Evie acquiesça, les yeux brillants.

— Je ne veux plus voir une larme, c'est clair ?

— Oui.

— Que fait ta maman, quand elle est en colère ?

Evie réfléchit un moment.

— Elle dit que je suis obligée d'aller à l'école.

— Et elle a raison. C'est la loi. Sinon, un policier pourrait venir te chercher.

Le menton d'Evie se plissa alors qu'elle se mordait la lèvre inférieure. Elle savait que c'était vrai, parce que maman le lui avait déjà expliqué.

— Et dis-moi, quand elle est en colère, est-ce qu'elle prend ses médicaments ?

Evie fronça les sourcils.

— Je veux parler des pilules qui la font dormir.

— Oh, oui, répondit gaiement Evie en comprenant enfin. Elles sont dans l'armoire de la salle de bains, là où je ne peux pas les attraper sans monter sur une chaise. Elle dort pendant des *heures*. Parfois, j'ai faim et je m'ennuie.

— Ça ne m'étonne pas. (Harriet sourit.) Et je parie que tu as du mal à la réveiller, n'est-ce pas ? Quand elle dort à poings fermés dans la journée ?

Evie hocha la tête.

— Je dois faire comme ça. (Elle mima le geste de secouer quelque chose agressivement.) Et je suis obligée de crier « MAAMAAN ».

Sa voix forte résonna dans la bibliothèque déserte.

— Chut, fit Harriet en lançant des regards furtifs autour d'elle. (Elle préférait ne pas attirer l'attention du vieux M. Bryce, le concierge, toujours à marmonner et à se mêler des affaires des autres.) Ne fais pas tant de boucan !

Evie baissa les yeux vers le sol.

— Comme je te le disais, la seule autre école des environs est celle où vont les enfants qui ne sont pas sages. Il y a de grands garçons, là-bas, qui te donneront des coups de pied dans les tibias, même en classe, poursuivit Harriet. Alors, tu dois arrêter de dire que tu ne veux pas venir à St Saviour. Tu comprends, Evie ?

— Oui, répondit docilement Evie. Je ne le dirai plus.

— C'est bien. Et tu ne dois parler de notre conversation à personne. Tu n'auras pas besoin d'aller là-bas, si tu m'obéis. Je suis assez claire ?

— Oui.

— Oui, *mademoiselle Watson*, la reprit Harriet.

— Oui, mademoiselle Watson.

— Très bien. (Harriet sourit.) Alors, je veux que tu dises à ta maman que tu as passé une bonne journée et que Mlle Watson est très contente de toi. Ce qui est vrai.

Evie hocha la tête, et le soupçon d'un sourire apparut sur ses lèvres.

— Dieu du ciel ! s'exclama Harriet en regardant la pendule. (Elles avaient dépassé le temps prévu de dix minutes.) Ta maman semble en retard. Reste là. Je vais voir si elle attend à l'accueil.

55

TONI

Trois ans plus tôt

Je téléphonai à l'école au moins six fois, dans l'espoir que quelqu'un, passant devant l'administration, aurait l'idée de décrocher. Mais je tombai invariablement sur le répondeur.

Je pensais avoir laissé un message plus tôt, prévenant que j'aurais un peu de retard… mais, à présent, je n'en étais plus aussi sûre.

Une suite de tableaux défilait dans mon esprit, tel un diaporama ultra-rapide : maman, seule dans la salle d'attente à l'hôpital ; le regard désapprobateur de Tom, l'infirmier ; maman, tombant dans l'escalier chez elle ; moi, appelant St Saviour et laissant un message.

Mais l'ensemble ne formait pas un tout cohérent ; certaines parties semblaient embrouillées.

Je fermai les yeux pour m'isoler du bouchon qui s'étirait devant moi et mettre de l'ordre dans mes idées. J'avais appelé le portable de Bryony à deux ou trois reprises depuis ma première tentative ; mais, maintenant, je tombais directement sur le répondeur. Je n'avais pas le mobile de Dale dans mes contacts. Et, à l'agence, personne ne décrochait ; Jo devait déjà être en ligne avec un client.

Puis je me souvins d'un texto qu'elle m'avait envoyé la semaine dernière. Elle m'avait demandé mon numéro pour me faire suivre une blague idiote qui circulait à l'époque. Après avoir retrouvé le texto en question, j'appelai Jo, mais je n'obtins que sa messagerie. Je lui adressai un texto et avalai la boule écœurante que j'avais dans la gorge.

Jo, c'est Toni. C'est urgent. Suis bloquée dans un embouteillage. Peux-tu passer prendre EvieASAP ? École élémentaire St Saviour. Désolée pour le dérangement.

Je ne comprenais pas pourquoi Harriet Watson ne s'était pas manifestée ; j'avais déjà vingt minutes de retard. Puis je pris conscience avec angoisse que je n'avais toujours pas complété la fiche de contact des parents incluse dans le dossier d'admission d'Evie.

Elle m'en avait même rapporté une deuxième à la maison, que j'avais trouvée dans son cartable le jour de la rentrée, avec un mot de l'administration me demandant de la remplir le plus tôt possible. L'école n'avait pas mon numéro de portable.

Je baissai légèrement ma vitre, mais l'air était chargé de gaz d'échappement. Ma voiture avait peut-être avancé de cinq mètres ces cinq dernières minutes. Un temps qui semble interminable quand votre fille n'a personne pour aller la chercher ou que votre mère est plus vulnérable qu'elle ne l'a jamais été.

Je déglutis pour soulager la sécheresse de ma gorge, me maudissant d'avoir oublié ma bouteille d'eau au travail.

Une boule de chaleur se forma au creux de mon estomac et entama son ascension. D'expérience, je savais que, lorsqu'elle exploserait, elle aggraverait ma migraine déjà carabinée et que je deviendrais cramoisie.

Je saisis mon téléphone et fixai l'écran muet, vide de textos ou de messages d'appels en absence.

Tapotant des ongles sur le volant, j'adjurai intérieurement la file devant moi d'avancer.

J'arrivai à l'école à 17 h 10. Avec quarante minutes de retard.

Je me garai sur la double bande jaune, juste devant l'administration. J'arrachai ma ceinture, bondis hors de la voiture et courus à fond de train vers les grilles de l'entrée principale. Sans la foule des enfants et des parents, l'endroit ressemblait à une ville fantôme.

Toutes les portes étaient fermées et tous les stores baissés. Soudain, ma nuque me picota et ma gorge me brûla.

Je frappai aux portes et aux fenêtres à coups redoublés. Je fis le tour du bâtiment en m'époumonant. Quand j'arrivai à la fenêtre de la salle de classe d'Evie, un homme d'une soixantaine d'années en salopette bleu marine apparut au coin.

— Ma fille, dis-je d'une voix haletante en me précipitant vers lui. Je suis en retard pour la chercher.

— Il n'y a personne, madame, répondit-il. Tout le monde est rentré.

— Non, vous ne...

Je fermai les yeux de toutes mes forces pour chasser la nausée. Quand je les rouvris, il me regardait avec curiosité.

— ... vous ne comprenez pas. Ma fille, Evie, était là, avec Mlle Watson, après la classe.

— Mais tout le monde est rentré maintenant, répéta-t-il. (Il recula de quelques pas en traînant les pieds.) Je suis le concierge et je viens de terminer ma tournée de toutes les salles. Il n'y a plus personne. Je vous assure.

56

TONI

Trois ans plus tôt

Je plantai là le concierge et repartis vers ma voiture en courant.

Le bâtiment de l'école, la route, la circulation… tout s'embrouillait devant mes yeux dans une sorte de tourbillon qui tournait de plus en plus vite.

Je trébuchai et tombai contre la grille. Sur ma peau, le métal était froid et implacable.

— Holà, faites attention ! (Le concierge apparut à côté de moi.) Vous allez vous faire mal, si vous continuez comme ça. Pourquoi vous n'entreriez pas vous asseoir une ou deux minutes ?

— Non. (Je secouai la tête, ce qui ne fit qu'aggraver mon vertige.) Je dois… je dois la trouver. Ma fille.

Je me redressai et respirai à fond. Il avança vers moi, les bras tendus, comme si j'allais m'écrouler d'un instant à l'autre.

— Ça ira, merci, dis-je en souhaitant qu'il me laisse tranquille. (Puis il me vint une idée.) Vous n'auriez pas le numéro de téléphone de Harriet Watson ?

— Désolé, madame. (Il haussa les épaules.) Je n'ai pas accès à ce genre d'informations. Tout est sur l'ordinateur, à l'administration, vous comprenez. Vous m'avez encore l'air pas très solide sur vos jambes.

— Je dois y aller, marmonnai-je en sortant sur le trottoir. Je dois trouver Evie.

Il me regarda alors que je m'éloignais d'une démarche mal assurée en direction de ma voiture.

— Vous ne devriez pas conduire, me lança-t-il.

Je l'ignorai et m'installai maladroitement derrière le volant. Je tirai la portière, basculai en arrière contre l'appui-tête et fermai les yeux. Mes pensées bondissaient dans tous les sens, telles des balles de ping-pong survoltées. J'étais incapable de les saisir au vol et de leur donner ne serait-ce qu'un semblant d'ordre.

Mon téléphone sonna et mon cœur se serra. Je fouillai dans mon sac, à la recherche de l'appareil. Un numéro inconnu s'affichait sur l'écran. Je répondis, la gorge paralysée par une angoisse sourde.

— Allô ? fis-je d'une voix rauque.

— Toni ? C'est Jo, je viens juste de recevoir ton texto. Tout va bien ?

— C'est Evie. (Ma voix se brisa.) Elle a disparu.

Assise dans ma voiture, j'attendis patiemment l'arrivée de Jo. Rester sans rien faire faillit me rendre folle, mais Jo avait insisté. Je baissai ma vitre, dans l'espoir que cela m'aiderait à faire le ménage dans ma tête, à avoir les idées claires.

— Ça va aller, madame ?

Je sursautai, rouvrant brusquement les yeux. C'était le concierge, penché à ma fenêtre.

— Oui, merci. Mon amie ne va pas tarder. C'est gentil, mais vous ne pouvez rien faire de plus pour l'instant.

— Je vais tout de même refaire le tour des salles, dit-il. Juste au cas où. On sait comment sont les gamines, parfois.

Regardant son visage ridé et ses lèvres fines, je frémis à l'idée de cet homme, seul avec Evie, dans ce bâtiment.

— Merci, marmonnai-je avant de remonter ma vitre.

Dix minutes plus tard, une petite Fiat blanche se gara devant moi. Jo en sortit et courut dans ma direction ; mais, avant qu'elle arrive jusqu'à moi, le concierge l'arrêta au passage, levant la main.

Il était de dos. Ils échangèrent quelques mots, puis tous deux se tournèrent vers moi.

— Quoi ? criai-je depuis l'intérieur de ma voiture.

Evie avait disparu et ces deux-là papotaient comme si nous avions tout notre temps.

Jo se précipita vers la Punto et vint s'asseoir à côté de moi.

— Mon Dieu, Toni, tu as une mine terrible. (Elle me prit la main ; ses doigts me semblèrent froids et moites.) Qu'est-ce qui s'est passé ?

— Qu'est-ce qu'il a dit ? demandai-je sèchement. De quoi parliez-vous ?

— M. Bryce se fait du souci pour toi, c'est tout, répondit-elle calmement. Il m'a dit que tout le monde était rentré. Ma pauvre, tu dois être dans tous tes états.

Fondant en larmes, je parvins tout juste à lui livrer l'essentiel de ce qui venait de se produire.

— Je ne sais ni qui contacter ni quoi faire, dis-je en sanglotant. (Puis une illumination troua le brouillard.) Je devrais appeler la police.

Jo me regarda une seconde avant de secouer la tête.

— Il y a d'abord des choses à vérifier. La police te demandera ce que tu as fait pour la retrouver, raisonna-t-elle.

— Comme quoi ? (Je reniflai.) Il n'y a plus personne ici, et je n'ai pas le numéro de Harriet Watson.

— Eh bien, Evie n'est visiblement pas là, mais tu étais en retard, n'est-ce pas ?

Je hochai la tête.

— Harriet a très bien pu la ramener à la maison. Tu es déjà passée chez toi ?

J'écarquillai les yeux. Comment avais-je pu être aussi stupide ?

— Elle m'attend peut-être chez nous, chuchotai-je.

Je tendis la main vers la clé de contact.

— Non, dit Jo. On prend ma voiture. Tu es dans tous tes états. M. Bryce pense que tu ne devrais pas conduire.

Nous entrions à peine dans Muriel Crescent que je détachais déjà ma ceinture de sécurité et tendais la main vers la portière.

— Attends au moins qu'on soit à l'arrêt, m'enjoignit Jo.

Je tremblais comme une feuille, cherchant du regard notre maison, la dernière de la rangée.

— Elle n'est pas là, criai-je.

Puis, plus fort :

— Je le vois bien, qu'elle n'est pas là !

Je tirai sur la poignée et la portière s'ouvrit, manquant de peu une voiture en stationnement.

— Merde, Toni ! s'emporta Jo en appuyant sur le frein. Ferme cette putain de portière !

Je la considérai, bouche bée. C'était comme si un interrupteur venait de basculer en elle. Je ne l'avais jamais entendue jurer au travail, encore moins se mettre en colère. Bondissant hors de la Fiat, je courus vers la maison, les cris de Jo s'estompant derrière moi.

Visiblement, personne n'attendait devant chez nous. Ni Harriet, ni Evie. Haletante, je me précipitai à l'arrière.

— Evie ! appelai-je désespérément. Evie !

Une tête apparut au-dessus de la haie.

— Z'avez de nouveau perdu vot' gamine ? demanda Colin avec un petit sourire suffisant.

— Allez vous faire foutre ! lui lançai-je d'un ton hargneux.

Je retournai devant la maison. Entre-temps, Jo s'était garée et marchait vers moi.

— Bon sang, Toni, calme-toi, enfin. (Elle m'attrapa par le bras.) Tu dois envisager les choses de façon rationnelle. Entrons.

57

TONI

Trois ans plus tôt

— Où Evie a-t-elle pu aller, d'après vous ? Un parc dans le voisinage qu'elle aime particulièrement, peut-être ?

J'étais assise sur le canapé, à côté de Jo ; le lieutenant Manvers et une policière en uniforme, l'agent Holt, se tenaient debout en face de moi.

— Elle ne connaît pas les environs, répondis-je en larmes. On vient à peine d'emménager. Pourquoi reste-t-on là les bras croisés ? On doit bien pouvoir faire quelque chose…

— Nous ne restons pas les bras croisés, madame Cotter, je vous assure, dit Manvers. On a pris contact avec le directeur de St Saviour et le président du conseil d'établissement. On ne devrait pas tarder à avoir de leurs nouvelles.

— Un voisin l'a peut-être recueillie ? suggéra l'agent Holt.

Colin. Je me levai d'un bond.

— Le fils de Sal, juste à côté. Il a fait de la prison. (Je fis un mouvement vers la cuisine.) Il est dans le jardin en ce moment. Il a déjà pris Evie auparavant.

— Il l'a déjà *prise* ? répéta le lieutenant Manvers en insistant sur le dernier mot.

— Il lui a dit qu'il la laisserait nourrir le chiot, répondis-je, vaguement consciente que ma voix montait dans les aigus.

Je frissonnai.

Manvers marmonna quelque chose à sa collègue et se dirigea vers la porte d'entrée, tendant la main vers sa radio. L'agent Holt passa son bras autour de mon épaule et me força à reprendre ma place sur le canapé.

— Je ne veux pas m'asseoir, dis-je sèchement. Vous devriez être en train de la chercher. Si ça se trouve, Colin est avec elle en ce moment, il l'a peut-être enlevée…

— Toni, répliqua Holt d'une voix bienveillante, mais ferme. Il est important de garder son calme. Il s'agit très probablement d'un simple malentendu. La maman d'un camarade d'Evie a très bien pu la ramener chez elle.

— Je n'arrête pas de vous dire… (Je me pris le visage entre les mains.) On ne connaît personne, on vient d'arriver dans la région. Je ne peux pas rester les bras croisés.

— D'accord. Mais les choses avancent, vous savez. Nous réunissons le personnel de l'école. En ce moment même, le lieutenant Manvers parle à vos voisins.

Le visage narquois de Colin apparut dans mon esprit.

— S'il l'a touchée, je le tuerai, je le…

— Toni, avez-vous bu ? (L'agent Holt me lança un regard inquisiteur ; je me détournai.) Vous semblez un peu… lointaine.

— C'est juste la fatigue, me hâtai-je de répondre. (Les mots ne coulaient pas naturellement dans ma bouche.) J'ai eu une rude journée.

Puis une sensation glacée m'envahit.

— Oh, mon Dieu, j'ai oublié ma mère ! Elle est coincée aux urgences...

— Laisse, je m'en occupe, dit Jo en se levant.

Je lui donnai les informations nécessaires et elle partit.

On sonna à la porte et l'agent Holt alla ouvrir. J'entendis des voix, puis Harriet Watson entra dans la pièce.

— Où est-elle ? criai-je en me précipitant vers elle. Où est Evie ?

L'agent Holt me retint par le bras avant que j'atteigne Harriet.

— Je pensais que vous étiez venue la chercher, Toni, répondit-elle posément. Je suis allée voir si vous étiez là et, à mon retour, Evie n'était plus dans la salle. J'en ai déduit que vous étiez repartie avec elle sans m'en informer.

— Hein ? Comment avez-vous pu faire une chose pareille ? C'est de la négligence.

Je jetai des regards éperdus aux policiers. Tout le monde m'observait.

Harriet toussa.

— Vous avez été si souvent en retard... Et ce n'aurait pas été la première fois que vous l'auriez emmenée sans prévenir personne. J'ai simplement pensé...

— Vous mentez ! J'ai laissé un message pour dire que j'étais en route.

— J'ai écouté le répondeur, précisa Harriet en secouant la tête. Il n'y avait aucun message. Et, comme vous ne nous avez pas renvoyé la fiche de contact parentale, je n'avais aucun moyen de vous appeler.

Je songeai au formulaire incomplet abandonné sur le plan de travail de la cuisine, juché sur un tas de factures impayées.

— J'ai laissé un message, j'en suis certaine, protestai-je faiblement.

Mais je n'en étais plus aussi sûre.

— Madame Cotter, dit le lieutenant Manvers qui venait juste de réapparaître au salon, votre mémoire semble présenter quelques lacunes. Avez-vous…

— Non, je n'ai pas bu, le coupai-je d'un ton hargneux. Votre collègue m'a déjà posé la question. C'est le choc, je suis complètement paniquée.

Les policiers échangèrent un coup d'œil.

— Vous êtes déjà arrivée en retard pour Evie ? s'enquit l'agent Holt en consultant son calepin.

— Non, pas à ma connaissance. Et ce n'est pas un crime, que je sache ? Parfois, ça roule vraiment très mal.

— Bien sûr, admit-elle. Mais Mlle Watson affirme également que vous avez eu tendance à vous embrouiller dans les jours où Evie sortait plus tard.

Je lançai un regard furieux à Harriet, qui se détourna.

— Elle avait une séance aujourd'hui : ça, je le sais. Et elle… (Je pointai un doigt tremblant sur Harriet.) Elle a laissé quelqu'un enlever Evie.

— J'ai pensé que *vous* étiez passée la prendre, se défendit Harriet. Vous aviez quarante minutes de retard. J'ai demandé à Evie de rester dans la salle, le temps que j'aille à l'accueil voir si vous étiez là. Nous ne pouvions pas continuer à vous attendre : tout le monde était rentré.

— Des policiers s'efforcent de trouver votre fille en ce moment même, intervint le lieutenant Manvers. Elle a très bien pu partir à votre recherche et s'égarer quand Mlle Watson s'est absentée.

— Ma mère a fait une chute, elle était à l'hôpital, dis-je doucement. Ensuite, j'ai été coincée dans un embouteillage provoqué par un accident. Je ne pouvais rien faire. (Je regardai Manvers.) Vous êtes allé à côté ?

— Oui, j'ai parlé à votre voisin et à sa mère. Il est resté toute la journée avec elle. Ils se sont montrés très coopératifs, en fait.

Tu m'étonnes. Je chassai rapidement de mon esprit la pensée de Colin rôdant dans ma chambre.

Harriet Watson prit une inspiration, ses yeux ressemblant à ceux d'une chouette derrière ses lunettes.

— Si seulement nous avions eu vos coordonnées…, dit-elle.

Tous les regards se tournèrent vers moi. À l'évidence, leur opinion était faite : tout était ma faute.

58

La gentille infirmière entre dans ma chambre et ferme la porte derrière elle. Je sens son parfum subtil et l'écoute marmonner tout bas, alors qu'elle énumère les tâches qu'elle accomplit au fur et à mesure.

— Alors, comment se porte-t-on aujourd'hui ? me demande-t-elle, comme d'habitude. Je vous ai manqué ? J'ai pris deux jours de congé.

Oui. Vous m'avez vraiment manqué.

— Mon fils, il habite dans le Devon avec sa femme et mon petit-fils, Riley. Ils sont venus me rendre visite et on a passé de très bons moments ensemble. Et vous, vous avez des enfants ou des petits-enfants ? (Elle s'approche du lit. Une grosse tache de bleu et de blanc, juste au coin de l'œil.) Excusez-moi. Voilà, c'est mieux. Maintenant, vous me voyez quand je vous parle.

Son visage apparaît au-dessus de moi. Elle a des cheveux bruns et des yeux bleus. Elle sourit. Ses dents de devant sont légèrement de biais. Ses sourcils ont besoin d'une épilation et ses tempes commencent à gri-sonner. Son haleine sent un peu le café, et peut-être la cigarette.

Elle me semble familière, mais c'est la première fois que je la vois correctement. D'habitude, elle me dit bonjour et son visage surgit brièvement devant moi, avant qu'elle reporte son attention sur les machines, les relevés et les évaluations à faire.

— Je m'appelle Nancy. On m'a affectée à ce service de manière permanente. Alors, on se verra plus souvent. J'espère que ça vous convient.

Je tente d'ouvrir les yeux plus grand, pour lui montrer que, derrière eux, je suis là.

Elle me regarde en fronçant les sourcils.

— On m'a dit que vous avez reçu une visite de votre sœur. Mais les informations qu'elle a communiquées à l'administration, sur elle et sur vous, ne collent pas. C'est comme si vous n'existiez pas, toutes les deux.

Mes yeux sont rivés sur elle. Elle me fixe intensément, comme si elle essayait réellement de comprendre quelque chose.

— Voyons voir.

Elle disparaît. Je l'entends fouiller dans le meuble à côté de moi, celui où ils rangent mon sac à main.

— Qu'est-ce qu'on a là ? Peut-être quelque chose qui nous apprendra qui vous êtes ? Quelqu'un a examiné vos affaires avec vous ?

Non. Pour la plupart des gens, je suis déjà morte.

Elle fait s'entrechoquer des clés sur un trousseau ; du papier se froisse. J'aime cette femme, qui prend au moins la peine d'envisager l'hypothèse que je puisse toujours être là. Elle me donne une infime lueur d'espoir.

— Une photo, murmure-t-elle. (Une seconde plus tard, son visage réapparaît devant moi.) Alors, qui est-ce ?

Elle tient le petit portrait juste devant mes yeux.

C'est la photo d'Evie avec laquelle *elle* m'a narguée. Elle a dû la laisser tomber quand le docteur Chance est arrivé dans la chambre à l'improviste. Quelqu'un, probablement une fille de salle, l'a mise dans mon sac, pensant qu'elle m'appartenait.

Evie avait visiblement refusé de sourire face à l'objectif, mais c'est sans importance. Elle a de beaux cheveux châtains et porte une robe que je n'ai jamais vue, quelque chose de chic qui a dû coûter une fortune. Un tissu doux, couleur crème, avec un motif de volutes et de points rouges, comme des baies de houx sur de la neige.

J'attends la montée d'adrénaline dans ma tête, la décharge électrique qui m'a permis de cligner des yeux la fois précédente. Mais elle ne vient pas. Alors que l'infirmière me regarde, je reste totalement passive.

Quelque chose en moi se ratatine et j'ai la sensation que je me rapproche du moment où je lâcherai le fil qui me retient au monde réel. Un monde où je n'existe plus, mais que je n'ai pas encore quitté. Pas complètement.

Bientôt, il sera temps pour moi de m'effacer. Si seulement je pouvais faire cette dernière chose pour Evie avant de tirer ma révérence – une façon de réparer les erreurs terribles que j'ai commises. Alors, je pourrais partir tranquille.

Pourtant, mon rythme cardiaque reste régulier, pompant de la vie dans ce corps devenu un territoire étrange de tristesse et de regret. Je n'ai que mépris pour celle que je suis maintenant, mais aussi pour *elle*, qui m'a récemment rendu visite.

— C'est votre fille ? (La voix de l'infirmière semble curieuse et son front se ride au-dessus de moi.) Elle est belle. Elle… elle me rappelle quelqu'un.

Elle tourne la photo dans tous les sens, l'observe attentivement. Je la regarde alors qu'elle fronce les sourcils, la mâchoire serrée. Je l'adjure intérieurement d'arriver à la conclusion qui s'impose.

— Oh, mon Dieu, chuchote-t-elle.

Ses yeux se posent de nouveau sur mon visage. Ils sont légèrement plissés, comme si elle cherchait à se concentrer, à comprendre l'impossible.

— Oh, mon Dieu.

Elle serre la photo entre ses doigts et sort de la chambre en courant. Le soulagement m'envahit, tel un baume apaisant.

Enfin, quelqu'un connaît la vérité.

Quelqu'un sait qui je suis.

59

L'INFIRMIÈRE

Aujourd'hui

Nancy est assise à l'arrière de la voiture de police.
Les maisons et les commerces défilent dans un flou
délavé. Elle les voit tous les jours ; mais, cet après-
midi, ils lui semblent étrangers. Elle aperçoit les formes
et les couleurs à travers les innombrables gouttes de
pluie qui ruissellent inlassablement sur la vitre, et elle
a l'impression de les découvrir.

Aujourd'hui, c'est le monde à l'envers, tout est
bouleversé.

Dès que Nancy a alerté sa hiérarchie, la direction de
l'hôpital a pris contact avec la police. Tout s'est joué
en à peine deux heures. C'est le lieutenant Manvers
qui lui a demandé de les accompagner. Une façon de
procéder inhabituelle, mais justifiée par la nature
extraordinaire de la situation. Il paraît penser que la
présence de Nancy sera utile.

La voiture ralentit avant de tourner au coin, et les
souvenirs affluent. Nancy ferme les yeux, mais ne parvient pas à les chasser.

— Ça va ? s'inquiète le lieutenant Manvers. (Assis
à l'avant, côté passager, il se retourne vers elle.) On

est presque arrivés. Mais on peut s'arrêter une minute, si vous voulez.

— Non, chuchote-t-elle d'une voix entrecoupée. Il ne s'agit pas de moi.

Mais, alors qu'elle prononce ces mots, Nancy sait qu'au contraire son rôle est primordial. Les informations qu'elle détient sont sur le point de rendre la souffrance d'une autre personne encore plus insupportable.

Si la chose est possible.

En sortant du grand rond-point, ils s'engagent dans Cinderhill Road et, enfin, dans Muriel Crescent. Voyant approcher le véhicule de police, un livreur hésite à remonter dans sa camionnette.

Nancy referme les yeux. La voiture ralentit, puis s'arrête. Le lieutenant Manvers lui tient la portière ; elle rouvre les yeux et descend à son tour. Dehors, l'air est humide et lourd, presque moite. Soudain prise de nausée, elle se retient à la portière.

— Vous êtes sûre que ça va aller, Nancy ? lui demande de nouveau Manvers.

Elle hoche la tête.

Mais ça ne va pas vraiment.

Nancy se penche en avant, tente de reprendre son souffle. Elle voit le trottoir fissuré et mouillé. Et, brusquement, elle est ramenée en arrière, en ce jour où Evie, couverte de piqûres de guêpes, sanglotait dans la rue.

Nancy s'était contentée de donner quelques minutes de son temps et de précieux conseils. Après cela, il lui était arrivé de croiser les Cotter en sortant ou en rentrant du travail. Elle les saluait, et elles en faisaient autant. Jamais rien de plus.

Six mois après le jour des guêpes, Nancy avait accepté un nouveau poste d'infirmière au QMC. Elle avait quitté Muriel Crescent pour emménager dans un appartement à la périphérie de la ville. Elle n'avait pas été assez proche des Cotter pour leur dire au revoir, et admettait volontiers n'avoir plus pensé à elles après.

Jusqu'à ce que cette terrible histoire fasse la une des journaux.

La police lance un appel à témoins pour retrouver une petite fille de cinq ans.
Une enfant disparaît de sa classe après que sa mère arrive en retard pour la chercher à l'école.

Le ton de certains articles n'avait pas manqué de faire réagir Nancy. Dès le départ, la presse lui avait semblé un peu trop encline à critiquer Mme Cotter.

Aujourd'hui, personne ne sait ce qu'est devenue Evie.

Nancy prend encore quelques inspirations, l'air froid lui collant aux narines. Elle est consciente que tout le monde la regarde. Tout le monde l'attend.

À l'époque, elle avait envoyé une carte à Toni Cotter, suivie de plusieurs courtes lettres, lui écrivant qu'elle savait écouter et que, si elle pouvait faire quoi que ce soit, etc.

Elle n'avait pas reçu de réponse ; elle n'avait pas vraiment espéré en obtenir.

314

Le lieutenant Manvers patiente jusqu'à ce que Nancy se sente de nouveau d'aplomb.

— Vous êtes sûre de vouloir faire ça ?

Elle hoche la tête et il se retourne, marchant en direction de la maison. Nancy lui emboîte le pas ; l'appréhension lui tord l'estomac, comme si un nid de vipères y avait élu domicile.

La porte est la seule dans la rue qui a visiblement été repeinte : une couche de laque blanche bon marché recouvre le PVC bleu pâle d'origine. Dessous, on devine les traces de mots inscrits à la bombe. Les accusations barbouillées n'ont pas totalement disparu.

Le lieutenant Manvers frappe à la porte et ils attendent ce qui semble à Nancy une éternité.

Quand elle entend quelqu'un de l'autre côté, ses ongles s'enfoncent dans la chair molle de ses paumes. Sa respiration se fait encore plus irrégulière et son cœur cogne contre son sternum.

Une dame âgée apparaît sur le seuil ; elle s'appuie sur une canne. Nancy ne la reconnaît pas, mais pense qu'il s'agit peut-être de la grand-mère d'Evie. Si sa mémoire est bonne, elle était présente, quoique bien plus alerte, le jour de l'incident avec les guêpes.

— Oh !

La femme porte la main à sa gorge en voyant la policière en uniforme et la plaque du lieutenant Manvers. Elle chancelle et se retient maladroitement au chambranle.

— Eh bien, agent Holt, dit Manvers à sa jeune collègue, qu'est-ce que vous attendez ?

Avec une toux embarrassée, la policière se précipite pour offrir une épaule secourable.

Nancy reste sur le seuil. Le lieutenant Manvers parle à la vieille dame à voix basse, mais elle est incapable de décrypter leur conversation, une sorte de bruit blanc a envahi sa tête.

Au bout de quelques moments, ils pénètrent à l'intérieur de la maison. L'agent Holt continue à soutenir la vieille dame et Manvers invite silencieusement Nancy à les suivre, fermant doucement la porte derrière elle.

Au salon, une femme qui n'est plus que l'ombre d'elle-même est assise, affalée dans un coin du canapé.

Ses cheveux châtains sont striés d'argent ; ses lèvres et sa peau semblent desséchées, comme si on les avait vidées de tout élément vital. Pendant un moment, Nancy pense n'avoir jamais vu cette personne ; mais elle croit la reconnaître quand l'espoir anime son visage à la vue du lieutenant Manvers.

La petite pièce est sombre ; les stores sont baissés et les rideaux tirés, éliminant autant de lumière naturelle que possible sans plonger l'endroit dans le noir complet. Des piles de journaux soigneusement pliés jonchent le sol le long de deux des trois murs disponibles. Nancy aperçoit la photo d'Evie et les manchettes à sensation de nombreuses éditions.

Manvers fait les présentations.

— Je suis Anita, murmure la dame âgée. Et vous connaissez ma fille, bien sûr.

— Nous avons peut-être du nouveau, madame Cotter, dit le lieutenant. À propos d'Evie.

316

— Vous l'avez retrouvée ? demande la femme d'une voix rauque en se redressant avec difficulté. (Une certaine clarté semble brièvement dissiper la grisaille dans ses yeux. Elle fixe Nancy du regard.) Evie rentre à la maison ?

— Vous savez où elle est ? renchérit Anita. Evie est en vie ?

— Dans l'état actuel des choses, je crains que nous n'ayons aucune certitude.

Le lieutenant Manvers baisse la tête.

— Est-ce que vous pensez qu'Evie est…

— À ce stade, nous l'ignorons.

— Alors, qu'est-ce que vous faites là ?

— Il y a des faits nouveaux, mais nous ne sommes pas encore en mesure de les vérifier, pour des raisons que nous vous expliquerons plus tard, poursuit Manvers. Mais on a attiré notre attention sur une patiente, victime d'une attaque, hospitalisée au Queen's Medical Centre…

— Quel rapport avec Evie ? s'écrie la jeune femme en pointant un doigt vers lui. Venez-en au fait, s'il vous plaît.

— La personne en question a en sa possession une photographie d'Evie avec un horodatage numérique postérieur au moment de sa disparition. Sur la photo, Evie paraît plus âgée et ses cheveux ont été teints en châtain, explique le lieutenant Manvers.

— Je… je ne comprends pas.

— Madame Cotter, nous pensons que cette femme pourrait avoir enlevé votre fille il y a trois ans.

60

L'INFIRMIÈRE

Aujourd'hui

Toni Cotter pousse un cri. Elle se griffe la gorge, comme si quelque chose d'invisible tentait de l'étrangler.

Nancy se précipite à côté d'elle et, avec douceur, écarte la main de Toni. Des marques profondes apparaissent sur sa peau, comme des gribouillis rouge foncé.

L'agent Holt reste clouée sur place.

— Vous voulez bien chercher un verre d'eau pour Toni ? lui demande Nancy.

La policière se précipite hors de la pièce, presque soulagée.

Anita se laisse tomber lourdement dans un fauteuil, les yeux rivés au sol.

— Qui est cette personne ? chuchote Toni Cotter. Elle vous a dit où se trouvait Evie ?

Nancy voit le lieutenant Manvers reprendre son souffle, s'armant de courage pour expliquer le pire. Qu'ils savent à présent qui a enlevé Evie, mais que cette femme est pour ainsi dire morte.

— La patiente en question est paralysée des suites d'une attaque, dit-il doucement. Elle ne peut ni parler, ni bouger. Elle est également incapable de respirer sans l'aide d'une machine.

Toni et sa mère le regardent sans comprendre.

— On ignore si elle survivra.

Il jette un coup d'œil à Nancy.

— Mais, si elle a une photo d'Evie, elle doit savoir où elle se trouve, affirme Toni d'une voix rauque. Montrez-moi cette photo, je veux voir le visage de ma fille.

— Nous l'avons apportée, madame Cotter, dit le lieutenant Manvers. Nous avons aussi une photo de la patiente. Quand vous vous en sentirez capable, nous aimerions vous soumettre ces deux indices.

— Je suis prête, répond Toni Cotter en se redressant. (Elle se tourne vers Nancy et hoche la tête.) Maintenant.

L'agent Holt réapparaît avec un verre d'eau.

— Nous sommes prêtes, confirme Anita d'une voix égale.

— Pas de précipitation, dit le lieutenant Manvers en dévisageant tour à tour les deux femmes. Commencez par boire votre eau, madame Cotter, nous ne sommes pas pressés. Je conçois ce que cette nouvelle peut avoir de traumatisant pour vous deux.

— Depuis trois ans, je vis l'enfer vingt-quatre heures sur vingt-quatre, sept jours sur sept, réplique Toni. Croyez-moi, je suis plus que prête.

Anita regarde sa fille, puis Manvers.

— Moi aussi.

— Très bien, dit-il. Serait-il possible de laisser entrer un peu de lumière ?

Toni Cotter se recroqueville sur le canapé, comme si elle craignait de tomber en poussière quand on ouvrira les rideaux.

— Votre première réaction est très importante, explique le lieutenant Manvers. Vous devez pouvoir regarder ces photos dans les meilleures conditions.

— Toni n'est pas sortie depuis des mois, vous comprenez, dit Anita en se levant avec difficulté. Nous gardons constamment les rideaux tirés parce qu'elle a peur que tout ne recommence, si quelqu'un la voit.

— Pardon ? fait Nancy. Tout quoi ?

— Les insultes hurlées depuis la rue, les fenêtres cassées, les messages orduriers gribouillés sur les murs…

Nancy jette un coup d'œil à Toni. Elle semble s'être ratatinée encore plus, disparaissant peu à peu dans le coin du canapé.

— Tout le monde s'en est pris à elle. (Anita traverse la pièce en clopinant.) On a dit qu'elle avait négligé Evie, qu'elle n'était pas là pour la récupérer à l'école. La presse en a fait une droguée, alors qu'elle n'avait jamais avalé plus d'un ou deux calmants pour tenir le coup.

Elle s'arrête et regarde sa fille. Son visage profondément ridé se plisse davantage, n'exprimant plus que la sollicitude.

— Ma pauvre petite était déjà anéantie, mais ces salauds de journalistes l'ont achevée.

Anita tire sur les rideaux et l'agent Holt l'aide à relever les stores à mi-hauteur.

Toni se redresse un peu et se glisse plus près de Nancy. Le lieutenant Manvers sort deux photos de la poche intérieure de sa veste et tend la première à Toni.

C'est celle d'Evie, celle que Nancy a trouvée dans le sac de sa patiente.

— Pouvez-vous confirmer qu'il s'agit bien de votre fille, Evie ? demande doucement Manvers.

Toni la fixe quelques secondes. Tout – son expression, son corps, ses yeux – semble complètement figé. Dans le salon, tout le monde retient son souffle. Dehors, une voiture passe dans la rue, tandis qu'un homme parle avec animation au téléphone. Le soleil disparaît derrière les nuages et la pièce s'assombrit sensiblement.

Puis ça commence.

Les mains de Toni se mettent à trembler et un grognement sourd, primal, monte du plus profond d'elle-même. Quand il franchit ses lèvres, il se métamorphose en un hurlement tourmenté qui donne envie à Nancy de sangloter et de s'enfuir.

Prenant sur elle, elle fait mine de serrer Toni dans ses bras, mais la jeune femme la repousse.

— Où est-elle ? crie Toni en se balançant d'avant en arrière sur son siège. Où est mon bébé ?

Anita s'assied sur l'accoudoir du canapé ; elle pleure et caresse les cheveux de Toni.

— Ils la retrouveront, ma chérie. N'est-ce pas, lieutenant Manvers ? (Elle lève vers lui des yeux pleins de tristesse, l'adjurant de prononcer les mots qu'elles ont besoin d'entendre.) Dites-nous que vous allez retrouver Evie…

Le policier ouvre la bouche, puis la referme. Son visage a pâli. Il avance vers Toni et s'accroupit devant elle.

— Toni, pouvez-vous me confirmer qu'il s'agit bien d'Evie ? Est-ce que c'est votre fille, sur cette photo ?

Toni ferme les yeux et hoche la tête ; son corps tout entier se balance.

Le lieutenant Manvers lui prend la main.

— Toni, je ne vous ferai pas de vaines promesses aujourd'hui. Mais je vous donne ma parole, vous entendez, ma parole de faire *absolument* tout ce qui est en mon pouvoir pour retrouver Evie. Est-ce que vous me croyez ?

Toni ouvre ses yeux rouges et humides. Elle scrute le visage du policier, se penchant légèrement en avant comme si elle espérait y lire l'avenir.

— Je vous crois, chuchote-t-elle.

Il se lève et regarde l'autre photo dans sa main. Nancy le voit reprendre son souffle, comme s'il se préparait à la réaction de Toni.

— Et voici la patiente, dit le lieutenant Manvers. Le médecin lui a retiré son respirateur quelques secondes, pour la photo. Alors, ç'a été un peu précipité.

— Pourquoi l'aidez-vous à respirer, alors qu'elle a peut-être enlevé Evie ? demande Anita d'une voix froide.

— Pour l'instant, nous n'avons que des *soupçons*, précise Manvers en se tournant de nouveau vers Toni. Madame Cotter, reconnaissez-vous cette personne ?

Les mains tremblantes, Toni lui arrache la photo. Ses yeux s'élargissent. Blêmissant, elle se lève brusquement, les yeux braqués sur la porte. La photo volette jusqu'au sol et Toni s'effondre, tel un pantin désarticulé.

Nancy s'agenouille à côté d'elle, posant doucement sa main sur la joue de Toni.

— Elle s'est évanouie. Elle reviendra à elle dans une minute.

Bientôt, Toni ouvre les yeux.

— C'était elle, chuchote-t-elle à Nancy, bafouillant, alors que les mots peinent à sortir de sa gorge desséchée. Depuis le début, c'était *elle*. Qu'est-ce qu'elle a fait de ma fille ?

PARTIE II

AUJOURD'HUI

61

J'attends, encore et toujours, et la pendule tictaque ; j'attends et j'écoute ; j'attends…

Pourtant, quand la porte s'ouvre, c'est une surprise.

Des pas traînants, plusieurs personnes. Je les sens. La chaleur de corps en sueur, mourant d'envie de savoir qui je suis, de comprendre pourquoi j'ai fait ce que j'ai fait.

J'entends renifler ; une voix masculine chuchote, émet des bruits réconfortants ; deux paires de pieds approchent de mon lit. On parle à voix basse – je ne distingue pas les mots. Puis les chuchotements et les bruits de pas traînants s'arrêtent. Et, tout à coup, le visage de Toni Cotter apparaît au-dessus du mien.

Si je n'avais pas attendu de visiteurs, j'aurais pu ne pas la reconnaître. Elle a une mine terrible ; elle n'est plus que l'ombre d'elle-même. Un fantôme.

J'en suis la cause. Je lui ai volé sa vie le jour où j'ai enlevé Evie.

Nos regards se croisent. Elle ne sait pas si je peux la voir ou non.

Mais je sais qu'elle me voit.

327

— J'avais confiance en toi, chuchote-t-elle alors qu'une larme éclabousse ma joue.

Une voix d'homme, à présent :

— Vous reconnaissez cette personne, madame Cotter ?

Elle garde un instant le silence, et d'autres larmes s'écrasent sur mon visage.

— Elle s'appelle Jo Deacon, répond Toni. C'était ma collègue. Je pensais qu'elle était mon amie.

Elle ferme les yeux, ses larmes tombent en cascade sur ma peau – et je cligne des yeux.

Je cligne de nouveau, puis je me fige.

Elle ne me voit pas.

Personne ne me voit cligner des yeux.

62

TONI

Aujourd'hui

Avec les cauchemars, c'est toujours le même problème.

Pendant qu'on est endormis, la terreur nous rend pratiquement impuissants : il n'y a rien à faire, à part laisser l'horreur suivre son cours. Une fois réveillés, le cauchemar n'est pas parti. Mais on peut commencer à lui résister. Il existe une infime possibilité qu'on puisse faire quelque chose.

Deux jours plus tôt, j'ai appris l'implication de Jo Deacon dans la disparition de ma fille, et l'existence de la photo d'une Evie plus âgée. J'ai la sensation de m'être réveillée de mon cauchemar.

J'ai réellement l'impression de pouvoir faire quelque chose.

Je décide de commencer par appeler l'infirmière Nancy Johnson.

63

L'INFIRMIÈRE

Aujourd'hui

— Alors, qu'est-ce que vous avez à raconter, Joanne Deacon ?

Le visage de Nancy se profile près de la patiente. Rien n'indique que Jo – puisque tel semble être son nom depuis sa sortie de l'anonymat – la voit ou l'entend, mais Nancy en est convaincue. Elle a cligné des yeux hier, quand tout le monde se pressait dans sa chambre. Nancy a ouvert la bouche pour le leur dire, mais elle s'est ravisée, sans trop savoir pourquoi. Qu'est-ce que cela aurait changé ? À part donner de faux espoirs à Toni Cotter, une femme qui n'est plus que l'ombre d'elle-même et qui a déjà bien assez souffert.

Ensuite, hier soir, Nancy a reçu un coup de téléphone de Toni, qui l'a suppliée de l'aider.

— Trouvez un moyen, a dit Toni en larmes. Vous seule pouvez faire quelque chose pour Evie.

Nancy a demandé un peu de temps pour réfléchir à la situation, mais elle avait déjà quelques idées sur la façon de soulager cette femme brisée. Des idées peu conventionnelles qui lui vaudraient certainement la désapprobation de sa hiérarchie. D'emblée, Nancy a décidé de garder pour elle la petite expérience qu'elle compte mener avec Joanne Deacon.

— Je passerai vous voir dans les jours qui viennent, a-t-elle assuré à Toni. En attendant, pas un mot au lieutenant Manvers.

Le policier avait des contacts réguliers avec les médecins et la direction de l'hôpital, et Nancy préférait éviter toute indiscrétion.

Elle regarde le visage impassible de Jo ; elle imagine que ses propres traits, flous dans un premier temps, gagnent progressivement en netteté aux yeux de la patiente.

Nancy est en tenue. De minuscules perles de transpiration parsèment sa lèvre supérieure. Elle sait, grâce au miroir de la salle de bains ce matin, qu'elle a du mascara séché au coin de son œil gauche. Son anticerne est mal appliqué et le bouton qui est en train de se former sur son menton promet d'être énorme.

Jo Deacon verra tout cela en gros plan. Elle s'apercevra que Nancy est juste quelqu'un d'ordinaire. Et, avec un minimum d'habileté, Nancy espère lui faire croire qu'elle est là pour l'aider.

— La police interroge votre mère et vos collègues, Jo, dit-elle.

Le lieutenant Manvers leur a expliqué que Jo Deacon avait vécu sous une nouvelle identité ces six dernières années, après avoir purgé une peine de prison pour fraude. Une fois qu'ils avaient découvert la vérité, ils avaient réussi à retrouver sa mère.

— Il n'y a que vous et moi dans cette chambre, personne d'autre. (Nancy la regarde droit dans les yeux.) Je ne crois pas que vous soyez une mauvaise personne. Sinon, je l'aurais *senti* avant.

Elle est sincère. Nancy a toujours été fine psychologue.

Quelques années plus tôt, un homme nommé Cameron Tandy avait été admis dans son service. Il se remettait d'un accident de la route dans lequel ses deux jambes avaient été broyées. Il avait raconté à toutes les infirmières qu'il était un avocat éminent, défendant la veuve et l'orphelin. Il était plutôt beau gosse, avec sa mâchoire burinée et ses épaules larges. Les plus jeunes collègues de Nancy se pâmaient devant lui, et elle pouvait les comprendre.

Mais elle avait vu quelque chose d'autre. Elle l'avait *senti*, en fait. Une sensation curieuse, dès qu'elle se trouvait physiquement à proximité de Tandy, qui lui faisait dresser les cheveux sur la nuque.

Un jour, deux lieutenants de police s'étaient présentés à l'hôpital sans prévenir, demandant à interroger Tandy à propos de la disparition d'un garçon de huit ans. Il s'avéra que l'avocat avait été radié du barreau quatre ans plus tôt et était dorénavant fiché comme pédocriminel.

Nancy avait compris que Tandy était un sale type, alors que tout le monde s'était laissé embobiner. De la même manière, elle sait que Joanne Deacon n'est pas quelqu'un de mauvais. Bien que tout semble l'accuser pour l'instant, Nancy est persuadée que les choses ne sont pas aussi simples.

Trois ans plus tôt, Nancy est venue au secours de la petite Evie Cotter quand elle était couverte de piqûres de guêpes. Maintenant, elle espère de nouveau pouvoir l'aider.

Personne ne sait si Evie est toujours en vie, mais Nancy croit fermement que, quelle que soit la réponse à cette question, le plus important est de la rendre à sa mère.

Et Joanne Deacon est la clé. La seule dont ils disposent.

64

L'INSTITUTRICE

Aujourd'hui

Harriet est assise à la fenêtre ; du bout des doigts, elle écarte à peine le voilage. Elle ne veut pas qu'on sache qu'elle est là. À observer. Elle préfère éviter d'attirer l'attention des voisins.

Elle a de bonnes raisons pour cela.

Aujourd'hui, la rue est calme, Dieu merci. La veille, tard dans la soirée, Harriet a aperçu deux jeunes hommes ivres dans le jardin, en train d'uriner sur ses hortensias. Ils se sont ensuite éloignés en titubant, sans doute en direction des meublés où s'entassent des étudiants au bout de la rue.

Mais, aujourd'hui, il n'y a pas grand-chose à voir. C'est un soulagement.

Harriet baisse les yeux sur sa main : le tremblement de ses doigts se transmet au délicat voilage.

C'est de pire en pire, le tremblement. Et pas uniquement aux mains. Parfois, ce sont ses bras et ses jambes aussi. C'est très perturbant, et même embarrassant : à la caisse du supermarché, par exemple, ou au guichet du bureau de poste.

Pourtant, elle ne peut se résoudre à consulter un

médecin. Pas depuis que tout le monde sait ce qui s'est passé.

Une silhouette apparaît au portail et Harriet lâche instinctivement le voilage. Depuis que sa mère n'est plus, les plis dans le tissu n'ont plus besoin d'être bien marqués et parfaitement équidistants.

Bien qu'une part d'elle-même se raidisse à la perspective d'un visiteur, elle ne peut s'empêcher d'éprouver une certaine déception quand elle s'aperçoit qu'elle s'est trompée. Elle recule derrière le rideau, mais se tient toujours droite, crispée dans son fauteuil. Un bruit métallique à la porte, suivi du son mat du journal sur le paillasson, lui permet de se détendre de nouveau.

Harriet ne s'est pas aventurée au dernier étage de la maison depuis de nombreuses semaines. Elle ne s'en sent pas la force. Elle a essayé de s'y préparer et de faire au mieux en respectant les instructions de sa mère, mais tout a très mal tourné.

Elle s'en veut. Elle n'aurait jamais dû se laisser convaincre. À présent, elle doit en assumer les conséquences.

Même s'il est trop tard pour se racheter, elle voit les choses clairement, maintenant que sa mère n'est plus là. Elle ne peut plus rien changer. Sa seule option est de condamner cette pièce et de ne plus y mettre les pieds. Comme si cette erreur n'avait jamais eu lieu. Mais c'est vite dit.

Harriet a toujours pensé qu'elle partirait au décès de sa mère, pour emménager dans quelque chose de plus petit – peut-être une de ces maisons écologiques sur l'autre rive de la Trent.

Tous ses espoirs se sont envolés quand les projets de sa mère ont échoué. Elle ne peut ni avancer ni revenir en arrière. Harriet est piégée. Piégée par le contenu macabre de la chambre condamnée au dernier étage.

65

L'INFIRMIÈRE

Aujourd'hui

Quelques années plus tôt, Nancy a lu plusieurs articles universitaires sur une procédure permettant à un malade paralysé, mais capable de cligner des yeux, de commencer à communiquer avec l'équipe médicale en utilisant un tableau à lettres.

Elle ne peut ni demander si l'hôpital possède ce genre de matériel – de peur d'attirer l'attention –, ni soumettre son idée à l'un des médecins de Joanne Deacon, puisqu'ils sont tous convaincus que leur patiente est dans un coma dépassé. Et, pour quelques jours encore, Nancy préfère les laisser le croire.

En effet, elle a besoin de temps pour réapprendre à Jo à cligner des yeux, afin qu'elle puisse le faire à volonté. L'unique mouvement dont elle a été témoin constitue pour elle une preuve suffisante que Jo en est capable.

En rentrant chez elle à la fin de son service, Nancy nourrit Samson, se prépare deux tranches de pain grillé beurrées et un café, puis s'installe devant son ordinateur portable. Samson ronronne et se frotte contre ses jambes. Elle se baisse pour lui gratter les oreilles ; sa chaleur et son affection fidèle soulagent progressivement ses os de la tension accumulée pendant la journée.

— Désolée, mon grand, mais, ce soir, tu vas devoir attendre, dit-elle à regret en allumant son ordinateur.

Sur Google, elle lance une recherche à partir des mots « tableau à lettres » et trouve une idée simple qui correspond à ce qu'elle a en tête – pour commencer, en tout cas.

Elle a rapporté chez elle un morceau de carton blanc pris sur le bureau des infirmières. À présent, à l'aide d'un feutre noir et d'une règle, elle trace une grille.

Ligne 1 : A E I O U Y
Ligne 2 : B C D F G H J
Ligne 3 : K L M N P Q R
Ligne 4 : S T V W X Z

Elle tient la grille à bout de bras et l'étudie.

C'est tout pour l'instant.

C'est tout ce qu'elle peut faire.

Le lendemain, à son arrivée à l'hôpital, le lieutenant Manvers et deux policiers en uniforme sont déjà dans la chambre de Jo. Elle hésite devant la porte.

— Le docteur Chance est avec eux, lui apprend une infirmière, vaguement intéressée. S'ils espèrent interroger une patiente dans un état végétatif...

— Ils doivent au moins essayer, je suppose, répond Nancy. L'enjeu est de taille.

— Si tu veux mon avis, plus vite ils la débrancheront, mieux ce sera, chuchote sa collègue. Cette personne ne mérite pas qu'on monopolise un respirateur pour elle.

La porte s'ouvre. Nancy salue les policiers de la tête et s'écarte pour les laisser sortir.

— À votre place, je ne compterais pas trop sur une évolution, explique le docteur Chance. La question serait plutôt de décider combien de temps la garder dans cet état.

— Tenez-nous au courant. (Le lieutenant Manvers lui serre la main.) De notre côté, nous allons intensifier les recherches pour retrouver sa sœur, comme vous l'avez suggéré.

— À ma connaissance, elle ne lui a rendu visite qu'une seule fois, répond le médecin. L'hôpital a dû commettre une erreur en prenant ses coordonnées. Nous n'avons pas réussi à la joindre depuis.

Alors qu'ils s'éloignent dans le couloir, Nancy se glisse dans la chambre de Jo.

— Ce n'est que moi, dit-elle en fermant doucement la porte derrière elle. C'est Nancy.

Elle s'approche du lit et se penche sur le visage de Jo.

— Pour vous dire la vérité, Jo, je pense que votre clignement d'yeux est plus qu'un simple réflexe. Je crois que vous êtes toujours là, que vous comprenez tout ce qu'on vous dit. (Elle observe le regard vitreux, la peau pâle et légèrement moite.) J'ai envie de tenter une expérience. Ça restera entre vous et moi. Je promets de n'en parler à personne pour l'instant.

Nancy se demande ce qui se passe sous le crâne de Jo Deacon – à supposer qu'il s'y passe quelque chose. Ses mécanismes de pensée sont-ils demeurés identiques après l'attaque ? Parle-t-elle à voix haute dans sa tête ? Y répond-elle aux questions de Nancy ? Elle ne peut que présumer que tel est le cas, que Jo comprend tout ce qu'elle lui dit.

— Je vais être franche : tout le monde a tiré une croix sur vous. Vous en avez probablement conscience, n'est-ce pas ? Si vous entendez effectivement tout ce qui se dit autour de vous, vous n'ignorez pas la gravité de la situation.

Nancy marque une pause. Il lui faut choisir ses mots avec soin.

— Je ne vous juge pas. Pas encore. Vous devez le comprendre. (Nancy jette un coup d'œil à la porte avant d'approcher un peu plus son visage de celui de Jo.) Mais j'ai besoin de connaître les faits. Je vais vous confier un petit secret, Jo. J'ai peut-être un moyen de communiquer avec vous.

Elle scrute la patiente, à l'affût de la moindre réaction.

Rien.

— Vous ne savez peut-être pas ce qui est arrivé à Evie Cotter. Mais j'ai trouvé dans votre sac une photo où elle paraît quelques années de plus qu'au moment de son enlèvement. Alors, vous détenez forcément des informations.

Nancy observe brièvement le visage de Jo, avant de reprendre.

— Vous devez me dire où elle est, Jo. Qu'Evie soit ou non encore en vie, vous seule pouvez apporter la paix à Toni Cotter. Vous voulez bien ?

Aucune réaction.

— Laissez-moi vous expliquer comment ça marche. Pour me répondre, il vous suffit de cligner des yeux.

Comme ça, fait Nancy en joignant le geste à la parole. De cette manière, nous pourrons avoir une conversation. Allez-y, essayez.

Le visage de Jo reste complètement immobile.

Ni contraction, ni clignement. Rien.

— Mettez-y toute votre énergie, chuchote Nancy. Imaginez de la foudre qui remonterait depuis vos orteils, depuis le bout de vos doigts, pour s'accumuler derrière vos yeux. Pensez à vos paupières tombant comme des volets. Se fermant sous l'impulsion de cette énergie.

Nancy regarde de nouveau vers la porte.

Il est bientôt 10 heures ; la fille de salle ne va pas tarder à faire sa tournée du matin, passant le sol au désinfectant pour lutter contre le redoutable norovirus qui s'est propagé dans de nombreux hôpitaux au Royaume-Uni ces derniers mois.

— Continuez à vous exercer, Jo, l'encourage Nancy. Imaginez cette énergie remontant à vos yeux. Vous l'avez déjà fait. Vous pouvez le refaire, j'en suis persuadée.

Nancy patiente, réexpliquant inlassablement le processus à Jo.

Et, soudain, miracle !

Jo cligne des yeux. Une fois.

— Bravo ! (Nancy ravale son euphorie et baisse d'un ton.) Vous y êtes arrivée, Jo ! Maintenant, essayez encore. Jusqu'à ce que ça marche.

Elle regarde et attend.

Quand Nancy quitte sa chambre, Jo Deacon a cligné des yeux trois fois.

66

L'INFIRMIÈRE

Aujourd'hui

Le lendemain, quand Nancy prend son service, tout le monde est sur le pont à cause d'une épidémie de gastro. La charge de travail supplémentaire l'empêche de retrouver Jo Deacon dans sa chambre avant midi.

— Essayons un truc, propose Nancy. Vous voulez bien cligner des yeux, Jo ? Juste une fois.

Elle parvient presque à sentir l'effort intense qui émane de la patiente.

Jo cligne des yeux.

— Formidable ! Maintenant, Jo, deux fois. Deux petits clignements, d'accord ?

De nouveau, il y a une pause. Le temps, semble-t-il, pour que Jo réunisse l'énergie nécessaire. Puis elle cligne des yeux. Juste une fois.

Nancy attend, le regard fixé sur les yeux gris vitreux.

Une minute plus tard, Jo cligne des yeux. Deux fois.

Nancy contient son excitation.

— Je vais vous poser une question très simple, dit-elle d'une voix égale. Si vous le pouvez, vous clignerez deux fois des yeux pour répondre « oui » et une seule fois pour « non ». On y va. Vous comprenez, Jo ?

Jo cligne des yeux deux fois. Pas des mouvements clairs et nets, plutôt des battements fragiles, mais c'est une évolution incroyable. Le cœur de Nancy se gonfle d'espoir pour Toni Cotter.

Contrairement à l'avis de plusieurs médecins, la patiente n'est absolument pas dans un état végétatif, mais atteinte du syndrome d'enfermement.

Nancy n'a aucune expérience personnelle en la matière ; mais, au fil des années, elle a entendu parler de cas similaires. Le patient est entièrement paralysé. Et, parfois, la seule action qu'il est capable d'accomplir est de cligner des yeux. C'est extrêmement rare, mais Nancy est persuadée que Joanne Deacon est prisonnière de son propre corps, consciente de tout ce qui se passe autour d'elle.

Sur le plan déontologique, la responsabilité de Nancy est d'informer immédiatement les médecins, et elle a l'intention de le faire. Très bientôt.

Mais, quoi qu'en dise la déontologie, elle estime que sa priorité n'est pas Joanne Deacon, mais Evie Cotter et sa famille.

Dans les jours qui suivent, Nancy s'acquitte de ses devoirs envers les patients du service, tout en surveillant du coin de l'œil la chambre de Joanne Deacon. Dès que la visite des médecins se termine, elle retourne auprès de Jo pour profiter d'un peu de temps où elles ne seront pas dérangées.

La patiente se fatigue vite. Elle cesse alors de cligner des yeux pour retomber dans son état passif. Mais, sur une période de deux journées complètes, Nancy a pu obtenir les réponses à plusieurs questions essentielles.

— Avez-vous enlevé Evie ?

Oui.

Nancy a bien sûr brûlé de lui demander comment et pourquoi, mais aucune des réponses ne pouvait tenir en un simple oui ou non.

Pour soulager un peu Jo, Nancy lui a proposé de ne cligner qu'une fois des yeux si elle lui fournit la bonne réponse. Ça fonctionne bien pour certaines questions et, cet après-midi, elle en a une en particulier à l'esprit. Nancy attend que les médecins aient vu Jo ; puis, vers la fin de son service, elle retourne furtivement dans sa chambre.

— Est-ce qu'Evie est toujours en vie ?

Jo ignore les mots « oui » et « non », et ne cligne des yeux que lorsque Nancy lui offre une troisième possibilité : « Je ne sais pas. »

Nancy contient sa frustration. Si Jo est bien la personne qui a enlevé Evie, elle connaît *forcément* la réponse.

Elle prend le tableau à lettres qu'elle a bricolé.

— Grâce à cette grille, vous pourrez épeler des mots, explique-t-elle. Je vais lire très lentement les lettres sur chaque ligne et vous n'aurez qu'à cligner des yeux chaque fois que je tomberai sur la bonne. Essayons.

Le processus est long et laborieux. Jo réussit à cligner plusieurs fois des yeux, mais les lettres ne correspondent à rien. Nancy s'aperçoit rapidement qu'elle n'est pas encore prête. C'est trop tôt.

Son cœur se serre tandis que le visage innocent d'Evie apparaît dans son esprit. Soudain, elle est prise d'une violente envie de secouer physiquement Jo Deacon ; elle respire à fond pour se calmer.

— Revenons-en aux réponses par oui ou par non, suggère-t-elle. Savez-vous où se trouve Evie ?

Non.

Le temps lui manque. Son service se termine bientôt et elle ne veut pas surmener la patiente. Ces questions sont de la plus haute importance et elle ne doit pas mettre Jo hors jeu.

En posant les bonnes questions, même sans utiliser le tableau, elle peut aider Toni Cotter à résoudre le mystère de sa fille disparue.

En rentrant du travail, Nancy fait un détour par Muriel Crescent. Elle frappe à la porte des Cotter. La mère, Anita, vient lui ouvrir.

— Comment va-t-elle ? demande Nancy à voix basse.

Anita secoue la tête avec tristesse.

Toni semble n'avoir pas bougé du coin de canapé où elle était affalée lors de la première visite de l'infirmière en compagnie du lieutenant Manvers, trois jours plus tôt.

Quand Nancy entre au salon, elle lève la tête, une lueur d'espoir dans le regard. Mais cette lueur disparaît aussitôt, et ses yeux redeviennent ternes et moroses.

— J'ai cru que c'était le lieutenant Manvers, dit calmement Toni.

— Je venais simplement prendre de vos nouvelles. (Nancy sourit.) La police vous tient au courant ?

— Ils interrogent des gens qui connaissaient Jo Deacon, répond Toni en s'animant. Mais c'était vraiment une solitaire. Pas de famille, pour ainsi dire pas d'amis. Et la police a déjà parlé à mes anciens collègues de travail, la dernière fois, et il n'en est rien sorti.

— Vous avez dit que vous vous entendiez bien, toutes les deux. Jo ne vous a jamais rien confié sur elle ?

Toni secoue la tête.

— Elle s'est toujours montrée très réservée à propos de son passé, et d'elle-même en général. Elle s'intéressait davantage à Evie et à moi, ce que je m'explique mieux maintenant.

— Je suppose que la police est obligée de tout reprendre à zéro, au cas où un détail lui aurait échappé la première fois, relance Nancy. Mais, si Jo Deacon a réellement enlevé Evie, on devrait trouver des traces de sa présence chez elle.

— Ils ont envoyé des cheveux et d'autres trucs pour analyse, dit Toni. Ce que je veux savoir, c'est où est ma fille aujourd'hui. Et ce que Jo a fait d'Evie, si elle n'est pas chez elle.

Nancy frissonne.

Elle sait à présent quelle sera sa prochaine question à Jo Deacon.

Le lendemain matin, Cheryl Tong, sa responsable, intercepte Nancy à l'accueil.

— Vous retournez au service C, lui annonce-t-elle en lui tendant du courrier arrivé par erreur dans son service. Vous pouvez y aller directement.

Nancy ne bouge pas.

— Mais pourquoi ?

Cheryl la dévisage soudain avec intérêt.

— Pourquoi quoi ?

— Je viens d'être affectée au B. Pourquoi est-ce qu'on me change déjà de service ?

Nancy sent son regard dévier inconsciemment vers la chambre de Jo Deacon – un mouvement qui n'échappe pas à sa responsable.

— Aucune raison particulière, Nancy. Simple optimisation des ressources. (Cheryl hésite.) Même si j'ai remarqué que vous consacriez beaucoup de temps à la patiente qui a fait un AVC…

— Je ne fais que mon travail, répond Nancy avec brusquerie. Parfois, c'est plus long, parce que la patiente est complètement passive.

— Eh bien, de toute façon, on la transfère plus tard dans la journée, ajoute Cheryl d'un ton désinvolte. Si elle a vraiment fait ce qu'on raconte à la petite Cotter, je ne la regretterai pas.

— Evie, dit Nancy. La petite Cotter s'appelle Evie. Et où va la patiente ?

— Aucune idée. (Cheryl se replonge dans ses papiers.) Il faudrait poser la question au docteur Chance.

— Je viens de me souvenir que j'ai laissé ma montre de poche là-bas, hier, dit Nancy. (Elle se félicite de l'avoir mise dans son sac, ce matin, plutôt que de l'épingler à sa blouse.) Je vais la chercher ; ensuite, j'irai me présenter au C.

Cheryl hoche vaguement la tête et contourne le bureau d'accueil pour décrocher le téléphone.

Nancy entre dans la chambre. Tout est calme, à part le sifflement du respirateur et le tic-tac particulièrement bruyant de la pendule murale. Elle avance à pas feutrés vers le lit et se penche de manière que Jo puisse la voir.

— On me change de service aujourd'hui, Jo. Ils manquent de personnel ailleurs, explique Nancy. Je voulais vous dire que j'ai vu Toni Cotter hier soir. (Nancy marque une pause pour observer une éventuelle réaction à ce nom, mais il n'y en a aucune.) Et j'ai une dernière question pour vous avant de partir.

Nancy prend une profonde inspiration.

— Jo, pensez à Toni. Quelqu'un d'autre était-il impliqué dans l'enlèvement d'Evie ? Oui ? Non ?

Aucun mouvement.

— Je vous en prie, Jo. C'est très important. À part vous, quelqu'un sait-il ce qui est arrivé à Evie ?

Nancy repose la question, ajoutant une option « Je ne sais pas ». Toujours sans résultat.

Elle regarde vers la porte. Si Cheryl Tong entre maintenant dans la chambre, elle n'aura aucune excuse à lui fournir. Elle voudra savoir ce que Nancy raconte à Jo, et pourquoi elle se comporte bizarrement avec la patiente.

— Jo, *s'il vous plaît*. Pour Toni, et pour la petite Evie, dites-moi : quelqu'un d'autre est-il impliqué ? Quelqu'un qui sait ce qui est arrivé à Evie et où elle se trouve ? Oui…

Et Jo Deacon cligne des yeux.

— Est-ce que Toni connaît cette personne, comme elle vous connaissait ?

Jo cligne des yeux.

La réponse est catégoriquement, indéniablement, *oui*.

67

L'INFIRMIÈRE

Aujourd'hui

En sortant de la chambre de Jo Deacon, Nancy va immédiatement faire son rapport à la responsable du service, Cheryl, qui vient de raccrocher son téléphone.

— La patiente a cligné des yeux, déclare Nancy. Jo Deacon a cligné des yeux.

Cheryl n'en croit pas ses oreilles.

— Vous êtes sûre ? On n'a pourtant observé aucun signe de vie...

— Certaine, insiste Nancy. C'est arrivé à l'instant.

Elle ne peut mentionner ses expériences de communication avec Jo, parce qu'elles ne seraient sans doute pas perçues favorablement. Une infirmière qui outrepasse ses fonctions en prenant l'initiative d'utiliser des techniques non conventionnelles sur une patiente pour lui arracher des informations ? Même pour une bonne cause – l'apaisement d'une mère éplorée –, cela ne passerait pas.

Heureusement, en l'occurrence, la déontologie, Nancy s'en moque.

Cette fois, quand Anita introduit Nancy au salon, la Toni Cotter qui l'accueille est bien différente. Elle se lève et traverse la pièce pour serrer Nancy dans ses bras.

— Merci, chuchote-t-elle. Merci pour votre aide.

— Attendez d'avoir entendu ce que j'ai à vous dire, proteste Nancy. (Elle n'a pas encore décidé comment annoncer ce qu'elle est parvenue à tirer de Joanne Deacon.) Je ne sais même pas si elle dit la vérité.

C'est une hypothèse qui lui est venue à l'esprit après avoir pris ses fonctions au service C. Quand elle lui a demandé si quelqu'un d'autre était impliqué dans l'enlèvement d'Evie, Jo n'a d'abord pas répondu. Et si elle les manipulait ? Elle ne se remettrait sans doute jamais complètement, même si les clignements d'yeux indiquaient de manière infaillible que son corps sortait de sa paralysie. Bien que Nancy n'ait pas l'intention de l'expliquer clairement à Toni, elle sait que Jo Deacon n'aura probablement jamais à comparaître devant un tribunal. Elle peut faire croire à Nancy ce qu'il lui plaît. Elle n'a rien à perdre.

Anita leur apporte des tasses de thé fumant, et les trois femmes s'asseyent, liées par leur quête désespérée d'Evie. Au risque de passer pour une égoïste, Nancy se doit d'abord de lever toute ambiguïté.

— J'ai du nouveau, mais je vous demande de ne répéter à personne ce que je vais vous dire et de ne pas révéler comment vous avez obtenu ces informations. (Toni et Anita hochent la tête d'un air solennel.) Ce que j'ai fait est totalement contraire à la déontologie. En vous parlant, je trahis le secret médical, et je pourrais perdre mon travail.

Il est trop tard pour Anita – elle est si frêle, telle une carcasse ravagée par les flammes –, mais Toni Cotter se penche en avant, attendant la suite. Elle apparaît à Nancy comme un petit oiseau affamé, aux mouvements rapides.

Nancy espère ne pas la décevoir.

Elle décrit brièvement la méthode employée pour communiquer avec Jo et explique dans les grandes lignes en quoi consiste le syndrome d'enfermement.

— Vous me dites que, derrière ce visage et ce corps sans vie, elle serait complètement saine d'esprit ? (Toni paraît horrifiée.) Qu'elle est probablement en train de se payer notre tête, après ce qu'elle a fait ?

— Je doute qu'elle rie beaucoup, tempère Nancy. J'imagine que ça doit être comme de se sentir enterré vivant ou enfermé dans une prison transparente où personne ne peut vous atteindre...

— Tant mieux, marmonne Anita en se tordant les doigts. J'espère qu'elle souffre beaucoup...

— En clignant des yeux, Jo a répondu à quelques-unes de mes questions.

— Poursuivez, la presse Toni, dont le visage semble s'être totalement décoloré.

— Ce jour-là, c'est bien elle qui a emmené Evie...

Toni se lève d'un bond.

— Pourquoi ? Pourquoi faire une chose pareille ? Qu'est-ce qu'elle est devenue ? Où est Evie ? (Elle se met à arpenter la pièce, agrippant sa gorge.) Où est mon bébé ?

Elle laisse échapper un gémissement de chagrin concentré – une réaction que Nancy a provoquée par mégarde, dans un environnement qui ne s'y prête pas et sans professionnels qualifiés pour apporter le soutien nécessaire. La panique lui noue l'estomac. Elle a commis une terrible erreur en pensant que Toni pouvait supporter ces révélations.

— Je suis vraiment navrée. (Nancy secoue la tête et se lève à son tour.) Je n'aurais pas dû vous imposer cela. Je vais m'en aller, maintenant.

— Non, je vous en prie ! (Toni titube vers elle, l'attrape par le bras.) S'il vous plaît, Nancy, ne partez pas. C'est juste un choc. Je veux tout savoir. Je *dois* savoir.

Nancy échange un regard avec Anita, et la vieille dame hoche tristement la tête. Elle se rappelle, à présent : le jour de sa première rencontre avec Anita, celle-ci avait les cheveux châtains avec des boucles soyeuses. Maintenant, ils sont plats et ternes, couleur de cendre.

— Nous devons en passer par là, dit-elle doucement. (Ses yeux se posent sur sa fille, puis de nouveau sur Nancy.) Quoi que vous ayez à nous apprendre, c'est préférable à l'enfer que nous avons connu toutes ces années. Au fait de ne rien savoir.

— Elle a raison. (La pression de Toni s'accentue sur le bras de Nancy.) Maman a raison. Je suis prête à écouter ce que vous avez à me dire, Nancy. Je l'accepterai. Je vous le promets.

Et Nancy s'exécute.

Elle lui dit que Jo Deacon a laissé entendre qu'une seconde personne était impliquée. Et que, en outre, Toni la connaît.

Toni s'assied lourdement à côté de sa mère, qui passe un bras tremblant autour de son épaule. Nancy se tait, observant les deux femmes enlacées dans un terrible silence.

Enfin, Toni lève la tête, mais son regard semble traverser Nancy.

Nancy entend le ronflement du réfrigérateur à la cuisine et les cris perçants des enfants du voisinage qui jouent dehors. Le tic-tac d'une pendule sur le manteau de la cheminée lui rappelle celle qui se trouve sur le mur dans la chambre de Jo Deacon. Elle se demande fugitivement si leurs mécanismes sont synchrones.

Puis, soudain, Toni prend la parole. Nancy est surprise, car sa voix est claire et calme. La panique et le chagrin paraissent oubliés, pour le moment.

— Je tiens encore une fois à vous remercier, Nancy. Pour tout ce que vous faites, articule-t-elle lentement en tendant la main vers celle d'Anita. Vous êtes une véritable amie, et ça compte beaucoup pour maman et moi d'avoir à nos côtés quelqu'un qui a connu Evie.

— C'est la moindre des choses, dit Nancy.

Les yeux fixés sur Toni, elle se demande ce qui a subitement changé chez elle.

La détermination.

Elles restent assises, muettes, pendant quelques secondes.

— Vous avez eu des nouvelles du lieutenant Manvers ? s'enquiert Nancy.

— Oui, répond Toni, comme en transe. Rien à signaler, apparemment. C'est comme si Evie n'avait jamais été là.

— Je suis sûre qu'il fait tout ce…

— Je n'ai pas besoin de lui, dit Toni. Plus maintenant. (Un sourire se dessine aux coins de sa bouche.) Grâce à vous, je peux prendre les choses en main.

— Pardon ?

Nancy fronce les sourcils. Ses révélations ont-elles fait sombrer la raison de la pauvre femme ?

— Pour l'instant, je me passerai du lieutenant Manvers.

Toni sourit, serrant la main de sa mère, comme si elle venait d'avoir la confirmation de quelque chose qu'elle soupçonnait depuis le début.

Nancy est un peu perdue. C'est la première fois qu'elle voit Toni aussi détendue.

— Vous comprenez, Nancy : je sais ce que j'ai à faire, maintenant.

Toni se lève et regarde par la fenêtre. Le jour décline, mais la lumière est encore assez vive pour briller à travers ses cheveux épars.

— Tout est clair, à présent.

Nancy secoue la tête. Elle ne suit pas.

— Je *sais*. (Toni parle lentement, insistant sur chaque mot.) Je connais la personne qui a été complice de l'enlèvement de ma fille. Et, si elle refuse de me dire où elle se trouve, je la tuerai. (Toni sourit.) C'est aussi simple que ça.

68

TONI

Dès que Nancy est partie, j'appelle le lieutenant Manvers.

Mes os craquent, mes muscles sont douloureux. J'ai l'impression de me déployer comme une jeune pousse qui surgit au printemps.

Evie a besoin de moi. Plus que jamais, je crois qu'elle est en vie.

Après plusieurs sonneries, je tombe sur sa messagerie. Je recompose le numéro. Il décroche à ma troisième tentative.

— Il faut que je sache où vous en êtes, dis-je d'une voix étranglée par l'aigreur.

Il ne s'est pas manifesté depuis hier.

— Toni, je vous assure que l'enquête progresse, répond-il d'un ton suggérant qu'il me soupçonne de ne pas lui faire confiance. Actuellement, nous nous intéressons aux affaires de Mme Deacon.

Ses affaires ? Qu'est-ce que ça signifie, au juste ? Sont-ils en train d'éplucher son compte bancaire ? D'analyser ses relevés téléphoniques ? De passer à la loupe ses derniers achats ?

— C'est un enlèvement, lieutenant Manvers, pas un accident de la route, bon sang ! Quand allez-vous vous décider à faire enfin de la recherche de ma fille votre priorité ?

— Madame Cotter. *Toni*. Croyez bien que je comprends votre anxiété, mais je vous demande de nous faire confiance. Nous faisons tout ce qui est en notre pouvoir. Absolument tout.

C'est censé m'apaiser. Il est prêt à dire n'importe quoi pour me calmer et se débarrasser de moi. Je *dois* faire quelque chose qui l'obligera à m'écouter.

— Quelqu'un d'autre est impliqué.

Voilà, c'est dit.

Au bout du fil, le silence accueille ma déclaration.

— Comment le savez-vous ?

La voix du lieutenant Manvers revêt un ton plus formel.

Je pense à Nancy, à la façon dont elle nous a aidées, maman et moi ; elle nous a fait confiance. Je pense à son travail, aux années qu'elle a consacrées à sa carrière.

— Ce que je veux dire, c'est qu'il y a forcément quelqu'un d'autre. (Je ne souhaite certainement pas le distraire de son enquête avec les expériences de Nancy à l'hôpital.) Sinon, Evie serait chez Jo, vous ne croyez pas ?

— Toni. (Il soupire de nouveau.) Nous ne sommes même pas convaincus que Jo Deacon soit bien la personne qui a kidnappé Evie. Rien n'est jamais simple dans ce genre d'affaires, mais il serait tout de même étonnant qu'une femme d'âge mûr comme Joanne

356

Deacon ait réussi à enlever un enfant et à ne pas se faire remarquer pendant les trois dernières années.

— Qu'est-ce que vous faites de la photo ? insisté-je. Celle sur laquelle Evie paraît quelques années de plus.

— Je sais. Mais il pourrait s'agir d'une coïncidence. Elle l'a peut-être trouvée, à moins qu'on ne la lui ait donnée. Je ne devrais pas vous le dire, mais des techniciens de la police scientifique passent l'appartement de Mme Deacon au peigne fin. S'il y a quelque chose, soyez sûre que nous mettrons la main dessus.

— Et qu'est-ce que vous comptez faire d'ici là ? demandé-je d'une voix entrecoupée malgré mes efforts pour garder mon calme. Evie est peut-être quelque part, toujours en vie. Qu'est-ce que vous faites pour la retrouver ?

— Je crains de ne pas pouvoir répondre à davantage de questions, dit le lieutenant Manvers d'un ton plein de regret. En attendant que Mme Deacon soit suffisamment remise pour être interrogée, nous ne pouvons pas lancer une enquête de grande envergure. Nous sommes en contact permanent avec l'hôpital, qui nous préviendra à la seconde où elle manifestera le moindre signe d'amélioration.

— Alors, je vous conseille de consulter vos messages, répliqué-je sèchement. Parce que Jo Deacon a cligné des yeux ce matin.

Je mets fin à la communication. Mon sang bout dans mes veines et mon cœur se déchire. Je n'ai aucune preuve concrète, immédiate, mais je sens que la police a renoncé.

Elle enquête pour la forme. Mais, au fond, elle est convaincue qu'Evie est déjà morte.

69

L'INSTITUTRICE

Aujourd'hui

Harriet est assise dans son fauteuil. Elle regarde la une du journal. En particulier la photo de première page. Elle connaît ce visage, cette femme.

Beaucoup de temps a passé, mais Harriet est physionomiste. Son excellente mémoire était une des qualités qui la rendaient si efficace dans son travail. Elle oubliait rarement les traits d'un parent ou d'un enfant avec qui elle avait eu une conversation. Les gens apprécient qu'on se souvienne d'eux. Quel que soit son âge, chacun aime se croire suffisamment intéressant pour qu'on l'appelle par son prénom ou qu'on retienne la date de son anniversaire et pense à demander comment s'est déroulée la fête.

Harriet n'a donc aucune difficulté à se souvenir de la conversation qu'elle a eue avec cette femme. En fait, elles ont même eu plusieurs discussions.

Elle s'était présentée à Harriet sous le nom de Mary Short, mais la légende sous la photo mentionne un autre nom : Joanne Deacon.

C'est une photo humiliante, prise dans un lit d'hôpital. Pour obtenir une bonne image, il semble qu'on lui ait retiré son respirateur ; il gît sur l'oreiller à côté d'elle.

358

Aucun médecin n'aurait permis une telle intrusion ; la presse a dû se procurer ce cliché par un moyen détourné.

Le teint gris, le regard vitreux et fixe rappellent à Harriet une carpe morte qu'elle a vue dans son enfance sur les berges de la Trent. Un gros pêcheur au visage rougeaud, une mèche rabattue sur son crâne chauve, la serrait entre ses mains avec un large sourire. Pour une raison inexplicable, ce spectacle avait rendu Harriet effroyablement triste.

Elle parcourt le texte.

Comme elle le soupçonnait, l'article indique que la photo provient d'une source anonyme. Elle a été postée hier, peu avant minuit, sur les réseaux sociaux, avec le détail de ce qui est reproché à cette femme. Le reportage complet est en pages intérieures.

Harriet tourne à la page deux et sa gorge se serre. Les mots, les images et les manchettes sont autant de cris qui n'ont pourtant aucun sens pour elle. Pendant quelques instants, elle ne peut ni inspirer ni expirer ; ses yeux fixent la photo qui occupe un quart de la page.

Elle tousse et postillonne, faisant entrer de l'air dans ses poumons. Le journal se met à trembler entre ses mains.

C'est Evie.

Harriet tente de détourner les yeux, mais en vain. Elle voit flou, ne lit avec peine que quelques mots terribles, qu'elle ne parvient toujours pas à associer dans une phrase.

Enlevée… disparue… vivante… morte…

L'article explique que Joanne Deacon travaillait dans la même agence immobilière de Hucknall que Toni Cotter. *Une agence immobilière !*

Harriet referme le journal et le pose à côté d'elle, sur l'accoudoir, d'où il glisse vers le sol. Assise dans son fauteuil, elle regarde dans le vague.

Tout cela n'a aucun sens.

Un jour, Mary Short – non, Joanne Deacon – avait engagé la conversation avec Harriet devant l'école. Mme Deacon avait flatté Harriet, lui disant combien elle était impressionnée par la manière dont elle s'occupait des enfants dont elle avait la charge.

Elle avait prétendu être envoyée par la délégation locale de l'enseignement, dans le cadre d'une mission d'amélioration des méthodes pédagogiques. Et l'une de ses tâches consistait à recommander à sa hiérarchie les éléments les plus remarquables du personnel enseignant de St Saviour.

Elle portait sa carte d'identification autour du cou. Bien sûr, Harriet ne l'avait pas examinée de près, de crainte de paraître impolie.

Joanne Deacon avait expliqué à Harriet que son travail était confidentiel, et lui avait demandé de ne pas en parler à ses collègues. Et Harriet avait accepté, espérant secrètement que son nom apparaîtrait sur la liste des professionnels méritants que Joanne ferait figurer dans son rapport à la délégation locale de l'enseignement.

Ç'avait été leur première conversation.

Dans les dix jours qui avaient suivi, Harriet était tombée sur elle au supermarché, à l'arrêt d'autobus et à la pharmacie, où elle attendait patiemment chaque vendredi après-midi qu'on lui prépare l'ordonnance de sa mère.

Chaque fois, elles avaient bavardé.

Harriet ne s'était pas méfiée, trop contente que quelqu'un d'officiel s'intéresse enfin à ses opinions et à sa philosophie en matière d'éducation. Joanne Deacon avait une bonne maîtrise de la langue. Elle savait se montrer convaincante et avait l'art et la manière de vous mettre en valeur ; Harriet s'était vite sentie en confiance.

Un jour, les deux femmes avaient commencé à discuter des enfants du petit groupe que Harriet réunissait à la bibliothèque, et où figurait Evie Cotter. Peu à peu, elles avaient fini par ne plus parler que d'Evie – et Joanne Deacon s'était mise à poser toutes sortes de questions sur la mère d'Evie et sa vie de famille. Harriet avait répondu avec franchise ; après tout, Mme Deacon n'était pas elle-même une professionnelle de l'éducation, tenue en haute estime par le Conseil du comté du Nottinghamshire ?

La vue de Harriet se brouille quand elle mesure l'ampleur de sa naïveté. Elle renverse la tête, appuyant sa nuque contre le fauteuil façon tweed. Quand elle lève les yeux vers le plafond, songeant à la chambre au deuxième étage et à ce qu'elle contient, son cœur s'emballe. L'espace de quelques instants, elle lutte contre une vague de nausée aussi soudaine que violente.

Puis elle tente de reconstituer les faits le plus simplement possible, pour que tout soit bien clair dans son esprit.

Harriet s'était laissé persuader de faire quelque chose qui allait à l'encontre de ses principes.

Maintenant, il n'y a plus qu'une manière d'arranger les choses.

70

L'INSTITUTRICE

Aujourd'hui

Harriet a déjà appelé l'hôpital pour avoir confirmation des heures de visite. D'une voix ferme, elle a demandé dans quel service se trouvait Joanne Deacon et, chose plutôt inquiétante, la réceptionniste lui a volontiers fourni toutes les informations.

Bien qu'elle commence à manquer de différents produits de première nécessité, elle n'a pas quitté la maison depuis plusieurs jours, et il lui faut un certain temps pour retrouver ses chaussures, son manteau et sa brosse à cheveux. Après avoir vérifié que son portefeuille est bien dans son sac, elle sort par-derrière, s'assurant que la porte est bien fermée. Un vent froid lui gifle les joues, mais elle accueille avec plaisir ce contact frais et propre sur sa peau : il y a près d'une semaine qu'elle vit confinée, à respirer l'air immobile de pièces où des grains de poussière flottent dans les rares rayons du soleil de novembre qui se glissent entre les épais rideaux.

Moins elle s'aventure dehors, moins Harriet a envie de sortir de chez elle. Mais, cette fois, c'est important. Elle a une très bonne raison de faire un effort.

Elle remonte le sentier envahi par l'herbe qui longe la maison. Harriet pousse le portail en bois, qui s'ouvre en grinçant. Elle s'attend presque à entendre sa mère lui crier de « huiler ces fichus gonds ».

Mais, bien sûr, la voix ne vient pas. Le grincement ne fera qu'empirer et, sans son traitement annuel pour le préserver, le bois humide finira par pourrir. Harriet se réjouit à l'avance d'assister à son lent délabrement.

Elle tire le portail derrière elle, puis tourne à gauche et se dirige vers l'arrêt d'autobus. Dans à peine plus d'une semaine, on fêtera le 5 novembre. L'air se chargera des odeurs de feux de joie. Des groupes d'étudiants lanceront des pétards et des fusées vers le ciel, puis se disperseront dans les rues parmi les nuages de fumée et les rires qui perturberont la tranquillité de Harriet jusque dans son salon.

Dans la vie, quand on est plus spectateur qu'acteur, la succession des événements peut se révéler troublante. Halloween, le 5 novembre, puis Noël. Avec la nouvelle année, on se met déjà à parler de vacances ; avec le printemps vient Pâques ; puis les longs mois d'été, avant que l'automne approche et que tout le cycle recommence.

À l'époque où elle enseignait encore, le premier trimestre avait toujours eu sa préférence : le début d'une année scolaire, avec de nouveaux élèves à guider et à soutenir de sa manière inimitable. Après tant d'années couronnées de succès, sa carrière s'était très mal terminée. Mais elle ne veut pas penser à cela pour l'instant. Elle doit rester concentrée sur la tâche qu'elle s'est fixée.

L'écran numérique, à l'arrêt, lui apprend que le prochain bus arrivera dans trois minutes. Il la déposera au cœur du vaste complexe hospitalier, qui lui est familier : elle y est allée souvent, au fil des ans, en raison des maux innombrables dont souffrait sa mère.

Personne d'autre n'attend. Même la rue est plus calme qu'à l'accoutumée.

Harriet regarde les pavillons victoriens sur le trottoir d'en face, semblables au sien sous certains aspects, et pourtant devenus méconnaissables.

Les petits jardins clos en façade contiennent tous des sacs-poubelle en décomposition, gonflés d'emballages de céréales en carton, de canettes de bière vides et de bouteilles de vin. Des ampoules électriques solitaires éclairent des pièces peu meublées, que cachent mal des draps tendus aux fenêtres ou des rideaux fins comme du papier à cigarettes qui bâillent au milieu. Les studios pour étudiants semblent froids et isolés, oubliés par la vie qui grouille tout autour. Dissimulant leurs sales petits secrets, telles des plaies suintantes, derrière des voiles de tissu trop léger. Disparues, les familles d'autrefois, réunies autour d'une bonne flambée sous des halos de lumière douce.

Harriet se détourne et reporte son attention sur le panneau d'affichage, où les chiffres orange indiquent le temps restant jusqu'à l'arrivée de son bus.

71

Toni

Aujourd'hui

J'en suis toute retournée. Comment ai-je pu ne pas la soupçonner ? J'avais envisagé des milliers de possibilités, mais il s'agissait le plus souvent d'inconnus.

Ce soir-là, Harriet Watson avait abandonné Evie dans la salle de classe assez longtemps pour que ma fille puisse être enlevée. C'était du moins ce que j'avais cru, comme tout le monde. La plupart des hypothèses – et qui n'avait pas eu la sienne ? – avaient suivi un raisonnement similaire.

Une fois seule, Evie avait dû partir à ma recherche, et une bande de trafiquants d'Europe de l'Est ou un pédophile local l'avait fait disparaître.

Je ne suis pas ressortie grandie de cette tragédie. Loin de là.

Je suis la « garce sans cœur » arrivée en retard à l'école.

Je suis la « mère indigne » qui, accablée de chagrin, n'a rien trouvé de mieux que de se défoncer pour tenir le coup.

Je suis une « femme faible », absolument pas crédible. Qui ne mérite pas qu'on lui accorde sa confiance.

Mais ça semble tellement évident, maintenant.

Depuis la disparition d'Evie, Harriet Watson a souvent tenté de me joindre. D'abord, la police l'en a dissuadée. D'ailleurs, elle a même figuré parmi les suspects pendant quelques semaines. Mais la police a fini par décider qu'elle n'était coupable que de négligence. Tout le monde s'accordait à reconnaître qu'elle n'aurait jamais dû laisser une enfant de cinq ans sans surveillance, quel que soit le retard de ses parents.

Dans sa déposition, M. Bryce, le concierge, avait déclaré que, au moment où il avait fait sa tournée, la salle de classe des petits n'était pas fermée à clé – y compris les portes – fenêtres donnant directement hors des locaux.

En tout état de cause, mon Evie semblait être simplement sortie, et un opportuniste avait profité de l'occasion.

Le budget serré de l'établissement ne lui permettait pas de s'offrir un équipement de vidéosurveillance. Et, ce jour-là, un match de foot de l'équipe du coin avait vidé de ses habitants une bonne partie des maisons des environs.

La presse locale – et rapidement nationale, jusqu'à ce que les grands quotidiens se désintéressent de l'affaire – a condamné Harriet Watson, et en particulier l'école St Saviour.

Mais les journalistes ont réservé leur vitriol à la mère célibataire arrivée en retard ce jour-là – c'était inadmissible.

Quand la campagne « Retrouver Evie » a commencé à se calmer – étonnamment vite –, Harriet Watson s'est mise à m'écrire. De longues lettres manuscrites, sans queue ni tête, qu'elle entamait généralement en me reprochant mon absence de compétences parentales pour, quelques pages plus loin, me proposer de devenir mon amie et de m'offrir ses conseils avisés.

Dans une de ses missives, elle m'a appris qu'elle avait entrepris le même type de démarche avec Evie à propos de la perte de son père, l'encourageant à parler de ses sentiments devant ses camarades. Dans son esprit, cela devait la « préparer pour l'avenir » et « l'aider à s'endurcir avant d'aller au collège ».

À ce moment-là, Watson avait déjà été renvoyée par la direction de l'école. Mais, par l'intermédiaire du lieutenant Manvers, j'ai tout de même dénoncé vivement la pratique – pourtant répandue et couramment admise – consistant à confier des groupes d'enfants à des assistants pédagogiques sans aucune supervision.

Bien sûr, la plupart de ces assistants ne sont pas comme Harriet Watson. Néanmoins, on lui en avait offert la possibilité et elle n'avait pas hésité à saisir cette chance.

Après avoir reçu cette lettre, j'ai vomi toute la journée. Je n'ai rien pu avaler pendant une semaine. Je me suis détestée, j'ai voulu mourir. Je ne pouvais pas m'empêcher de penser à toutes les fois où Evie m'avait dit qu'elle n'aimait pas cette école, qu'elle n'était pas à l'aise quand Mlle Watson l'obligeait à parler devant le groupe. Elle s'était tournée vers la personne en qui elle avait le plus confiance : moi. Et j'avais mis sa parole en doute, j'avais balayé ses préoccupations d'un revers de main.

Maman avait vu juste depuis le début à propos de Harriet.

À partir de ce moment-là, j'ai ignoré toutes les lettres qu'elle m'a écrites. Je les ai lues, c'était plus fort que moi, mais je n'ai plus répondu. Elles sont devenues moins fréquentes, puis ont fini par cesser.

— Elle est plutôt inoffensive, mais complètement givrée. (Tel avait été l'avis, à titre privé, du lieutenant Manvers.) Et, après avoir rencontré la mère, je crois savoir de qui elle tient ça.

Sauf qu'elle n'était pas inoffensive.

Elle avait fait du mal à Evie, avait ébranlé sa confiance en soi. Elle l'avait humiliée devant ses camarades, l'avait forcée à parler de choses très personnelles, comme la mort de son papa. St Saviour lui avait donné la possibilité de s'en prendre à de très jeunes enfants qui n'étaient pas armés pour lui résister. Et, pour cette raison, je ne pardonnerai jamais à l'école.

Je détestais Harriet Watson pour ce qu'elle avait fait. Elle avait trahi la confiance d'Evie.

Après l'enlèvement d'Evie, j'ai consulté une thérapeute pendant dix-huit mois et elle m'a aidée à accepter ma part de responsabilité. J'ai appris à me pardonner, et à pardonner aussi à Harriet Watson.

Mais j'étais naïve. Jo Deacon n'a pas agi seule et, à présent, je suis absolument certaine que Harriet Watson a été sa complice. Ça ne peut être qu'elle.

Ma rage et ma haine renaissent de leurs cendres.

Je suis sûre qu'elles savent ce qui est arrivé à Evie.

Ce que j'ignore toujours, c'est leur mobile, et comment elles s'y sont prises.

Dès le début, j'ai décidé de ne pas associer le lieutenant Manvers à ce que j'ai en tête. La police a déjà innocenté Harriet Watson une première fois et n'a visiblement pas mené d'enquête sérieuse à propos de Joanne Deacon.

J'attends la nuit. J'enfile un jean et un duffel-coat gris anthracite avec un chapeau, une écharpe et des gants. Je rabats le chapeau sur mon front et sors de chez moi. Quand je me retourne, maman est à la fenêtre ; l'inquiétude se lit sur son visage.

Ça va la tuer, ce qui est arrivé à Evie. Si on ne parvient pas à la retrouver, elle deviendra de plus en plus frêle et, un jour, elle lâchera prise, renonçant à la vie. Nous n'avons jamais parlé de ce qui s'est passé – c'est curieux. On ne sait pas toujours comment on va réagir à l'irruption soudaine d'une tragédie dans l'existence.

Maman et moi discutons de la question d'avoir des œufs ou des haricots sur toast pour le thé ; de politique, même, à l'occasion. Mais jamais nous n'abordons le sujet d'Evie, le sort d'Evie. Ainsi, nous parvenons au bout de l'horreur de chaque interminable journée.

Je lui ai dit que j'avais besoin de me dégourdir les jambes. Mais j'ai bien vu qu'elle n'en croit pas un mot.

Si ces trois dernières années ont été solitaires, c'est parce que je l'ai voulu. Je ne supportais plus les gens. Après la disparition d'Evie, Dale et Bryony ont envoyé des cartes et des lettres ; Dale est même venu plusieurs fois à la maison, avec des fleurs, mais j'ai demandé à maman de le renvoyer. C'était au-dessus de mes forces.

Je ne pouvais pas le voir.

La seule personne avec qui je suis restée en contact, et qui m'a été d'un grand secours, c'est Tara. Sa sclérose en plaques a empiré, elle n'a donc pas pu se déplacer. Nous avons simplement parlé au téléphone. Tara comprend mon désir de solitude. Elle aussi s'est repliée sur elle-même après la mort de Rob, et à cause de sa maladie.

Apparemment, Joanne Deacon était si bouleversée par ce qui s'était passé qu'elle a aussitôt démissionné de l'Agence Gregory et quitté la région. Et maintenant elle est allongée sur un lit d'hôpital, réduite à une coquille vide. Nous n'avons aucun moyen d'obtenir davantage d'informations sur ce qu'elle a fait à Evie, et pourquoi.

Mais Harriet Watson le sait. J'en ai la conviction.

Il me faut une demi-heure pour me rendre à pied à un arrêt d'autobus assez loin de chez moi pour que je me sente un peu plus anonyme. Du givre couvre le trottoir, tel un saupoudrage chatoyant de sucre glace. Evie adorait ce temps. Elle se levait, écartait les rideaux de sa chambre et déclarait : « Maman, Jack Frost est passé ! »

Pendant quelques divines secondes, je parviens presque à imaginer qu'elle est avec moi, maintenant. La chaleur de sa petite main dans la mienne. Son bavardage incessant, sa curiosité insatiable pour le monde qui l'entoure.

Mes yeux me piquent et cette sensation s'estompe rapidement, ne me laissant que les doigts glacés du chagrin qui me serrent le cœur.

J'ai toujours senti… su… qu'Evie est encore en vie.

Mais qu'ont-elles fait d'elle ?

Pourquoi ces deux femmes, qui me connaissaient, avaient-elles enlevé ma fille ?

Pendant le bref trajet en bus, je passe en revue une centaine de scénarios et d'hypothèses. Puis, soudain, tout devient simple.

Je frappe à la porte et Harriet Watson répond.

Je la reconnais à peine. Elle ne se tient pas droite ; son dos courbé et ses épaules voûtées lui donnent l'allure de la lettre C.

Ses cheveux châtains ont blanchi. Elle porte toujours des lunettes, mais semble presque aveugle, me scrutant de près pour distinguer mes traits.

— Toni ? chuchote-t-elle.

Je ne réponds pas et elle s'écarte ; elle me regarde comme si elle avait du mal à croire en ma présence ici, chez elle, après tout ce temps.

Quand j'entre dans la maison, je fronce le nez. L'air est fétide.

— Ce sont les canalisations, explique-t-elle lentement. On s'y fait.

Personne ne s'habitue à une telle puanteur, c'est impossible. Elle doit avoir des rats morts qui obstruent les tuyaux, les eaux usées qui remontent. Respirer cet air insalubre n'est sans doute pas recommandé, mais c'est le cadet de mes soucis. Je ne suis pas là pour lui donner des conseils d'hygiène.

— Entrez, je vous en prie, dit-elle comme si j'étais là pour prendre le thé.

Nous passons au salon. La pièce est sombre et sent le renfermé. Le tapis semble n'avoir pas vu la couleur d'un aspirateur depuis des mois.

Elle m'offre une tasse de thé, que je refuse.

— Je suis venue vous dire que je sais, dis-je en observant sa réaction. Je sais tout.

— À quel propos, Toni ?

— Vous avez aidé Joanne Deacon. Vous l'avez aidée à enlever Evie.

— Je… j'ignorais qui elle était, balbutie-t-elle. C'est seulement en voyant sa photo dans le journal que j'ai compris : elle m'a menti depuis le début. Elle m'a posé beaucoup de questions, mais je vous jure que je n'en connaissais pas la raison.

— Je veux juste savoir où elle est. Harriet, où est Evie ?

— Non, vous vous trompez. Je ne suis pas sa complice. Je n'ai fait que répondre à ses questions.

— Quel genre de questions ?

— Je ne m'en souviens pas. Je suis réellement navrée, mais je n'ai jamais eu l'intention de vous nuire. Je veux être votre amie, vous devez me pardonner.

Elle radote, s'embrouille, jette des regards furtifs autour d'elle. Ses yeux reviennent sans cesse vers le plafond. C'est irritant, mais je ne dois pas me laisser distraire.

Harriet Watson a déjà réussi à berner la police. Ma pire erreur serait de la sous-estimer.

— Je peux utiliser vos toilettes ?

Elle se lève d'un bond.

— Non, ce n'est pas possible. À cause des problèmes de canalisations, vous comprenez ?

Je décide de changer de tactique.

— Je peux au moins avoir un verre d'eau ?

— Bien sûr, je vais vous chercher ça.

Je la suis dans la cuisine. Sur notre droite, un escalier raide disparaît dans l'obscurité ; la puanteur qui s'en dégage est encore pire. Je presse un mouchoir en papier sur mon visage.

La cuisine est propre, mais vieille, et les placards tombent en morceaux. Il y règne une légère odeur d'humidité. Harriet remplit un verre au robinet. Pendant qu'elle me tourne le dos, j'empoche une clé pendue à un crochet à côté de la table. Le genre de clé qui ouvre une porte de derrière.

Elle se retourne et me tend le verre.

— Croyez bien que je suis désolée, Toni. Vraiment. Je ne sais pas…

Je sors de la pièce sans répondre. Alors que je passe à la hauteur de l'escalier qui empeste, elle se précipite devant moi.

— Vous ne voulez pas qu'on en parle ? demande-t-elle, les yeux brillants. Je suis tellement navrée pour tout. J'aimais bien Evie, c'était ma préférée…

Je la regarde et songe au couteau de cuisine que j'ai glissé dans mon sac, au cas où. Mais c'est trop tôt. Si j'apprends que le pire est arrivé à Evie, quelqu'un va payer. Je me moque de ce qu'on me fera après. Si je découvre qu'elle n'est plus là, je n'aurai plus de raison de vivre.

La seule chose qui m'aide à tenir, c'est cette impression d'être si près du but. La police semble piétiner, régurgitant de vieilles pistes qui n'ont mené nulle part.

Mais, sait-on jamais, peut-être qu'une stratégie différente peut fonctionner...

— Je vous laisse un peu de temps pour réfléchir. Mettez noir sur blanc ce que Joanne Deacon vous a demandé. Tâchez de vous souvenir de tout ce que vous pouvez. Et je reviendrai demain soir, pour parler. C'est seulement de cette façon que vous pourrez un jour devenir mon amie.

— Merci, Toni, répond-elle avec cette absence qui semble ne plus quitter son regard. Je vais bien réfléchir.

Je sors de la maison et remonte la rue. Dès que je ne suis plus visible depuis sa fenêtre, je m'arrête un instant pour m'appuyer sur un portail, haletant dans l'air frais.

Elle cache quelque chose.

Quelque chose de terrible s'est produit dans cette maison, et j'ai bien l'intention de découvrir quoi.

72

TONI

Le lendemain, je me lève tôt ; maman n'est pas encore descendue. Pendant la nuit, j'ai pensé à cette odeur dans la maison de Harriet Watson. Et si c'était… Je ne peux même pas aller au bout de cette idée. Serais-je assez forte pour affronter le pire ?

Je ferme les yeux pour chasser l'horreur de mon imagination qui s'affole.

J'appelle le lieutenant Manvers. À ma grande surprise, il décroche immédiatement. Je lui parle de ma visite chez Harriet Watson. De l'odeur.

— Toni, s'il vous plaît, je vous demande de m'écouter attentivement, dit-il d'un ton ferme. Laissez-nous faire. Vous m'avez compris ?

Mon estomac se tord.

— C'est facile à dire. Ces trois dernières années, vous êtes restés les bras croisés.

C'est injuste, j'en ai conscience.

— Nous ne ménageons pas nos efforts, Toni. Je vous le promets.

— Donnez-moi un exemple, alors ?

— Je ne peux pas vous divulguer chacune de nos

actions, mais je vous tiendrai au courant si l'une de nos pistes mène à de nouvelles informations.

Revoilà sa foutue langue de bois.

— Harriet Watson est-elle une suspecte ?

— Au risque de me répéter, je ne peux pas répondre à cette question, Toni. Je ferai un saut chez vous demain. D'accord ?

Je raccroche sans un mot. Il me prend pour une idiote. Au fond, il est comme la presse : il pense que tout est ma faute. La police ne retrouvera jamais Evie, parce qu'elle n'avance pas assez vite. En fait, elle la croit morte.

J'ai décidé de me passer d'elle. À partir de maintenant, je ne me fie qu'à mon instinct.

— Qu'est-ce que tu mijotes ? demande ma mère quand elle descend.

— Ne t'inquiète pas, maman.

Pour la première fois depuis des années, je me sens regonflée. J'ai le sentiment d'être à deux doigts de découvrir la vérité sur Evie. Bonne ou mauvaise, je dois savoir.

Une demi-heure plus tard, je suis au bout de la rue de Harriet Watson, à l'opposé de celui où se trouve l'arrêt d'autobus. À 9 heures, elle franchit son portail et se dirige vers l'arrêt.

Je n'attends pas qu'elle soit hors de vue ; je n'ai pas le temps. Evie est peut-être prisonnière dans cette maison – ou pire, à en juger par cette odeur.

La police n'est pas venue depuis des années. Harriet a réussi à les embobiner avec ses mensonges ; à leurs yeux, elle est un peu barjot, mais inoffensive.

Je me hâte de franchir le portail et me précipite à l'arrière, où se trouve un grand jardin. La bâtisse elle-même est haute : deux étages. J'introduis la clé subtilisée la veille dans la porte de derrière. Elle tourne aisément dans la serrure bien huilée. J'ouvre et entre dans la cuisine.

J'ai un haut-le-cœur en atteignant l'escalier, où m'assaille une première et violente bouffée de cette puanteur. Heureusement, je tiens l'un des mouchoirs parfumés de maman et l'applique contre mon nez tout en respirant par la bouche. Je monte au premier. L'odeur est de plus en plus forte.

Je jette un rapide coup d'œil dans les deux chambres à coucher. Le lit est défait dans la plus grande, qui donne sur la rue ; c'est manifestement là que Harriet a dormi la nuit dernière. L'autre est inutilisée ; un drap-housse couvre le lit, mais il n'y a pas de couette.

Je ressors de la pièce et regarde l'escalier qui mène au second.

Pressant le mouchoir contre mes narines, je grimpe la volée de marches.

Une petite bibliothèque occupe le palier carré ; il n'y a qu'une porte. Je tente de tourner la poignée, mais c'est fermé à clé.

L'odeur est insoutenable. Je songe à descendre pour appeler la police. Mais on me dira d'aller attendre dehors. Et je dois savoir.

J'ai le droit de savoir si ma fille est derrière cette porte.

Je refuse d'être séparée d'elle une seconde de plus.

73

L'INSTITUTRICE

Aujourd'hui

Harriet patiente dans le hall d'accueil de l'hôpital jusque cinq minutes avant le début des visites. Puis elle se joint aux gens qui avancent en masse vers les ascenseurs et les escaliers. Grâce à son « galop d'essai » de la veille, elle sait exactement où aller. Apparemment, Joanne Deacon a été transférée en réanimation. Moins surveillée et plus accessible.

Quand Harriet arrive, un petit groupe attend déjà devant l'entrée du service. Elle se glisse derrière une dame âgée et son petit-fils. Le buzzer retentit et quelqu'un tire les portes. Harriet lève les yeux juste au moment où une femme sort à grands pas, tapotant sur l'écran de son smartphone. Trop absorbée pour remarquer Harriet qui, bouche bée, la regarde passer.

C'est elle. La femme qu'elle a vue parler plusieurs fois avec Joanne Deacon devant l'école.

Harriet l'avait complètement oubliée.

Il y avait une autre femme.

Comme l'avait espéré Harriet, avec l'arrivée des familles et des proches des patients, le personnel débordé ne sait plus où donner de la tête. Elle repère

378

une jeune infirmière un peu nerveuse, qui reste en retrait et semble manquer d'expérience.

— Peut-être pouvez-vous me renseigner ? (Harriet sourit, affichant un air anodin.) Je cherche ma cousine, Joanne Deacon. Elle vient d'être transférée ici, je crois.

La jeune femme consulte son porte-bloc, manifestement ravie de pouvoir se rendre utile.

— Elle est dans une chambre individuelle au bout de ce couloir. Mais l'accès est strictement réservé à la police et aux membres de la famille. (Apparemment rassurée par l'air affable de Harriet, elle hoche la tête.) Je vais vous conduire.

Harriet entend exploiter pleinement leur brève traversée du service.

— Il paraît qu'elle ne peut pas bouger ? dit-elle en se rappelant ce qu'elle a lu.

— Oh, on ne vous a pas prévenue ? Votre cousine a cligné des yeux. C'est un premier signe encourageant. (Elle sourit à Harriet.) Maintenant que les médecins savent qu'elle n'est pas dans un état végétatif, comme ils l'avaient supposé au départ, ils l'ont transférée chez nous.

Elle ne semble pas au courant de la polémique qui entoure Joanne Deacon ou des articles récemment parus dans la presse. Harriet n'arrive pas à croire qu'on lui donne si facilement accès à une patiente aussi médiatisée.

Mais ce privilège pourrait être de courte durée. Harriet doit se dépêcher avant que quelqu'un de moins naïf ne s'aperçoive de l'erreur commise par la jeune infirmière.

Elle entre dans la chambre. C'est calme, à l'écart de l'activité débordante qui règne dans le reste du service.

Harriet s'approche du lit et se penche au-dessus de Joanne Deacon. La patiente a le teint terreux et les traits bouffis ; les différentes positions du respirateur ont laissé des marques rouges sur son visage.

— Vous vous souvenez de moi ? demande Harriet en fixant les yeux immobiles.

Joanne Deacon cligne des yeux. Deux fois.

— On m'a dit que vous étiez en voie de guérison. Ce que vous avez fait est horrible, et pourtant vous allez mieux.

Harriet se tourne vers la porte, avant de reporter son attention sur Joanne Deacon.

— Vous m'avez menti. Vous m'avez couverte de ridicule. J'ai perdu mon travail et ma réputation. (Harriet s'empare d'un oreiller sur la chaise à côté du lit. Joanne Deacon cligne de nouveau des yeux.) Le moment est venu de payer pour ce que vous avez fait.

Harriet tend la main vers le masque du respirateur.

74

TONI

Aujourd'hui

La porte est fermée à clé, mais elle ne paraît pas très solide. Peut-être qu'un bon coup de pied saura en venir à bout. Je suis sur le point de tenter ma chance, quand un bruit au rez-de-chaussée attire mon attention. Je me fige et tends l'oreille.

Harriet est-elle déjà de retour ?

Un nouveau bruit, comme si quelque chose avait été renversé. Je descends à pas de loup jusqu'au palier du premier. Il me semble qu'on chuchote. Je pensais avoir fermé la porte de derrière ; maintenant, j'ai un doute.

— Bonjour, Toni, dit une voix de femme.

Une voix étrangement familière. J'avance jusqu'au haut des marches. Mes yeux s'agrandissent. Je n'arrive pas à y croire.

— Tara ?

Un homme est avec elle.

— Qu'est-ce que tu fais là ?

Elle a l'air en pleine forme. Elle a teint ses cheveux blonds en châtain foncé ; ils sont plus longs aussi. L'expression de son visage est… bizarre.

— Descends, Toni, lance-t-elle. Nous avons quelque chose d'important à te dire.

Je m'exécute.

— Comment es-tu entrée ? Comment m'as-tu trouvée ?

— On vous observe, répond l'homme en souriant. Depuis des semaines.

Je les rejoins au rez-de-chaussée, trop perturbée pour demander quoi que ce soit. Au bas des marches, mon cœur bat si fort que je me sens défaillir. Je les suis au salon. L'homme referme derrière nous et se poste devant la porte, les bras croisés, me barrant le chemin de la sortie.

— Qu'est-ce que ça signifie ? (Je me tourne vers mon amie.) Tara, qu'est-ce qui se passe, enfin ?

— Ils l'ont retrouvée, Toni. Ils ont trouvé Evie.

Je titube, me retenant à l'oreille rugueuse d'un des fauteuils de Harriet.

— Evie ? répété-je d'une voix faible. Est-ce qu'elle…

— Je dois avouer qu'on leur a facilité la tâche. Je me suis bien amusée. Mais oui, elle va bien. Elle est charmante, tu ne la mérites pas. De toute façon, tu n'as jamais été une bonne mère. Elle a besoin d'une famille digne de ce nom qui prendra soin d'elle.

J'ai le vertige. Je crois que je vais vomir.

— Je ne comprends pas…

— Evie était avec moi pendant tout ce temps, explique Tara d'un ton dégagé. Dans un petit cottage isolé des Highlands. C'est un ange.

Je me frotte le front.

— Evie était avec *toi* ? Mais pourquoi ?

Nos conversations téléphoniques me reviennent à l'esprit. Toutes ces larmes versées ensemble, à propos de nos maris, d'Evie.

— Pourquoi aurais-tu droit à un nouveau départ, quand c'est *ton* mari qui a tué le mien, hein ? J'ai aussi perdu mon bébé, tu sais.

— Oui, Tara, j'en ai conscience. Et je suis sincèrement navrée, mais…

— Mais rien du tout. Je suis restée sans nouvelles de toi pendant des mois. Bon Dieu, ça pue, ici !

— J'étais en deuil, tout comme toi ! Je t'ai envoyé une carte et…

— Une carte ? Une putain de *carte* pour la perte de mon mari et de mon enfant à naître ? (Une lueur de folie brille dans ses yeux. L'homme lui touche le bras et elle respire à fond.) Alors, je me suis demandé : comment me venger d'un mort qui a gâché ma vie ? (Elle sourit pour elle-même.) Et j'ai trouvé la réponse : en lui prenant son enfant unique. Comme Phil et moi ne pouvons pas en avoir, c'est presque un juste retour des choses.

Son expression est celle d'une femme hystérique, qui n'a plus toute sa raison.

Je me tourne vers l'homme. Il est grand, large d'épaules et d'allure athlétique, mais ses yeux sont froids.

— J'ai travaillé avec Andrew. J'étais là, la nuit où il nous a menés droit dans ce précipice. (Il lève une main mutilée.) Certains d'entre nous ont contesté ses instructions, mais cette foutue tête de mule n'a rien voulu savoir. Heureusement, je m'en suis sorti presque indemne. À part le fait de tirer un trait sur ma carrière, bien sûr.

— Mais, Tara, tes problèmes de santé…

— Tu es tellement crédule, ma pauvre. Je n'ai jamais été malade, je n'ai jamais eu de sclérose en plaques. Il me fallait juste une bonne raison pour ne pas venir te voir. J'ai adoré nos conversations au téléphone, quand tu me disais combien ta vie était misérable. Et t'entendre souffrir après que je t'ai enlevé ta fille, quel bonheur... Tu étais tellement égoïste, tu ne voulais parler que de toi, toi, toi...

— Tu es vraiment malade. Dans ta tête.

— Peut-être. Mais je suis maligne. Je t'observe depuis longtemps. On t'a filée jusqu'ici. (Elle s'adresse à Phil.) Tu ne peux pas ouvrir une fenêtre ? Sinon, je vais avoir la nausée.

Il ne réagit pas.

— Tu m'as observée ? répété-je.

— Et tu ne t'es doutée de rien. J'ai loué la maison juste en face de chez toi. Je t'ai même suivie à ton travail. Et maintenant ici. Evie et toi, vous étiez toutes les deux sous surveillance. Phil s'est introduit chez toi pour voler tes albums photo et l'acte de naissance d'Evie. La preuve qu'elle était bien à nous, en cas de besoin. Tu étais tellement à côté de la plaque que tu n'as rien remarqué.

Je repense à ce jour où, entrant dans ma chambre, j'avais eu ce sentiment inexplicable que quelque chose manquait. J'avais vu que les sacs-poubelle contenant mes affaires étaient ouverts, mais j'avais mis ça sur le compte de mon imagination.

— Phil est un soldat, un spécialiste. Il a le sens du détail et ne laisse pas de place à l'erreur. (Elle se tourne vers lui et sourit, poursuivant sur sa lancée.) Il a même soigneusement organisé l'accident de ta mère. Un vrai coup de génie.

Je songe à la détresse de maman après sa chute dans l'escalier. À sa crainte d'être en train de perdre l'esprit.

— J'attendais que ma chance se présente, sans savoir comment j'allais m'y prendre. Le job que tu as décroché à l'agence a été une véritable aubaine, et Joanne Deacon un don du ciel. Elle croulait sous les dettes et avait désespérément besoin d'argent. Elle a été mon point d'entrée. Avec le temps, j'ai fini par connaître tes habitudes mieux que toi. Comme on ne voulait pas avoir ta mère dans les pattes, Phil a imaginé cet accident. Mais, en fin de compte, tu as tellement foiré qu'il nous a fourni l'occasion de prendre Evie.

— Je pensais que Jo était mon amie…

Il me paraît important de le dire à haute voix.

— Alors, tu n'es pas très bonne psychologue, ricane Tara. Même si elle s'est mise à avoir des scrupules après l'enlèvement. Elle nous a probablement crus quand on lui a expliqué qu'il s'agissait seulement de te donner une leçon et qu'on te rendrait Evie ensuite. On a dû la lui reprendre assez vite ; elle semblait penser qu'Evie lui appartenait.

— Evie…, chuchoté-je. Je veux la voir.

— Elle est hors de danger. Je te le dis, c'est mon cadeau d'adieu. Mais tu ne peux pas la voir ; tu ne la reverras jamais. Comme moi, qui n'ai jamais connu mon bébé. Phil, ici présent, est passé maître dans l'art de donner à la mort l'apparence d'un bel accident.

— Pourquoi, Tara ? Pourquoi faire tout ça maintenant ?

— Parce que c'est la fin idéale. Avec le retour d'Evie, la police va relâcher la pression. Mais toi, tu es à ma merci. Alors, vous n'aurez plus jamais l'occasion de vous revoir. Deux vies gâchées pour le prix d'une.

— Tu ne t'en tireras pas comme ça. Pas maintenant que tu es revenue.

— Je n'en suis pas aussi sûre. Jusqu'à présent, les flics n'ont pas réussi à nous trouver. Ils sont si incompétents qu'on a pratiquement dû leur livrer la petite Evie en mains propres.

— Alors, pourquoi l'avoir ramenée ?

— Ça commençait à chauffer. Tu n'as pas vu la presse nationale, ce matin ? Il n'y en a que pour cette conne de Jo Deacon et le syndrome qui la paralyse. Tout aurait été si simple si elle était morte de son attaque. La police s'intéresse à elle : ça va relancer l'enquête. Moi, j'ai ma vengeance. Je suis prête à refaire ma vie. Il me reste juste une dernière chose à régler.

Phil avance d'un pas vers moi.

— Joanne Deacon ne se remettra jamais complètement, même si elle a cligné des yeux. Je suis allée à l'hôpital, j'ai parlé aux médecins. On a toujours utilisé de faux noms avec Evie ; pour elle, Phil et moi sommes son oncle et sa tante. Elle nous adore et ne peut pas nous trahir, parce qu'elle ne sait rien. Quant à la police, elle ne va pas consacrer beaucoup de moyens à une chasse à l'homme pour une enfant qui a été retrouvée indemne.

Elle tend un flacon à Phil.

— Prépare-lui une tasse de thé, Phil, et verses-y une bonne dose de ça. (Elle me sourit.) C'est le moment d'en finir, Toni.

— Je ne comprends pas pourquoi tu…

— C'est bien ton problème. Tu n'as jamais compris *ma* souffrance, trop occupée à te vautrer dans la tienne.

386

— Tara, je n'étais pas dans mon état normal. S'il te plaît, parlons de ce qui est arrivé. D'Evie.

— N'essaie pas de m'embrouiller, réplique-t-elle d'un ton cassant alors que Phil revient dans la pièce. Je ne suis pas là pour parler. Soit tu bois de ton plein gré, soit je t'y oblige. Quelques gorgées suffiront.

Elle lui prend la tasse des mains, tandis qu'il me tient les bras derrière le dos. Je me cambre, mon visage bascule en arrière. Elle verse le thé et je ferme la bouche. Le liquide fumant me brûle la peau.

Ses ongles s'enfoncent dans mes lèvres, cherchant à les ouvrir de force. Je secoue la tête pour l'empêcher d'approcher la tasse. J'ai vaguement conscience qu'une ombre avance derrière elle quand soudain son visage explose, dans une pluie de sang et de chair.

Mes bras sont libres et je titube en avant, trébuchant par-dessus le corps de Tara. Je lève les yeux vers Harriet Watson, qui abat un marteau sur le bras de Phil, puis sur sa main déjà mutilée, l'écrasant complètement.

Renversant la tête en arrière, il pousse un hurlement. Harriet lui assène un coup en plein visage. Alors qu'il s'écroule, elle le frappe encore sur le crâne. Puis elle se tourne vers moi, brandissant son marteau.

Je me recroqueville, me protégeant inutilement de la main.

— Maintenant que nous sommes de nouveau entre gens de bonne compagnie, que diriez-vous d'une tasse de thé, Toni ? demande-t-elle calmement. Ensuite, je vous montrerai d'où vient cette odeur.

75

TONI

Aujourd'hui

Hébétée, je m'assois sur le canapé ; je regarde les corps de Tara et de Phil. Au cinéma, les personnages que l'on croit morts se relèvent parfois brusquement pour se remettre à étrangler les gens. Mais ces deux-là ne se relèveront pas de sitôt.

Tara disait-elle la vérité ? Evie est-elle en vie ?

J'inspire et expire. Harriet a raison : on finit par s'habituer à l'odeur.

Elle s'active à la cuisine. Elle est réellement en train de préparer le thé. Tout semble si ordinaire ; pourtant, je ne peux pas bouger.

J'entends qu'on enfonce la porte de derrière ; ça hurle, ça crie. Soudain, des policiers en uniforme envahissent le salon ; je sens qu'on m'entraîne dehors, au grand air.

Le lieutenant Manvers est là.

— Tout va bien, Toni ? Elle ne vous a rien fait ?

— Vous aviez raison, réponds-je calmement. Elle est inoffensive. Juste complètement cinglée.

— Non, j'avais tort. Elle a assassiné Joanne Deacon. Elle l'a étouffée sur son lit d'hôpital.

388

Je reçois la nouvelle. Je la comprends. Je ne ressens rien.

— Toni, regardez-moi.

Je lui obéis.

— Nous avons votre fille. Evie est avec nous.

Le monde s'arrête de tourner.

— Elle n'a rien, ajoute-t-il. Elle va bien, elle sait qu'elle rentre à la maison.

Je me mets à pleurer, tout doucement.

— On va vous ramener chez vous, maintenant, pour y prendre quelques affaires. Ensuite, vous irez la retrouver.

— Merci. Ça va aller.

— Attendez, s'il vous plaît ! crie Harriet en échappant aux policiers qui tentent de la retenir. Je dois montrer à Toni d'où vient l'odeur. Je veux qu'elle sache que ce n'est pas Evie. Je n'aurais jamais fait de mal à Evie...

À contrecœur, le lieutenant Manvers l'autorise à nous précéder dans l'escalier. À mesure que nous progressons, la puanteur empire.

— Bon Dieu, je vais vomir, dit un des policiers. Je connais cette odeur, ça ne va pas être beau à voir.

Nous attendons au pied de la seconde volée de marches, tandis que Harriet et le lieutenant Manvers montent jusqu'en haut.

— Je veux lui montrer, insiste Harriet.

D'un signe de la tête, Manvers m'invite à les rejoindre. Quand elle pousse la porte, l'odeur nauséabonde qui s'échappe de la pièce fait reculer tout le monde. Des mouches bleues bourdonnent furieusement à la fenêtre ; je n'en ai jamais vu autant à la fois. Les policiers restés au bas des marches se pincent le nez.

— C'est Mère, dit doucement Harriet. Elle refuse de descendre quand elle allaite Darcy.

Beaucoup plus tard, en chemin pour retrouver Evie, le lieutenant Manvers me fournit quelques explications.

— Darcy était la sœur de Harriet, née avant elle. Elle est morte à l'âge de six mois. Mort subite du nourrisson. La vieille dame a gardé le bébé emmailloté dans un tiroir pendant toutes ces années. Même quand elles ont déménagé, Darcy a été du voyage.

Je frémis. Le cadavre en décomposition de la mère de Harriet, assis dans un rocking-chair et allaitant le squelette d'un bébé, est une vision que je n'oublierai jamais.

— Elle avait sombré dans la folie, harcelant Harriet pour qu'elle prépare la chambre de Darcy. Puis elle a refusé d'en sortir. Un matin, Harriet l'a trouvée morte dans son fauteuil et… (Il secoue la tête.) Inexplicablement, elle l'a juste laissée là.

Il m'apprend également que Dale Gregory s'est manifesté après avoir lu les articles des journaux à propos de Jo Deacon. Quand elle avait donné sa démission et qu'ils avaient vidé son meuble de rangement, Dale y avait découvert le portefeuille que j'avais « perdu ».

— Apparemment, il était passé plusieurs fois chez vous avec des fleurs et pour vous en parler, parce que tout le monde semblait persuadé que vous aviez fait preuve de négligence à l'époque. Mais, comme vous n'étiez pas en état de le recevoir, il avait décidé de garder ça pour lui, se disant que vous aviez déjà bien assez de soucis. Ça ne paraissait pas très important, sur le moment.

Je ne sais pas quoi dire. Je me rappelle maman refoulant Dale à la porte pendant les semaines, les mois où j'avais été dans l'incapacité d'avoir le moindre contact humain.

Jo avait dû me voler le portefeuille pour l'argent qu'il contenait, mais aussi afin de me faire passer pour une tête de linotte. Comme si cela devait jouer en ma défaveur à la disparition d'Evie.

Mais je chasse vite tout cela de mon esprit. Je ne veux penser qu'à une chose : la petite fille que j'ai perdue et qui se trouve en ce moment même dans le bâtiment en béton devant nous.

— Tout ça ne doit pas être facile à entendre. Et j'ai bien conscience que Harriet Watson a laissé Evie sans surveillance, ce qui a conduit à son enlèvement, mais je tiens à ce que vous le sachiez : c'est grâce à elle qu'Evie est de retour parmi nous aujourd'hui.

Je regarde le lieutenant.

— Elle a reconnu Tara Bowen à l'hôpital. Elle a dit qu'elle l'avait vue sur une photo dans votre salon et que vous l'aviez présentée comme votre amie, Tara. Mais, quand Harriet a posé la question, une infirmière lui a répondu que cette femme était la sœur de Joanne Deacon. Harriet l'a prévenue qu'elle avait sans doute affaire à un imposteur. L'hôpital a paniqué et nous a contactés immédiatement.

Je laisse les mots faire leur effet.

— Malheureusement, ça a du même coup détourné l'attention du personnel de Harriet Watson. Et, alors que nous cherchions à localiser Tara Bowen, quelqu'un a déposé Evie devant un cabinet médical.

L'idée que Tara n'ait été découverte que par le plus grand des hasards me fait frissonner.

— Remerciez-la pour moi, dis-je.

Il faut vraiment que les choses soient devenues complètement folles pour que j'en vienne à remercier Harriet Watson.

76

TONI

Aujourd'hui

Elle est assise sur un fauteuil poire dans une pièce aux murs crème. Le tapis est bleu azur ; ses cheveux sont châtains. Elle a grandi, et son visage a changé, mais c'est toujours bien elle. Elle est en train d'assembler un bâtiment avec des Lego.

Les briques sont plus petites qu'avant, moins colorées. Plus techniques, aussi. D'ailleurs, la construction ressemble à une maquette d'architecte.

Elle lève la tête quand nous entrons. Nos regards se croisent.

Je souris et elle me dévisage.

La psychologue, Sarah, tire deux chaises vers nous. Nous prenons place. Dans la conversation que nous avons eue au préalable, elle a insisté sur l'importance de ne pas précipiter les choses. De ne pas approcher ou toucher Evie. C'est d'elle que doit venir l'initiative. Elle ne doit pas se sentir submergée.

— Ce sera peut-être long, m'a prévenue Sarah avant d'entrer. On ne sait pas comment elle va réagir, ou si elle a forgé des liens émotionnels avec ses ravisseurs.

Au bout de quelques minutes de silence, Sarah m'encourage d'un signe de la tête.

— Bonjour, Evie, dis-je.

— Bonjour, répond-elle.

Nous échangeons un regard.

— Qu'est-ce que tu construis ? Ça a l'air compliqué.

Elle examine le bâtiment, puis se lève et marche dans ma direction. Elle maintient toutefois une distance d'un ou deux pas entre nous.

— Je rêvais de toi, parfois, dit-elle. Tes cheveux ont changé. Et tes yeux. Tes yeux sont différents, maintenant.

— Toi aussi, tu as changé. Tu es encore plus jolie.

Elle se retourne sans répondre et regagne le fauteuil poire.

Sarah et moi restons assises, muettes, un peu plus longtemps. Evie continue à assembler ses briques. Puis elle se tourne de nouveau vers moi et soupire.

— Quand est-ce qu'on rentre à la maison ? demande-t-elle.

QUELQUES MOTS DE L'AUTEUR

Merci à vous qui avez lu ce roman, inspiré de plusieurs faits divers relevés dans les médias au fil des ans, à propos d'enfants disparus ou enlevés. J'ai été fascinée par la façon dont le public et la presse semblaient presque s'intéresser davantage aux éventuelles erreurs commises par les parents qu'à l'identité des ravisseurs.

Cela m'a fait réfléchir à la facilité avec laquelle quelqu'un pourrait exploiter la situation d'un parent dans une mauvaise passe. Pourquoi pas un parent seul et éploré pour qui le quotidien est une lutte de chaque instant ?

Il nous arrive tous de prendre des décisions que nous regrettons plus tard. Mais si ces décisions avaient une conséquence cauchemardesque, irréversible ? Comment affronter une tragédie, mais aussi l'écrasante culpabilité qui l'accompagne ? Ce livre est né de ces réflexions.

L'histoire est située dans le Nottinghamshire, où je suis née et où j'ai toujours vécu. Que les lecteurs connaissant les lieux sachent que je m'autorise parfois certaines libertés avec les noms de rues et d'autres détails géographiques pour servir l'intrigue.

REMERCIEMENTS

D'abord, un immense merci à Lydia Vassar-Smith, mon éditrice, pour sa compétence et ses conseils. Merci à TOUTE l'équipe de Bookouture pour tout ce qu'ils font, en particulier Lauren Finger et Kim Nash.

Comme toujours, un grand merci à mon agent, Clare Wallace, qui continue à être un soutien si précieux pour moi, même en congé de maternité !

Merci également au reste de l'équipe chez Darley Anderson Literary, TV and Film Agency, notamment Mary Darby et Emma Winter, qui ne ménagent pas leurs efforts pour que l'on trouve mes livres partout, et à Naomi Perry, Kristina Egan et Rosanna Bellingham.

Merci tout plein – comme toujours – à mon mari, Mac, pour son amour et son soutien. C'est parce qu'il s'occupe de tout que j'ai le temps d'écrire. À ma fille, Francesca, et à maman, qui sont toujours là pour m'encourager dans mon travail d'écrivain. À mes beaux-fils, Nathan et Jake, et à notre belle-fille, Helen, qui lit fidèlement tout ce que j'écris. À papa, qui me demande sans cesse si tout va bien.

Je n'oublie pas Henry Steadman, qui a su, une fois encore, concevoir une couverture hallucinante pour mon roman dans son édition originale.

Merci aux blogueurs et critiques pour l'accueil

enthousiaste qu'ils ont réservé à mon premier roman, *Safe With Me*. Et merci à tous ceux qui ont pris le temps de poster un avis favorable en ligne ou participé à ma tournée des blogs. Ce n'est pas passé inaperçu, et je vous en suis reconnaissante.

Composition et mise en page
Nord Compo à Villeneuve-d'Ascq

Cet ouvrage a été imprimé par
CPI Bussière à Saint-Amand-Montrond
pour le compte de France Loisirs.
en mai 2019

Numéro d'éditeur : 94538
Numéro d'imprimeur : 2043922
Dépôt légal : juin 2019

Imprimé en France